D1921278

Annika Hanke

Fire in your Eyes

Impress

© privat

Annika Hanke, geboren 1996, lebt in Schleswig-Holstein. Schon früh wurde sie durch Fan-Fiction zum Schreiben animiert, nahm diese Leidenschaft allerdings erst Ende 2014 wieder richtig auf und schrieb ihren ersten Fantasyroman, der bis heute darauf wartet neu geschrieben zu werden. Wenn sie nicht gerade im Planen oder Schreiben einer Geschichte untergeht, ist sie viel mit ihrem Hund Tony unterwegs und sucht Inspiration und Ruhe in langen Waldspaziergängen.

I

Die Menschen sind sich zu sicher, dass sie die einzigen hoch
entwickelten Lebewesen in einem ganzen Universum sind.
Sie werden eines Besseren belehrt.
Lebewesen, Kreaturen, fallen auf die Erde,
kommen mit Feuer, Tod und Zerstörung.
Nehmen sich alles, was sie wollen.
Es gibt kein Entkommen, keinen Ausweg
aus den Klauen der Drachen.
Denn irgendwann werden sie auch Dich finden,
Dich ziehen und zerren,
bis Du hinter der Mauer bist.
Es gibt kein Entkommen, keinen Ausweg.
Keinen Ausweg.

Prolog

Romy

»Das schaffst du niemals!« Lachend warf ich Luca eine Handvoll Erdnüsse zu, doch nicht eine einzige fand ihren Weg in seinen Mund.

»Du solltest *eine* werfen, Romy, nicht zweihundert!«, erwiderte er grinsend und sammelte die Nüsse von der Picknickdecke auf. Wir hatten uns im Stadtpark niedergelassen und genossen den ersten warmen Tag des Jahres. Eigentlich wollten wir für das bevorstehende Abitur lernen, doch irgendwie waren wir davon abgekommen. Außerdem war Sina, Lucas Freundin, bisher noch nicht aufgetaucht und da sie ein Ass in Mathematik war, mussten Luca und ich uns anderweitig beschäftigen, während wir auf sie warteten. Dabei ließen wir es ganz bewusst außen vor, dass Mathe nicht das einzige Fach war, das wir büffeln mussten.

»Leute, entschuldigt die Verspätung!« Endlich kam Sina über den Rasen auf uns zugelaufen. Aus ihrem Zopf hatten sich einige blonde Haarsträhnen gelöst und tanzten im Wind. Sie wirkte abgehetzt, als sie auf der Decke Platz nahm und außer Atem die Luft ausstieß.

»Ich habe die Zeit im Café völlig vergessen. Es war so viel los und dann hatte ich schon längst Feierabend.« Sie seufzte, beugte sich dann zu Luca vor und küsste ihn auf den Mund.

»Jetzt bist du ja hier«, erwiderte dieser immer noch grinsend und deutete auf mich. »Die da ist übrigens richtig unfair. Sie hat mich die ganze Zeit mit Nüssen beworfen.« Er lachte und ich schnitt ihm eine Grimasse.

»Hör nicht auf ihn, Sina. Er kann nur nicht verlieren.«

Schmunzelnd winkte Sina ab. »Das weiß ich schon längst.« Sie strich sich eine der losen Haarsträhnen hinters Ohr und öffnete ihren Rucksack, um irgendetwas darin zu suchen. »Ah, da ist es!«, sagte sie, als sie fündig wurde. »Du kennst doch noch Mirco Richter?«

Ihre Frage ging an mich und sie wackelte anzüglich mit den Augenbrauen. Ich runzelte die Stirn und erinnerte mich an die erste Klasse zurück; Mirco war ein dicklicher Junge gewesen, der immer eine Tüte Süßes in der Hand gehabt hatte. Sina und ich, die seit dem ersten Schultag beste Freundinnen waren, hatten uns ein bisschen vor ihm geekelt. Ihm hatte ständig irgendetwas rund um den Mund geklebt.

Als er mir in der dritten Klasse dann einen Liebesbrief geschrieben und nach dem Sportunterricht aufgelauert hatte, hatte er in seinem kindlichen Leichtsinn sogar versucht mich zu küssen. Ich erinnerte mich noch genau daran, dass ich kreischend weggelaufen war, nachdem ich ihn mit voller Kraft von mir geschubst hatte.

»*Den* Mirco Richter?!«

»Genau den. Er ist wieder in der Stadt und – Mann! – er sieht verdammt gut aus!«

»*Bitte?*«, meldete sich nun Luca zu Wort, doch Sina machte nur eine ungeduldige Handbewegung in seine Richtung.

»Ich soll dir das hier von ihm geben. Er war im Café und hat nach dir gefragt. Offenbar will er an alte Zeiten anknüpfen.« Während meine beste Freundin mich breit angrinste, nahm ich den Zettel zögerlich an mich. Stirnrunzelnd faltete ich ihn auseinander – es stand nur sein Name und seine Telefonnummer drauf.

»Hat er was dazu gesagt?«, fragte ich Sina. »Dieser Zettel ist ziemlich nichtssagend.«

Sina zuckte mit den Schultern. »Er hat gefragt, ob wir immer noch befreundet sind, und gesagt, dass ich dir den Zettel geben soll, wenn ich dich sehe. Das habe ich getan, meine Mission ist beendet. Was steht denn drauf? Willst du mit mir gehen? Ja. Nein. Vielleicht?«

Ich verdrehte die Augen und knüllte den Zettel zusammen, um ihn in meine Tasche zu stopfen. Um nichts auf der Welt wollte ich die Peinlichkeit erleben, Mirco wieder zu begegnen. Seine Flirtversuche hatten bis in die zehnte Klasse angedauert und hätte es ihn nach dem Abschluss nicht zu Verwandten in die USA verschlagen, wären sie wahrscheinlich die folgenden Jahre auch noch weitergegangen. Jetzt, zweieinhalb Jahre später, wollte ich garantiert nicht an vergangene Zeiten anknüpfen.

Während Sina und ich uns intensiv mit Geschichten aus unserer Schulzeit in der Unterstufe beschäftigten, griff Luca nach seinem Handy. Dabei war keinem von uns aufgefallen, dass es plötzlich dunkler geworden war. Die Sonne war hinter düsteren Wolken verschwunden, wahrscheinlich würde es jeden Moment anfangen zu regnen.

»Ich glaube, wir sollten zusehen, dass wir irgendwo nach drinnen kommen«, sagte ich mit einem Seufzen.

»Hey, Leute.« Luca ging gar nicht auf meinen Kommentar ein, sein Blick war auf das Display seines Handys geheftet.

Er sah besorgt aus und wirkte um die Nase herum ziemlich blass. Bevor er jedoch weitersprechen konnte, grollte bereits Donner über uns und ich zuckte zusammen. Wie konnte sich das Wetter so schlagartig ändern?

»Schaut mal, es wurden Meteoriten oder so was gesichtet.« Endlich drehte er sein Handy zu uns herum, das ein verwackeltes Video abspielte: Irgendetwas darauf stürzte vom Himmel und zog einen rubinroten Schweif hinter sich her. Plötzlich erbebte die Erde und in das Donnergrollen mischte sich ein undefinierbares Zischen. Ein Blitz zerriss den Himmel und keine Sekunde später konnten auch wir hier die Meteoriten sehen, die gen Boden stürzten. Es waren nur eine Handvoll, doch sie fielen auf die Erde, völlig ungebremst.

Obwohl der Erste so weit entfernt einschlug, dass man den Aufprall nur gedämpft hören konnte, brach plötzlich eine Massenpanik im Stadtpark aus, als wäre ein Schalter umgelegt worden. Die Menschen sprangen von ihren Decken auf, schrien panisch durcheinander, schnappten sich ihr Hab und Gut und rannten los – so schnell, wie sie konnten.

»Scheiße!«, brüllte Luca gegen den Lärm an und sprang ebenfalls auf. Er griff nach Sinas Hand und zerrte sie auf die Füße, die Angst war den beiden deutlich anzusehen. Ich stand auch auf, doch anders als die meisten um uns herum, verspürte ich keine Panik. Ich hatte keine Ahnung wieso, denn eigentlich hätte ich auch schreiend aufspringen und weglaufen müssen. Aber irgendwie war da keine Angst – vor dem Ende der Welt oder mächtigen Meteoriten, die in die Umlaufbahn unserer Erde gerieten und uns zerstören würden. Da war nur eine seltsame Wärme in meiner Brust, die ich mir nicht erklären konnte. Es fühlte sich an, als wäre etwas Vertrautes auf die Erde gekommen und das war das Einzige, was mir Angst machte.

»Romy! Nun komm schon!«, rief Sina und ich blinzelte mich zurück in die Realität. Schnell tat ich es Sina und Luca gleich und klaubte mein Zeug zusammen. Kaum waren alle Sachen verpackt, riss Luca die Decke hoch und klemmte sie unter seinen Arm. In den Gesichtern der beiden spiegelte sich die gleiche Panik, die um uns herum herrschte.

»Wir sollten uns abholen lassen. Kannst du deinen Vater erreichen?« Sinas Stimme zitterte.

Ich zog mein Handy aus der Jackentasche, doch ehe ich die Nummer wählen konnte, hatte Luca auch schon Sina an der Hand gepackt und zerrte sie mit in Richtung der Bahnhaltestelle.

»Das dauert viel zu lange!«, hörte ich ihn noch sagen. Ich griff meinen Rucksack und rannte den beiden hinterher, doch der Abstand zwischen uns wurde rasch größer und schon bald konnte ich die beiden kaum noch in der Masse ausmachen.

»Jetzt wartet doch mal!«, rief ich ihnen hinterher, doch sie hörten mich nicht mehr. Ich blieb stehen und atmete gegen das heftige Seitenstechen an.

Inzwischen war der Stadtpark wie ausgestorben. Mein Finger schwebte über dem grünen Telefonzeichen auf dem Handydisplay, doch das Krachen, welches mit dem Meteoritenschauer einhergegangen war, war ebenso wie die herunterstürzenden Gesteinsbrocken verschwunden. Es herrschte Totenstille und ich hatte nicht das Gefühl, dass ich jetzt meinen Vater anrufen und ihn in Sorge versetzen sollte. Die Entscheidung wurde mir allerdings abgenommen, als das Foto meiner Mutter aufleuchtete, die mich anrief. Mit zitternden Fingern nahm ich den Anruf an.

»Romy! Gott sei Dank, geht es dir gut? Bist du noch im Stadtpark?«

»Ja, bin ich, aber ich komme jetzt nach Hause. Und mir geht es gut, es ist nichts passiert«, versuchte ich sie zu beruhigen. Man hörte ihr an, wie besorgt und ängstlich sie war, doch im Gegensatz zu allen anderen, konnte ich noch immer keine Spur von Panik in mir finden.

»Dein Vater ist schon auf dem Weg, er holt dich ab.«

»Okay, ich warte auf ihn.«

»Sind Luca und Sina in Ordnung? Ich habe nur ein verwackeltes Video im Internet gesehen.«

»Ja, alles gut. Sie sind mit der Bahn nach Hause.« Glaubte ich zumindest. »Hey, ich sehe Papas Wagen, bis gleich, ja? Mach dir keine Sorgen«, fügte ich hinzu, als vorn an der Straße unser Auto heranfuhr. Ich beendete das Gespräch und rannte zur Parkmündung, wo der Jeep meines Vaters gerade zum Stehen kam.

»Alles okay? Wir haben uns große Sorgen gemacht«, begrüßte mein Vater mich und musterte mich eingehend. Ich nickte, während ich bereits den Sicherheitsgurt einrasten ließ.

»Ja, es ist wirklich alles gut. Diese Meteoriten sind nicht im Stadtpark eingeschlagen. Sie müssen irgendwo im Stadtzentrum oder sogar außerhalb von Hamburg gelandet sein. Bei manchen konnte ich gar nicht sehen, wo sie eingeschlagen sind«, erklärte ich ihm. Dann schüttelte ich noch immer fassungslos über das Geschehene den Kopf. »Es ist so ... heftig. Meteoriten in Hamburg!«

Mein Vater nahm einen tiefen Atemzug und warf einen kurzen Blick in den Außenspiegel, ehe er Gas gab und losfuhr. »Damit hat niemand gerechnet. Ich bin nur froh, dass es dir gut geht.«

Ich strich mir eine Strähne hinters Ohr und rief den Chat von Sina auf, um zu fragen, ob alles in Ordnung war. Hoffentlich waren sie heil zu Hause angekommen. Die öffentlichen Verkehrsmittel waren vielleicht nicht die klügste Option gewesen, sicherlich waren mehrere Hundert Menschen dorthin gerannt.

Ich tippte ungeduldig mit dem Finger gegen die Seite meines Handys, doch die Nachricht blieb ungelesen. Bestimmt waren sie noch auf dem Weg nach Hause. Ich seufzte und schob mein Handy in den Rucksack. Als die Nachrichten im Radio von den Meteoriten berichteten, drehte ich die Lautstärke hoch.

»... ein Meteoritenschauer über Norddeutschland. Wissenschaftler vermuten, dass es ein einmaliges Ereignis bleibt, da es keinerlei Hinweise auf weitere kosmische Aktivitäten gibt.«

Ich biss mir auf die Unterlippe. Waren das wirklich Meteoriten gewesen? Wieso hatte ich nicht wie alle anderen reagiert? Verwirrt über das, was geschehen war, lehnte ich mich im Sitz zurück und blickte aus dem Fenster, während wir den Stadtpark immer weiter hinter uns ließen.

***

»Ich bin so froh, dass dir nichts passiert ist!«, rief meine Mutter, als wir die Haustür hinter uns ins Schloss fallen ließen. Sie kam in den Flur und riss mich augenblicklich in eine halsbrecherische Umarmung. Meinem Vater legte sie liebevoll eine Hand an den Oberarm, nachdem sie sich endlich von mir gelöst hatte.

»Es ist alles gut, wirklich. Mach dir bitte keine Sorgen«, erwiderte ich.

»Du hättest sofort anrufen müssen, als das passiert ist. Ich habe dir schon hundertmal gesagt, dass dieses Handy auch dafür da ist, um mit anderen Menschen zu telefonieren!«

Ich presste die Lippen aufeinander, um nicht zu seufzen. Meine Mutter war schon immer sehr fürsorglich und manchmal etwas überbesorgt.

»Es tut mir leid, Ma. Im Stadtpark ist das Chaos ausgebrochen, und als ich dann anrufen wollte, war alles schon vorbei. Waren das wirklich Meteoriten?« Keine Ahnung, wieso ich diese Frage noch einmal stellte – die Nachrichten hatten mehr als deutlich gemacht, dass es sich um kosmische Gesteinsbrocken gehandelt hatte.

»Was soll es denn sonst gewesen sein?« Mein Vater runzelte die Stirn.

»Natürlich waren es Meteoriten!«, bestätigte meine Mutter und ich hörte an ihrer Stimme, dass ich ihre Geduld bereits überstrapaziert hatte.

Ich sollte mich also am besten leise davonmachen und erst mal nicht mehr aus meinem Zimmer kommen. Doch ihre Frage war berechtigt: Was sollte es sonst gewesen sein? Ich wusste es nicht, aber immer noch meldete sich ein leiser Zweifel in mir und dieses Gefühl, das ich im Stadtpark empfunden hatte, ging mir einfach nicht aus dem Kopf. Ich konnte gar nicht beschreiben, was es gewesen war, aber es hatte sich angefühlt, als wäre ein Teil von mir mit den Meteoriten angekommen. Wie ein Puzzleteil, von dem ich jahrelang nicht gewusst hatte, dass es mir fehlte. Schnell schob ich die Gedanken beiseite und lächelte meine Mutter an.

»Ihr habt recht. Ich bin einfach immer noch völlig fassungslos, dass so etwas hier passiert«, ruderte ich zurück, um das Thema zu begraben. »Bleibt es dabei, dass wir morgen Smoothies machen?«, fragte ich beiläufig an meine Mutter gewandt, um den Hauch der Normalität wiederzuerlangen.

Sie blinzelte verwirrt, nickte dann aber. »Ja, natürlich.«

»Perfekt. Ich bin oben, muss noch ein paar Hausaufgaben machen. Ruft ihr mich, wenn es Essen gibt?« Ehe einer der beiden antworten konnte, machte ich mich schon auf den Weg in mein Zimmer. Meine Gedanken fuhren noch immer Achterbahn und es war schwer, mich auf die Hausaufgaben zu konzentrieren. Nach dem, was heute passiert war, schienen sie so unwichtig zu sein.

Wie von selbst schaltete ich den Fernseher an und sah mir die Nachrichten an, verfolgte völlig gebannt die Bilder von den Meteoriten. Sie zogen keinen gelblichen Feuerschweif hinter sich her, sondern einen rubinroten. Und als ich sie sah, verspürte ich schon wieder diese merkwürdige Wärme in meiner Brust. Diese ... Sehnsucht? Als würden sie nach mir rufen.

Was hatte das alles zu bedeuten? Ich verstand die Welt nicht mehr und eine Gänsehaut kroch mir die Arme hinauf. Irgendetwas stimmte ganz und gar nicht. Nicht in Panik zu geraten, wenn man einen verdammten Meteoritenschauer sah, war doch vollkommen verrückt!

Mein Handy meldete sich mit Vogelgezwitscher und ich nahm es sofort in die Hand in der Hoffnung, eine Nachricht von Sina oder Luca erhalten zu haben. Und tatsächlich: Das Display zeigte den Chat von Sina an.

Sina: Alles okay. Die Bahn war völlig überfüllt und es hat ewig gedauert, ehe wir zu Hause angekommen sind. Luca ist gerade weg. Wie geht es dir? Sorry, dass wir einfach so abgehauen sind. :(

Ich rief die Nachricht auf und tippte sogleich meine Antwort.

Romy: Hab ich mir schon gedacht. Alles gut, mein Vater hat mich abgeholt. Das war ja auch echt krass! Unglaublich, dass das hier in Deutschland passiert ...

Sinas Online-Status änderte sich und ich seufzte, weil sie nicht mehr antwortete. Ich hatte das dringende Bedürfnis, mit irgendjemanden ausgiebig darüber zu reden, wie seltsam alles gewesen war. Andererseits sagte etwas in mir, dass ich es lieber für mich behalten sollte.

Mein Blick heftete sich erneut auf den Fernseher, der wie in Dauerschleife verschiedene Videos abspielte, die das Phänomen zeigten. Eine ganze Weile schaute ich mir die Nachrichten an, bis mir die Augen zufielen und ich eindöste.

***

»Romy! Essen ist fertig!« Die Stimme meiner Mutter riss mich aus meinem Dämmerzustand und ich rieb mir über die Augen. Ich schaltete den Fernseher aus und ging runter in die Küche, wo ebenfalls die Nachrichten liefen. Ich musste mir ein Seufzen verkneifen, denn ich hatte schon so viel über die Meteoritenabstürze gesehen und gehört, dass ich jetzt lieber meine Ruhe gehabt hätte. Ich wollte einfach nicht mehr darüber nachdenken, auch nicht über dieses bittere Geheimnis um das Gefühl im Stadtpark. Denn was sollte ich auch sagen? *»Hey, ich hatte gar keine Panik, als die Meteoriten zu sehen waren. Für mich war es eher, als würde mich ihr Anblick ... vervollständigen. Verrückt, nicht wahr?«* Meine Eltern würden durchdrehen.

»Läuft denn gar nichts anderes?«, fragte ich gedehnt, als ich mich an den Esstisch setzte.

»So etwas passiert nun mal nicht alle Tage, es ist doch klar, dass die Nachrichten darüber berichten.« Mein Vater griff sich dann allerdings die Fernbedienung und schaltete das Gerät auf der Küchenzeile aus. Meine Mutter verwickelte ihn in ein Gespräch, dem ich nur mit halbem Ohr folgte.

Ich aß die Spaghetti, spürte jedoch ständig einen Blick auf mir. Als ich zu meiner Mutter sah, blitzte so etwas wie Skepsis in ihren dunklen Augen auf.

Kapitel 1

Greyer

Chaos und Zerstörung. Das hatte er angerichtet und jetzt war es zu spät. Ich spürte eine gähnende Leere in mir, die mich zu verschlingen drohte, aber mein Volk zählte auf mich. Vielleicht sollte ich nicht darüber nachdenken, einfach die Gedanken ausschalten und handeln, statt mir den Kopf zu zerbrechen. Aber wenn ich mich umsah und meine Umgebung betrachtete, fühlte ich mich verloren. Denn um mich herum war alles zerstört.

Dadurch, dass unser Lebensstern zerbrochen war, verwelkte Davantos binnen Stunden. Es schien, als würde eine Lawine des Todes über unseren Planeten hinwegfegen und alles Leben mit sich nehmen. Die Pflanzen verdorrten, das saftige Grün des Grases nahm ab und die Halme ließen traurig die Köpfe hängen. Ich hörte keine Tiere mehr, selbst die Luft schien zu verderben. Aber das Schlimmste war: Ich konnte meine Kraft nicht länger spüren.

Mit der Zerstörung des Dracarian hatten wir unsere Fähigkeiten verloren. Ich versuchte das Gefühl der Machtlosigkeit zu ignorieren, doch die Gewissheit, dass ich mich nicht mehr lange in einen Drachen würde verwandeln können, lähmte mich beinahe. Bald würden da keine Schuppen mehr sein, die über meine Haut glitten, keine Flügel, die mich in den Himmel hoben. Das alles würde gänzlich verschwinden und nur zu uns zurückkehren, wenn wir es schafften, den Lebensstern wieder zusammenzusetzen.

»Greyer, es ist Zeit!« Die Stimme drang durch den dichten Nebel der Fassungslosigkeit zu mir durch. Lean, mein treuer Freund. Ich blickte zu ihm und erkannte, dass auch er nicht weniger mitgenommen aussah, als ich es wohl tat. Der erbitterte Kampf gegen Kasimir hatte uns alle erschöpft und doch konnten wir nicht verschnaufen. Wir mussten auf den Planeten, auf dem die Splitter des Dracarian gefallen waren. Unser Seher Valentin hatte die Laufbahn der verschiedenen Splitter ausmachen können, allerdings sah er nur den Planeten, nicht aber den genauen Ort, wo sie aufgeschlagen waren. Wir würden die ganze verdammte Erde absuchen müssen.

»Ist er bewacht? Wir dürfen ihn nicht aus den Augen lassen«, hörte ich mich sagen und Lean nickte.

»Kasimir wird aus seinem Gefängnis nicht ausbrechen können. Greyer, wir haben keine Zeit mehr. Das Portal schließt sich bald!«

Ich drehte mich in die Richtung, in der das Portal zu einer anderen Welt waberte. Entschlossen nickte ich, nahm den Rest meiner Kraft zusammen und verwandelte mich ein letztes Mal in einen Drachen. Meine Flügel trugen mich mit wenigen Schlägen direkt zum Portal und wie mein Volk vor mir glitt auch ich hindurch und ließ zu, dass es mich zur Erde trug.

Kapitel 2

Romy

Am nächsten Morgen waren meine Gedanken noch immer wirr und ich freute mich, dass Samstag war und ich die Hausaufgaben schon erledigt hatte.

»Guten Morgen«, rief ich meinen Eltern zu, die auf der Terrasse saßen, als ich nach unten kam. Obwohl es noch recht früh war, wehte durch die Terrassentür eine angenehm warme Brise ins Innere des Hauses. In der Küche machte ich mich daran, etwas Obst klein zu schneiden und in den Mixer zu werfen, um die Frühstücks-Smoothies zu machen, über die meine Mutter und ich uns gestern unterhalten hatten.

Als mein Vater in die Küche kam und sich seinen Thermobecher mit Kaffee füllte, runzelte ich die Stirn.

»Musst du zur Arbeit?«

Er nickte. »Es ist viel zu tun, gestern gab es einen Vorfall. Ich werde nicht den ganzen Tag dort verbringen. Schließlich wollen wir heute Abend doch noch grillen«, versprach er mir und ich gab ihm einen flüchtigen Kuss auf die Wange, bevor ich den Mixer anschaltete und dem Obst dabei zusah, wie es im Handumdrehen zerkleinert wurde. Danach goss ich den Smoothie in zwei Gläser und ging damit zu meiner Mutter auf die Terrasse.

»Bis später«, rief ich meinem Vater, der gerade zur Haustür hinausging, hinterher und setzte mich an den Tisch.

Meine Mutter reckte die Nase bereits zur Sonne, während ich mich lieber unter der Markise verkroch. Sonnenstrahlen und meine Haut kamen irgendwie nicht so gut miteinander aus und da ich nicht – wie in allen Vorjahren – krebsrot werden wollte, blieb ich lieber im Schatten.

»Hat man noch irgendwas wegen der Meteoriten gehört?«, fragte ich beiläufig und meine Mutter öffnete ein Auge, um mich skeptisch anzusehen.

»Nein. Es ist wohl nichts Schlimmeres passiert«, antwortete sie. Ich nickte kurz und griff nach meinem Handy, als plötzlich die Erde erbebte.

»Was zur Hölle war das?«, fragte ich alarmiert und setzte mich in meinem Liegestuhl wieder auf. Es herrschte für den Bruchteil eines Herzschlags Totenstille, dann hörte ich ein donnerndes Geräusch, was mich an ein heftiges Gewitter erinnerte. Keine Sekunde später verdunkelte etwas den Himmel und schien die Sonne gänzlich verschlucken zu wollen. Das da am Himmel sah aus wie ein Portal ins Universum, zu Welten, die wir nicht für existent gehalten hatten. Doch dann, ganz plötzlich, schossen mehrere Lichter aus dem violettschwarzen Loch, das den Himmel zerrissen hatte, hervor und stürzten auf die Erde. Es sah aus, als würden weitere Kometen vom Himmel fallen, als würden Dutzende Sternschnuppen ihren Weg auf die Erde finden.

»Oh, du meine Güte«, flüsterte meine Mutter neben mir, packte mich an der Hand und zog mich ins Innere des Hauses. Auf dem Fernseher lief *Das Erste* und brachte die aktuellen Nachrichten. Zeigte, dass diesmal in ganz Deutschland Meteoriten vom Himmel fielen.

»Offenbar ist der gestrige Meteoritenschauer über Norddeutschland nur ein Vorbote gewesen«, sagte der Nachrichtensprecher gerade und Bilder aus Frankreich und Großbritannien wurden eingeblendet, die dieses Phänomen ebenfalls miterlebten.

»Sie ... sehen aus wie Drachen.« Das Amateurvideo, welches im Fernsehen abgespielt wurde, zeigte deutlich ein Wesen, welches vom Himmel fiel und einen flammenden Schweif hinter sich herzog. Ein riesiger eisblauer Drache näherte sich dem Erdboden, doch auf den Füßen kam ein ... Mensch auf. Sein weißes Haar hing ihm ins Gesicht und er trug ein schiefes Lächeln auf den Lippen. Die riesigen Flügel falteten sich auf seinem Rücken zusammen, ehe sie gänzlich verschwanden. Mit einer unmenschlichen Geschwindigkeit lief er auf einen Wagen zu und riss die Beifahrertür mit solch einer Kraft auf, dass sie nur noch schief in ihren Angeln hing. Das, seine Haltung und alles, was er ausstrahlte, zeigte deutlich, dass er uns um Welten überlegen war.

»*Zum jetzigen Zeitpunkt kann die Regierung der Bundesrepublik Deutschland leider nicht sagen, von wem der Angriff ausgeht. Spezialisten vermuten einen Terrorakt des IS, doch Bestätigungen lassen auf sich warten. Die Bewohner der Städte werden gebeten ...*« Das Bild verzerrte sich, ehe der Nachrichtensprecher nicht mehr zu sehen war und nur ein rabenschwarzer Bildschirm zurückblieb. Ein unmenschliches Kreischen zerriss die aufgekommene Stille und als mein Blick aus dem Fenster glitt, konnte ich eines dieser Geschöpfe sehen, welches nicht weit von unserem Haus landete. Auf dem Boden kam ein Mensch auf, der sich umsah und dann auf das Haus unserer Nachbarn zuging. Ich packte meine Mutter an der Hand und zog sie vom Fenster weg.

»Wir können hier nicht bleiben. Wir müssen ... uns verstecken.« Es dauerte gefühlte Ewigkeiten, ehe ich wieder halbwegs normal funktionierte. Auch meine Mutter schien endlich aus ihrer Starre zu erwachen, drückte meine Hand und riss mich mit sich in den Flur, wo wir leise die Kellertür öffneten und direkt hinter uns wieder schlossen. Im Dunkeln gingen wir die Stufen hinab, ertasteten uns einen Weg zum abschließbaren Heizungskeller.

***

»W...was war das, Mama ...?«, fragte ich flüsternd, als ein Poltern ertönte. Mein Herz schlug mir bis zum Hals. Stumm kauerten wir eine gefühlte Ewigkeit in dem kleinen Raum und lauschten auf die Schritte, die in der Etage über uns zu hören waren. Jemand war in unserem Haus und schien nach etwas zu suchen. Oder nach jemandem?

»Ich weiß es nicht«, wisperte sie endlich und ich schloss die Augen, versuchte die Tränen aufzuhalten, die sich bereits einen Weg über meine Wangen suchten. Die Bilder der Nachrichten flackerten vor meinem inneren Auge wieder auf und ich dachte an die Gestalt dieser Wesen, die auf die Erde gekommen waren. Es waren Drachen. Völlig verrückt! So etwas durfte doch eigentlich gar nicht möglich sein. Die angenehme Wärme, die sich gestern in mir festgesetzt hatte, war wie weggeblasen und ich verspürte eine alles vernichtende Angst in mir.

***

Stunden waren vergangen.

Die Schritte verklangen allmählich und durch das kleine Gitterfenster im Heizungsraum konnte ich erkennen, dass sich der Himmel bereits zur Abenddämmerung zu verfärben begonnen hatte. Tausend Gedanken wirbelten in meinem Kopf umher. Was war mit Luca, meinem besten Freund? Und was war mit meinem Vater? Wieso war er noch nicht von der Arbeit zurück, warum war er nicht bei uns? War er vielleicht am falschen Ort gewesen, als diese Wesen auf die Erde gefallen waren? War er bereits …?

Wie versteinert starrte ich auf das immer dunkler werdende Fenster. Was, wenn alle, die ich kannte, gar nicht mehr da waren? Wenn es nur noch mich und meine Mutter gab? Mir wurde schlecht.

»Wir müssen hier raus«, hörte ich sie plötzlich sagen.

Verwirrt schaute ich sie an. Der Gedanke, das sichere Versteck verlassen und mich der Welt dort draußen stellen zu müssen, ließ mich erzittern. Ich hatte Angst vor dem, was mich auf den Straßen unserer Wohngegend erwarten würde.

»Wir können nicht ewig hierbleiben, Romy. Außerdem … dein Vater … wir müssen ihn finden.« Ein dumpfer Knall ertönte und ich zuckte zusammen.

»Was war das?«, flüsterte ich mit vor Angst bebender Stimme.

Meine Mutter presste die Lippen aufeinander. »Eine Bombe … die Bundeswehr ist bestimmt mobilisiert worden.« Sie riss den Blick vom Fenster los, nahm meine Hände in ihre, blickte mich energisch aus braunen Augen an. »Hör zu, wenn die Bundeswehr eingeschritten ist, wird es sicherlich auch eine Sammelstelle für die Leute geben. Wir können unseren Soldaten vertrauen. Aber wir dürfen nicht hierbleiben, Romy. Um beschützt zu werden, müssen wir die Soldaten finden.«

»Woher willst du wissen, dass eine Sammelstelle eingerichtet wird? Was, wenn es so etwas gar nicht mehr geben kann?«, gab ich schluchzend von mir. Meine Mutter riss mein Kinn hoch, damit ich ihr ins Gesicht sah. Wilde Entschlossenheit tobte in ihren Augen.

»Dein Vater war Jahre lang bei der Bundeswehr, ich weiß also in etwa, wie so etwas abläuft. Vertrau mir, Liebes, hier stehen unsere Chancen nicht so gut wie bei den Soldaten.«

Ich nickte, wischte mir die Tränen weg und versuchte tapfer zu sein.

Sie lächelte mild und strich mein Haar glatt, drückte mir einen Kuss auf die Stirn und flüsterte: »Alles wird gut.« Sie schien um einiges ruhiger zu sein, als ich es war.

Als sie vorsichtig den Schlüssel umgedreht und die Stahltür geöffnet hatte, lauschte sie einen Moment, konnte jedoch keine Geräusche im Inneren des Hauses ausmachen. Ich folgte ihr – so leise ich konnte – die Treppe nach oben. Wir öffneten die Tür zum Flur.

***

Um uns herum herrschte einen Atemzug lang eine alles verschlingende Stille. Erneut ertönte eine Explosion und aus der Ferne drangen Schüsse zu uns. Mein Herzschlag beschleunigte sich.

Meine Mutter ging in die Küche, schnappte sich einen Rucksack und warf haltbare Sachen hinein, wie Dosenravioli, Cracker und getrocknetes Obst. Ziemlich schnell erkannte ich ein System dahinter und mein Magen wollte sich umdrehen, mir wurde richtig schlecht. Dachte sie etwa, dass wir in nächster Zeit nicht hierher zurückkehren würden?

Ohne weiter Zeit zu verlieren, zog sie mich mit nach draußen. Ich stolperte über meine eigenen Füße, die nur in Flipflops steckten, und versuchte mit ihr Schritt zu halten. Mein luftiges Sommerkleid erschien mir jetzt albern und unpassend zu sein, doch wer hätte denn ahnen können, dass so etwas passieren würde?

***

Auf den Straßen herrschte Chaos. Die Menschen rannten panisch umher und wussten nicht, was sie tun sollten. Eine junge Frau war nur mit einem dünnen Bikini bekleidet, eine weitere trug noch ihr Handtuch nach der Dusche auf dem Kopf. Uns alle hatte dieses Ereignis völlig unvorbereitet getroffen und keiner wusste wirklich, wie man mit dieser Situation umgehen sollte.

Woher denn auch? Bisher hatten Drachen und Wesen aus einer anderen Welt nur in Büchern oder Filmen existiert.

Ein erneuter Knall ließ mich zusammenzucken, dieses Mal deutlich näher bei uns. Neben uns tauchte ein Panzer der Bundeswehr auf, weitere Fahrzeuge folgten. Die Fußsoldaten trugen schwere Gewehre um die Schultern, ebenso die, die auf den Fahrzeugen mitfuhren.

»Bitte bewahren Sie Ruhe und suchen Sie die Universität im Stadtzentrum auf. Dort ist eine Sammelstelle eingerichtet. Bitte bleiben Sie ruhig und gehen Sie geordnet zu der Universität.«

Meine Mutter und ich mischten uns unter die verängstigten Leute und liefen mit dem Strom. Ich konnte nicht anders und blickte mich immer und immer wieder um. Egal wohin ich sah, überall hingen Rauchschwaden in der Luft und zeigten das Ausmaß der Zerstörung.

Je näher wir der Innenstadt von Hamburg kamen, desto mehr konnte man sehen, wie schwer es uns getroffen hatte: Die meisten Gebäude waren gänzlich zerstört, überall flammten kleinere und große Feuer auf und erhellten die Nacht. Soldaten schrien etwas, Verletzte wurden von den Straßen gezogen. Männer und Frauen kauerten auf dem Boden vor toten menschlichen Körpern und weinten; weinten so bitterlich, dass dieses Geräusch für immer in meinem Kopf bleiben würde.

Und dann sah ich *sie*. Sie sahen aus wie wir, nur nicht so verängstigt, hilflos und überfordert. Während in unseren Gesichtern die pure Angst stehen musste, schienen sie völlig gelassen zu sein. Ich sah Leute, die voller Panik ihre Fahrzeuge mit Taschen beluden, vermutlich um die Stadt zu verlassen. Und dann sah ich einen Mann, dessen muskulöse Gestalt in einer schwarzen Lederhose und Lederweste steckte – fast hätte man denken können, er wäre einer von uns, doch dann traf er einen Soldaten mit einem gewaltigen Tritt gegen die Brust, was ihn mehrere Meter weit durch die Luft schleuderte. Er musste enorme Kräfte haben.

Eine blonde Frau wich einem Soldaten aus und griff an den Lauf seines Sturmgewehrs. Als wäre es Butter in ihrer Hand, bog sie ihn nach oben und machte die Waffe völlig unbrauchbar. Panik brach aus, als ein weiterer

Knall in unmittelbarer Nähe ertönte, und die Menschen rannten wild durcheinander. Ich verlor die Hand meiner Mutter und wurde zu Boden gedrückt.

»Romy!«, hörte ich meine Mutter schreien, doch eine weitere Explosion trieb sie fort von mir. Spitze Steine und Glasscherben bohrten sich in meine Haut, als Leute rücksichtslos über mich hinwegtrampelten. Ich krümmte mich zusammen und schützte den Kopf mit den Armen. Ein weiterer Tritt in den Rücken. Dann stolperte jemand über mich und fiel. Tränen rannen über mein Gesicht und ich wollte einfach nur, dass es aufhörte.

Verschwommen nahm ich die Silhouetten von davonrennenden Menschen wahr, bis es irgendwann gespenstisch ruhig wurde. So ruhig, dass ich die drohende Bewusstlosigkeit, die an mir zerrte, nicht mehr zurückdrängen konnte.

***

Ich hatte keine Ahnung, wie lange ich dort auf der Straße gelegen hatte, doch endlich kam wieder Leben in mich. Jeder Muskel in meinem Körper brannte, der rechte Arm, auf dem ich gelegen hatte, war wegen der Glassplitter mit unzähligen kleinen Schnittwunden übersät. Ich brauchte meine ganze Willenskraft, um mich irgendwie aufzurichten. Ein heißer Schmerz schoss mir in die Seite und ich merkte, wie mein Blickfeld erneut zu verschwimmen drohte. Dann war da plötzlich eine Hand, die mich am Oberarm packte und auf die Füße zerrte. Ich wusste nicht, wie mir geschah.

»Komm schon, Kleine! Nicht am Boden bleiben!«, schrie der Mann mir zu und ich stolperte blindlings mit ihm.

Adrenalin begann sich in mir auszubreiten; trotzdem war ich durch die vielen Tritte, die ich abbekommen hatte, zu benommen, um mich schnell fortzubewegen. Die Flipflops hatte ich verloren, ich erinnerte mich aber nicht, wann. Glasscherben bohrten sich schmerzhaft in meine Füße und ich stolperte, fiel und wollte nicht mehr aufstehen.

»Verdammt! Dennis, ich muss sie tragen!« Der Zorn und die Verzweiflung waren dem Fremden deutlich anzuhören, als er zu mir zurückkam und mich auf seine Arme hob. Meine Muskeln zitterten und jeder Atemzug brannte in der Lunge, löste eine Welle von Schmerz an meinem rechten Rippenbogen aus. Ich wusste nicht, wie lange der Unbekannte lief, doch irgendwann wurde es ruhiger um uns. Sein Atem ging nur noch stoßweise, und als er mich absetzte, sah ich ihn das erste Mal an.

Er trug eine Uniform der Bundeswehr, doch das, was meine Aufmerksamkeit anzog, waren die blutigen Wunden, die sich über sein ganzes Gesicht zogen. Fünf Stück an der Zahl, als wäre er von jenen Bestien aufgeschlitzt worden.

Eine weitere Gestalt trat in mein Blickfeld. Der zweite Mann, Dennis, vermutete ich, war nicht so geschunden wie der Soldat.

»Kannst du laufen? Die Universität ist nicht mehr weit, vielleicht zwei Straßen entfernt. Du musst nur bis dahin durchhalten, okay?«

Eigentlich wollte ich nicht mehr. Ich wollte die schmerzenden Beine nicht mehr bewegen müssen und ich wollte auch nicht länger weglaufen. Ich wollte einfach die Augen öffnen und aus diesem Albtraum erwachen. Das konnte doch alles nicht real sein!

»Meine Mutter ...« Meine Stimme brach und ich hustete, um das Kratzen im Hals zu beseitigen. Ich hatte sie verloren. War sie tot? Oder hatte sie es bis zur Universität geschafft?

»Die ist sicher bei der Universität, viele Menschen haben es dorthin geschafft. Komm schon, Kleine.«

»Romy«, krächzte ich, weil ich es trotz allem nicht ausstehen konnte, wenn man mich »Kleine« nannte. Ein Lächeln trat auf das verschmutzte Gesicht des Soldaten.

»Alles klar, Romy. Ich bin Jakob, der hinter mir heißt Dennis. Und wir drei werden jetzt zu dieser gottverdammten Universität gehen, verstanden?«

Ich nahm all meine Willenskraft zusammen und stand mit Jakobs Hilfe auf. Er stützte mich und schlang meinen Arm um seine Schulter. Ich keuchte vor Schmerz auf, als ich die ramponierte rechte Seite strecken musste, weil Jakob viel größer war als ich.

»'tschuldige«, murmelte er, während wir Dennis hinterherliefen, der sicherstellte, dass sich die Wesen nicht hinter einer Hausecke befanden und nur auf uns warteten.

»Was sind das für Dinger?«, fragte ich leise. Die Sonne war bereits untergegangen und es herrschte tiefschwarze Nacht. Nur die noch immer glühenden Feuer erhellten unseren Weg. Ich musste mehrere Stunden auf der Straße gelegen haben. Ein kalter Schauer überlief mich, diese Wesen hätten mich töten können.

»Ich habe keine Ahnung. Sie sehen aus wie wir, sind aber unmenschlich schnell und stark. Sie haben uns überrannt, als wären wir nichts.«

»Ich habe im Fernsehen gesehen, wie sie aussahen, als sie fielen. Es waren ... Drachen.« Als ich es aussprach, fühlte ich mich furchtbar albern, wie ein kleines fünfjähriges Mädchen, das noch an die Zahnfee glaubte. Doch Jakob lachte nicht.

»Ich weiß« war alles, was er antwortete.

Der Rest des Weges zur Universität war die reinste Qual. Jeder Muskel und jeder Knochen in meinem Körper protestierte, doch ich hielt die Schmerzen aus, um zu diesem Gebäude zu gelangen. Als wir in der Straße ankamen und sahen, dass die Universität kaum beschädigt war, konnte ich das erste Mal so etwas wie Hoffnung in meiner Brust spüren. Vielleicht würden wir auf weitere Überlebende treffen. Und vielleicht waren meine Eltern unter diesen Leuten. Ich biss die Zähne zusammen und zwang mich, die letzten Meter etwas schneller zu laufen. Jakob ließ mich vorsichtig los und eilte voraus, während ich ohne ihn als Stütze nur langsam vorankam.

Er stieß die Tür zur Universität auf und mit einem dumpfen Knall schwang sie zur Seite.

***

Jakob hielt sein Sturmgewehr vor sich, bereit zu schießen, während er mit langsamen Schritten ins Innere des Gebäudes trat. O Gott. Rechnete er etwa damit, dass wir in einen Hinterhalt gerieten? Meine Kraft war aufgebraucht und ich würde sicher sterben, wenn wir erneut fliehen mussten.

Als auch ich durch die Tür gekommen war, ließ Jakob gerade die Waffe sinken und hob die Arme in die Luft. Zwei Männer standen mit angelegtem Gewehr vor uns, schwarze Tücher bis zu den Augen hochgezogen.

»Seid ihr wie die oder seid ihr Überlebende?«, fragte der eine und richtete das Gewehr auf mich, als ich stehen blieb und langsam die zittrigen Hände in die Luft hob.

»Überlebende«, antworteten Jakob und ich wie aus einem Mund. Einen kurzen Moment blieben die Waffen noch auf uns gerichtet, dann schaute der Mann zu Dennis und richtete das Gewehr auf ihn.

»Und was ist mit dir?« Sein Zeigefinger schwebte über dem Abzug, ich konnte die feinen Schweißperlen auf seiner Stirn ausmachen, die deutlich zeigten, dass der Mann bis aufs Äußerste angespannt war. Mein Blick glitt zu Dennis und gerade als dieser den Mund öffnete, verlor der Mann die Beherrschung und drückte den Abzug. Ich sah noch, wie seine Augen in einem so leuchtenden Grün glühten, wie ich es nie zuvor gesehen hatte, bevor blaues Blut aus den Einschusslöchern floss und sein Hemd benetzte. Ein Schrei kletterte meine Kehle hinauf, als Dennis zu Boden fiel und nicht mehr aufstand.

»Er ist einer von denen!«, brüllte einer der Männer und zielte mit der Waffe erneut auf mich und Jakob. Tränen verschleierten meinen Blick und ich schloss die Augen, sendete ein Stoßgebet an den Himmel, dass diese Männer uns nicht einfach erschossen.

»Gottverdammte Scheiße!« Jakobs Gewehr fiel scheppernd zu Boden. »Ich hatte keine Ahnung, dass er einer von denen ist, bitte, ich wusste es nicht! Mein Name ist Jakob Hamann und ich bin Soldat der Deutschen Bundeswehr, bitte, ich schwöre euch, ich wusste nicht, dass er einer von denen ist!«

Als ich etwas Kühles an meiner Haut spürte, öffnete ich die Augen. Der metallene Lauf einer Pistole wurde gegen meine Stirn gepresst. Erneut kamen mir Tränen und ich schüttelte vehement den Kopf, war völlig überfordert mit dieser ganzen Szenerie.

»Er sagt die Wahrheit, bitte. Bitte töten Sie uns nicht«, brachte ich schluchzend hervor und konnte nicht verhindern, dass ich am ganzen Körper zitterte wie Espenlaub. Der Mann, der Dennis getötet hatte, blickte den anderen an. Sie trugen noch immer die schwarzen Tücher vor Nase und Mund, sodass nur ihre Augen zu sehen waren.

»Was ist denn hier los?!«, ertönte eine weitere Stimme und eine hochgewachsene Frau mit rotem Haar kam aus dem Gebäude und trat zwischen den beiden Männern hindurch. Ihr Blick glitt zu der Leiche am Boden, dann richtete sie ihre Aufmerksamkeit auf mich und Jakob.

Ich sah Zuneigung in ihren Augen aufflammen, als sie den Soldaten ansah.

»Jakob? O Gott, ich hatte ja keine Ahnung, dass du schon wieder zurück bist!«

Ehe ich mich's versah, fiel sie dem Soldaten um den Hals, legte ihm die Hände an seine Wangen und betrachtete die tiefen Furchen in seinem Gesicht. Tränen glitzerten in ihren Augen und auch er schien nicht weniger berührt von diesem Wiedersehen zu sein.

»Das ist mein Bruder. Bring sie rein, Erik, und lass ihre Wunden von Marie verarzten«, sagte sie an die Männer gewandt, ohne jedoch den Blick von Jakob zu nehmen. »Du kommst mit zu Wolf, es wird ihn sicher freuen, einen weiteren Soldaten in unserem Team zu haben.«

Erik zog das Tuch hinunter, nahm mich am Arm und führte mich ins Innere der Universität. Der Stein, der mir vom Herzen fiel, schien die Größe eines verdammten Berges zu haben.

***

Im Gebäude waren viele Überlebende und die Hoffnung, dass meine Eltern auch hier sein könnten, überwältigte mich fast. Fiebrig suchend blickte ich mich um, doch ehe ich jemanden finden konnte, zog Erik mich mit zu einer jungen Frau. Ein Pflaster klebte auf ihrer dunklen Haut über der Augenbraue und ihr schwarzes Haar war zu einem Pferdeschwanz gebunden. Die Spitzen sahen aus, als wären sie angekokelt worden, ihre Kleidung war schmutzig und wies ebenfalls einige Brandlöcher auf.

»Setz dich hierhin«, forderte sie geschäftig und Erik versetzte mir einen kurzen Stoß, als ich nicht sofort reagierte. Ich ließ mich auf dem Boden nieder, lehnte den Rücken gegen die Wand und schloss die Augen. Erschöpfung floss durch meine Adern und alle Glieder wurden so schwer, dass ich fürchtete nie wieder aufstehen zu können.

Während Marie meine Wunden säuberte und meine Rippen abtastete, hielt ich die Augen geschlossen und versuchte, keinen Mucks von mir zu geben. Als ich ihre Hände nicht mehr auf meinem Körper spürte, wollte ich endlich die Lider öffnen und weiter nach meinen Eltern suchen, aber die Müdigkeit und Erschöpfung zerrten so heftig an mir, dass ich nicht einmal mehr das schaffte. Ich ließ mich mitreißen und hinab in die Schwärze ziehen, die ihre fahrigen Finger nach mir ausstreckte.

Ob es Ohnmacht oder Schlaf war, wusste ich nicht, doch rückblickend würde ich froh sein, dass der mögliche Verlust meiner Eltern zumindest in diesem Moment nicht mehr gegenwärtig war.

Kapitel 3

Romy

Als ich zu mir kam und gegen die aufgehende Sonne, die durch die Fenster schien, blinzelte, verlor ich mich fast in der Annahme, dass alles nur ein schlimmer Traum gewesen war. Die Ereignisse waren noch nicht bis in meinen Verstand eingedrungen, doch als ich mich umsah und die Menschen erkannte, die Zuflucht in der Universität gefunden hatten, wurde mir klar, dass es sich um die harte Realität handeln musste. Gleich darauf ertönte der Knall einer detonierenden Bombe und ließ die Erde erbeben. Die gläsernen Anhänger eines Kronleuchters klirrten.

Meine schmerzenden Muskeln und das Dröhnen im Kopf ignorierend stand ich auf und bahnte mir einen Weg durch die Menge. Meine Füße, die in dicken Verbänden steckten, protestierten. Aber ich musste unbedingt nach meinen Eltern suchen, denn ich wollte nicht daran denken, dass sie es vielleicht gar nicht bis hierher geschafft hatten. Mit jedem weiteren markerschütternden Knall zuckte ich zusammen, während langsam der Staub von der Decke der Universität rieselte. Ewig würde das Gebäude nicht standhalten.

»Bist du sicher, dass du schon laufen solltest?«, fragte jemand und ich drehte mich um. Es war der Soldat von gestern, Jakob. In den Händen hielt er ein Bündel frische Kleidung und Schuhe, die ich wirklich gut gebrauchen konnte. Erst jetzt wurde mir bewusst, dass ich keine Schuhe trug und ich noch immer das Sommerkleid anhatte, welches mit Rissen, Schmutz und Blut übersät war. Ich blickte an mir hinunter und zuckte leicht mit den Schultern.

»Ich muss meine Eltern finden, weißt du?«

Er nickte, reichte mir die Kleidung und lenkte mich zurück zu meinem Platz, an dem ich die Nacht verbracht hatte. »Zieh dich erst einmal um, ich sage Marie Bescheid, dass du wach bist. Sie wird nach dir sehen, dann kannst du nach deinen Eltern suchen, okay?«

Ich wollte protestieren, wollte die nutzlose Behandlung nicht, doch da zog es heftig in der schmerzenden Seite, weswegen ich lieber den Mund hielt. Meine Rippen mussten mehr abbekommen haben, als ich gestern geglaubt hatte. Ich nuschelte eine Zustimmung, ehe ich mich hinter einer Säule versteckte und das farbenfrohe Kleid gegen Cargohose und T-Shirt tauschte.

Über die Verbände stülpte ich Socken, dann versuchte ich in die Stiefel zu kommen, die Jakob mir hingestellt hatte. Ich sog die Luft scharf ein, als die gereizte Haut an den Schnitten spannte, schaffte es allerdings, die Schuhe anzuziehen. Die Schnürsenkel würde ich vorerst offen lassen müssen. Gerade als ich mich doch etwas umsehen wollte, kam Marie durch die Menge auf mich zu.

»Nicht so schnell«, hielt sie mich auf und ich blickte die Augen verdrehend zu ihr. Sie trug einen Pappteller mit etwas Brot und einen Becher vor sich. »Frühstück«, erklärte sie, stellte den Teller ab und deutete auf meine Seite. »Ich muss mir deine gebrochene Rippe noch mal ansehen, okay?«

Seufzend nickte ich. Da ich wusste, dass ich sowieso keine Chance gegen sie hatte, zog ich das Shirt hoch und ließ Marie ihre Arbeit tun. Sie lockerte den stabilisierenden Verband und drückte etwas an meinem Brustkorb entlang, was mir ein leises Keuchen entlockte. Die ganze rechte Seite schmerzte und war vermutlich vollkommen blau. Anders gesehen hatte ich noch Glück gehabt, eine gebrochene Rippe war nichts im Gegensatz zu den vielen Menschen, die ihr Leben gelassen hatten.

»Ich muss meine Eltern suchen«, sagte ich, als Marie einen neuen Verband anlegte. Ihre dunklen Augen waren konzentriert auf meine Rippen gerichtet, doch sie nickte als Zeichen, dass sie mir zugehört hatte.

»Bitte bleib innerhalb des Gebäudes. Die Überlebenden aus der Umgebung sind sehr wahrscheinlich alle hier. Wenn du mit deinen Eltern auf dem Weg hierher warst, wirst du sie finden. Iss erst etwas, dann kannst du sie suchen, okay? Du musst bei Kräften bleiben, so gut es geht.«

Keine Ahnung, ob ich erwartet hatte, dass Marie mich sofort gehen ließ, aber ihre Worte gefielen mir nicht. Ich presste die Lippen aufeinander, nickte bloß zur Antwort und ließ mich wieder auf den Boden sinken.

»Es wird alles wieder gut werden«, versuchte sie mich mit einem schwachen Lächeln zu trösten, derweil ich in das Brot biss. Kurz nachdem Marie weg war, schmiss ich die angebissene Scheibe zurück auf den Teller und stand auf, um endlich loszugehen. Vielleicht waren Luca und Sina bei meinen Eltern. Vielleicht machten sie sich Sorgen und wussten nicht, ob ich es geschafft hatte.

Mein Herz machte einen Satz, als ich durch die Menge ging und eine Frau auf dem Boden ausmachte, die so leuchtendes kastanienbraunes Haar trug wie meine Mutter. Hoffnungsvoll fasste ich an ihre Schulter.

»Ma?«

Sie drehte sich um, doch nicht die vertrauten braunen Augen blickten mir entgegen, sondern fremde blaue. Ich zog die Hand zurück und schenkte ihr einen entschuldigenden Blick. »Oh, ich habe Sie verwechselt, tut mir leid.«

Ich ging weiter durch das Erdgeschoss und suchte den Eingangsbereich erfolglos ab. Fast wollte ich schon die Hoffnung verlieren, da hörte ich hinter mir plötzlich eine Stimme. »Romy?«

Mein Herz klopfte wie wild, als ich mich umdrehte und meiner Mutter in die Augen blickte. »Mama!«, schrie ich und rannte, trotz bandagierten Füßen, auf sie zu, Tränen rannen mir die Wangen hinab. Sie schlang ihre Arme um meinen Körper und drückte mich fest an sich, sodass meine Rippen schmerzten, doch es kümmerte mich nicht. Ich nahm den vertrauten Duft nach Rosen wahr, der sich mit etwas Verbranntem mischte. Die Erleichterung, sie unversehrt in den Armen halten zu können, überwältigte mich.

»Als ich dich verloren hatte, dachte ich, du würdest sterben«, stieß sie schluchzend hervor und ich schüttelte den Kopf, verbarg das Gesicht in ihrem weichen Haar.

»Ein Soldat hat mich gefunden und hergebracht.«

Sie hielt mich eine Armeslänge von sich und betrachtete mich abschätzend.

Bevor sie jedoch etwas sagen konnte, kam ich ihr zuvor. »Was ist mit Papa? Ist er … hier? Und hast du Luca oder Sina gesehen …« Die Worte kamen so schnell aus mir heraus, dass ich mich verhaspelte. Ich drückte ihre Hände. Die Hoffnung, sie alle wiederzusehen, wollte mich schier übermannen und ich mochte nicht einmal daran denken, was mit mir geschehen würde, wenn sie jetzt mit traurigem Blick erzählte, dass keiner von ihnen es geschafft hatte.

»Sie sind alle hier, Schätzchen. Komm mit, wir gehen zu ihnen.« Sie lächelte mich an und ein riesiger Stein fiel mir vom Herzen. Fast spürte ich schon, wie sich neue Tränen in meinen Augen bildeten, die Erleichterung und Freude, meine Familie wiederzusehen, war gewaltig!

Als sie mich in einen Nebenraum gebracht hatte und ich meinen Vater sowie Sina und Luca sah, konnte mich nichts mehr aufhalten. Ich stürmte auf sie zu, warf mich meinem Vater um den Hals und drückte Sina und Luca an mich. Es tat gut, sie alle hier lebendig anzutreffen, ich hatte gar nicht zu hoffen gewagt sie jemals wieder zu Gesicht zu bekommen. Wären sie gestorben, hätte ich nicht gewusst, wie ich das alles überstehen sollte.

»Wir dachten schon, du würdest es nicht schaffen, als deine Eltern uns gefunden haben und du nicht dabei warst«, erzählte Luca mir und presste mich an sich. Sein dunkelblondes Haar war zerzaust, er sah müde und ausgelaugt aus. Ich löste mich aus der Umarmung und stürzte mich in die Arme meiner besten Freundin, die einen feinen Kratzer oberhalb der Augenbraue hatte.

»Ich hatte Glück im Unglück«, erwiderte ich mit einem schwachen Lächeln und erzählte meinen Freunden die Kurzversion der Geschichte, wie Jakob mich gefunden hatte. »Habt ihr ... diese Dinger gesehen? Was ist mit euren Eltern?«, fragte ich, ohne Luft zu holen.

Sina und Luca tauschten kurz einen Blick aus, ehe Sina die Arme vor der Brust verschränkte und sich mit den Händen über ihre Oberarme rieb. Ich war mir sicher, dass sie genauso gruseliges Zeug gesehen hatten wie ich.

»Sinas Eltern und mein Vater sind auch hier, es geht ihnen gut. Das waren Drachen, nicht wahr? Wie abgefahren ist das bitte?« Luca schüttelte den Kopf, als könne er es nicht begreifen. Und so war es ja auch. Jetzt, wo etwas Zeit verstrichen war und wir darüber nachdenken konnten, was wir erlebt hatten, wirkte alles völlig surreal. Aber jeder von uns wusste, was wir gesehen hatten, und das waren definitiv Drachen gewesen.

»Hey, was ist da drüben los?«, fragte mein Vater und deutete auf die Menschen, die es in den Eingangsbereich der Universität verschlug. Ich folgte meinen Eltern, als sie sich in Bewegung setzten und ebenfalls in die Richtung gingen. Ein Mann, vielleicht Ende vierzig oder Anfang fünfzig, stand am Geländer des ersten Stocks und schaute auf die Menge hinunter. Seiner Uniform nach zu urteilen, war er ebenfalls ein Soldat.

»Mein Name ist Johannes Wolf, ich bin Generalmajor der Deutschen Bundeswehr. Wie Sie alle mitbekommen haben, befinden wir uns im Krieg mit einer nicht identifizierten Spezies. Soweit wir wissen, ist nicht nur Deutschland befallen worden, sondern ganz Europa. Vermutlich haben diese Kreaturen auch Asien, Amerika und die anderen Kontinente besetzt. Was sie wollen, ist nicht klar, doch das hier ist ein Krieg wie jeder andere und wir sind ausgebildet worden, um Wesen wie sie zu vernichten. Die Universität ist vorerst sicher, Sie brauchen keine Angst zu haben. Meine Männer und ich werden dafür sorgen, dass Ihnen nichts passiert.«

Er nickte der Menge einmal zu, ehe er zu den Treppen ging und wieder nach unten kam. Ich betrachtete ihn, er war ein gut gebauter Mann, der vermutlich schon viel mehr gesehen hatte, als ich mir vorstellen konnte. Während er an uns vorbeiging, konnte ich die Narben erkennen, die sein Gesicht zeichneten. Das graue Haar war kurz geschoren, eine weitere wulstige Narbe zog sich von seiner linken Schläfe bis zum Hinterkopf. Ich wollte mir gar nicht ausmalen, wie er sie bekommen hatte.

Draußen war es verdächtig ruhig geworden. Ich hasste die Tatenlosigkeit und nachdem Sina zu ihren Eltern gegangen war und Luca und meine Mutter sich hingelegt hatten, lief ich ziellos durch das Universitätsgebäude. Als ich sah, dass mehrere Soldaten mit erhobenen Sturmgewehren zur Tür rannten, hielt ich Jakob auf, der ebenfalls zu Hilfe eilen wollte. Seine Schwester, der wir unser Leben verdankten, war einige Schritte entfernt und half Verletzten.

»Hey, was ist da los?«, fragte ich Jakob und deutete auf die Tür, die sich einige Meter vor uns befand. Die Soldaten waren verschwunden, doch irgendwie baute sich ein mulmiges Gefühl in meiner Magengegend auf.

»Ich weiß es nicht. Ich weiß nur, dass diese Dinger nicht so leicht zu töten sind. Dennis hat die Schüsse überlebt, kannst du dir das vorstellen? Er ist aufgestanden und davongelaufen, als hätte er nicht mindestens ein halbes Dutzend Kugeln im Bauch gehabt. Keine Ahnung, was das für Wesen sind, aber ich glaube, für uns sieht es nicht gut aus. Jedenfalls nicht, solange wir nicht wissen, wie sie zu töten sind.«

Ich presste die Lippen aufeinander. Dennis lebte also. Es schien mir so unmöglich, dass er diese Schüsse überlebt hatte und immer noch da draußen herumlief. Was war sein Plan gewesen? Hatte er nur sehen wollen, wo wir uns zusammenfanden und Schutz suchten? Was, wenn er ein Spitzel der *anderen* war und sich nun eine ganze Gruppe von denen auf den Weg zur Universität machte? Ein Schauer überlief meinen Rücken.

»Denkst du, wir sind hier sicher?«, fragte ich ihn besorgt. Die Wunden in seinem Gesicht waren gereinigt und mit Wundnahtstreifen zusammengeflickt worden. Seine braunen Augen waren voller Wärme, ganz gleich, in welcher schwierigen Situation wir uns befanden. Erst jetzt fiel mir auf, dass er ein attraktives Gesicht hatte. Ohne den Helm, den er gestern getragen hatte, konnte ich die kurzen dunkelbraunen Haare erkennen, die sich leicht lockten. Der stoppelige Dreitagebart ließ ihn älter wirken, als er vermutlich war. Bevor er antwortete, blickte er sich um, um sicherzugehen, dass uns niemand zuhörte.

»Willst du, dass ich ehrlich bin?« Ich nickte, erwiderte prüfend den durchdringenden Blick in seinen Augen. »Ich glaube nicht, dass diese Universität tatsächlich sicher ist. Früher oder später werden sie hier reinkommen und dann, hoffe ich, sind wir schon weitergezogen.«

Ich wollte etwas erwidern, doch ein markerschütterndes Brüllen, das nicht von dieser Welt sein konnte, machte jegliche Erwiderungen nichtig. Ich fuhr zur Tür herum, hörte Schüsse und Schreie von den Männern, die vergeblich versuchten, die Universität zu verteidigen.

»Sie brechen durch!«, schrie jemand und keine Sekunde später zerbarst die Tür und die Quelle des Brüllens stürzte ins Innere der Universität. Augenblicklich brach Panik aus, doch der Schock lähmte mich, sodass ich dieses Wesen vor mir nur anstarrte.

Man konnte es vielleicht mit einer Raubkatze vergleichen, nur war diese Kreatur viel, viel größer. Sein gewaltiger Kiefer zeigte messerscharfe Zähne, kleine Ohren lagen an dem bulligen Kopf an, weiße ölige Haut spannte sich über jeden Muskel des Körpers. Das Ende des zuckenden Schweifs war mit Stacheln besetzt, rabenschwarz wie das Pech, welches uns verfolgte. Es riss das Maul auf, Geifer triefte zu Boden und verätzte die Fliesen, ein weiteres Brüllen drang tief aus der Kehle des Monsters.

»Wir müssen hier weg. Komm schon, Romy!«, schrie Jakob, packte meinen Arm und riss mich mit sich.

Ich stolperte über meine eigenen Füße und konnte den Blick kaum nach vorn richten, denn weitere Ungeheuer brachen ein, strauchelten und rutschten einige Meter ins Innere der Universität. Hätten sie nicht so grotesk und Furcht einflößend ausgesehen, hätte man sie mit einer Schar tollpatschiger Welpen gleichsetzen können. Doch diese Dinger pflügten durch die Menschenmenge, als wären wir Streichhölzer. Zwei dieser Wesen stritten sich um einen Soldaten, dann erklang ein reißendes Geräusch – und der Mann war entzweigerissen. Ein erstickter Schrei entwich mir und mein Herz pumpte viel zu schnell. Adrenalin schoss mir durch die Adern und meine Beine lernten wieder, was es hieß, zu rennen.

»Sieh zu, dass du hier rauskommst!« Jakob schubste mich in die Arme meines Vaters, der wie aus dem Nichts auftauchte, ehe er sein Gewehr in beide Hände nahm und auf die Wesen schoss. Mein Vater legte eine Hand an meinen Rücken und schob mich nach vorn.

»Wir können ihn nicht zurücklassen!«, rief ich verzweifelt, als ich sah, wie Jakob sich einen Weg zu Erik bahnte, der verletzt am Boden lag.

Eine dieser Raubkatzen richtete den Blick aus milchigen Augen auf ihn, der Schweif zuckte, ehe sie sich nach vorn stürzte. In dem Moment, in dem ich sah, wie dieses Wesen sich auf Jakob und Erik stürzen wollte, während beide am Boden waren, setzte irgendetwas in meinem Gehirn aus. Ich riss mich von meinem Vater los, hörte nur wie aus weiter Ferne, dass er meinen Namen schrie, hetzte nach vorn und half Jakob auf die Füße.

»Komm schon!«, schrie ich ihn an und zerrte an seinem Arm.

»Wir müssen ihm helfen!« Verzweiflung stand in Jakobs Gesicht, doch plötzlich war das Monster da und versenkte die scharfen Zähne in Eriks Bein. Er schrie, während es ihn schüttelte. Ein ekelerregendes Geräusch von Knochenknacken, Eriks markerschütternder Schrei, welcher von jetzt an immer in meinem Kopf bleiben würde, und dann spritzte Blut.

Ich verstand erst nicht, dass es Eriks Bein war, das die Kreatur vor uns gierig verschlang, verstand nicht, dass er dem Tode geweiht war, dass sein Blut sich rasend schnell auf den Fliesen verbreitete. Seine Augen wurden glasig, als er zu uns sah, seine Lippen formten ein tonloses *Helft mir!*, ehe sich die Zähne des Monsters erneut in Eriks Fleisch fraßen und sein Körper erschlaffte. Er ... war nicht mehr.

»Wir müssen ... hier weg«, flüsterte Jakob fassungslos. Ich krallte die Finger in den Stoff seiner Jacke. »Wir müssen hier weg. *Wir müssen hier weg!*«

Als würde ein Schalter umgelegt werden, kam wieder Leben in uns und Jakob riss mich mit sich. Menschen rannten wild umher, immer wieder ertönten Schüsse und das Brüllen der Kreaturen, die uns zerrissen wie Postkarten. Ein blutüberströmter Mann prallte gegen mich und ich wäre gefallen, hätte Jakob mich nicht festgehalten.

»Wir dürfen keine Zeit verlieren, komm schon! Nicht stehen bleiben, Romy!« Jakob hatte recht: Wenn wir überleben wollten, durften wir nicht stehen bleiben. Wir mussten rennen, weitermachen. Immer weiter. Blut begann in meinen Ohren zu rauschen und ich hörte die Worte von Johannes Wolf, die sich in meinem Kopf abspielten wie ein Mantra, während das Chaos um uns herum jegliche Hoffnung zerstörte.

Die Universität ist sicher, hatte der Generalmajor gesagt. *Wir brauchen keine Angst zu haben. Die Universität ist sicher.*

Jakob und ich rannten weiter, dorthin, wo sich schon zahlreiche Menschen befanden. Erst konnte ich nicht sehen, was hinter der Traube war, doch dann erkannte ich ein Notausgangsschild. Der Hinterausgang! Natürlich.

Eine Frau, in deren Gesicht pure Panik stand, bahnte sich brutal um sich schlagend einen Weg durch die Menschenmenge und stieß mich heftig zu

Boden. Ich verlor Jakobs Hand und kam auf den Fliesen auf, durch meine rechte Seite schoss ein heftiger Schmerz, als meine demolierten Rippen mit dem Boden Bekanntschaft machten. Ich spürte, wie man über mich hinwegtrampelte, Bilder von gestern flammten vor meinem inneren Auge auf, wie die Leute achtlos über mich fielen, wie sich die Glasscherben in mein Fleisch bohrten und ich bewusstlos wurde. Nein, nein, nein!

Ich musste leben, ich musste aufstehen! Ein verzweifelter Schrei zwängte sich aus meiner Kehle und ich versuchte mich aufzurichten. Wieder waren da Hände, die mich auf die Füße zerrten, und wieder war es Jakob, der mir entgegenblickte. Irgendwie schafften wir es, zum Hinterausgang zu gelangen. Warme, nach Feuer stinkende Luft wehte mir entgegen und Rauch brannte in meiner Kehle.

***

»Die Hälse! Schießt auf die Hälse!«, schrie Wolf, der etwas weiter vorn sein Sturmgewehr erneut anlegte. Mein Blick glitt über die Schulter und ich sah eines dieser Wesen, das sich bis zu uns gekämpft hatte. Die Kugeln prallten an der stahlharten Haut ab, doch tatsächlich war der Hals ungeschützt. Ein weiterer Soldat schoss eine Kugelsalve ab und zielte direkt in das geöffnete Maul. Mit einem letzten, gurgelnden Geräusch krachte die Kreatur zu Boden und blieb reglos liegen.

Das, was hinter uns lag, glich dem Chaos, das vor uns herrschte. Ich konnte in einiger Entfernung Transporter ausmachen und unbewaffnete Menschen, die andere Menschen in diese verluden. Erst als ich Dennis erkannte, wurde mir klar, dass es die *anderen* waren, die uns Menschen in die Transporter verfrachteten. Ich schlug Jakob auf den Unterarm und erlangte so seine Aufmerksamkeit, deutete auf die Fahrzeuge, wo sich die Menschen zur Wehr setzen wollten, um von den *anderen* nicht verschleppt zu werden.

»Was haben die mit uns vor?«, hörte ich mich fragen. Mein Blick huschte über die Szenerie und dann endlich fand ich meine Eltern. »Komm mit!« Ich wollte zu meiner Familie laufen, doch plötzlich riss mich jemand zur Seite und hielt meine Arme hinten auf meinem Rücken fest. Grob stieß die Frau mich in Richtung des Transporters, ihre kühlen Finger hatten sich fest in mein Fleisch gedrückt.

»Jakob!«, schrie ich verzweifelt und zappelte wild umher, um mich zu befreien. Im selben Moment spürte ich eine seltsame Kraft in mir, riss den Kopf nach hinten und hörte ein verdächtiges Knacken, als mein Hinterkopf die Nase der Frau hinter mir traf. Sie stieß einen Fluch aus und ließ mich los, augenblicklich rannte ich davon. Jakob feuerte einige Schüsse ab, traf die Frau in die Stirn und sie fiel regungslos zu Boden. So naiv zu glauben, dass sie tatsächlich tot war, war ich nicht mehr. Vermutlich würde sie nur für wenige Stunden bewusstlos sein.

»Lauf weiter!«, rief Jakob mir zu, doch ich zögerte, weil er noch immer Schüsse auf die *anderen* abfeuerte. Voller Angst blickte ich zurück zur Universität. Geifernd brachen die letzten Kreaturen aus dem Hinterausgang heraus und rissen den erstbesten Menschen, der in ihrer Nähe war, in Stücke. Ziemlich schnell war klar, dass diese Dinger keinen Unterschied zwischen uns oder den *anderen* machten.

»Romy!« Ich fuhr herum und erkannte meinen Vater. Erleichtert fasste er mich an den Armen und zog mich an sich. »Mach so was nie wieder, hörst du?«

»Wo sind die anderen?«

»Etwas weiter vorn, ihnen geht es gut. Komm schon, wir müssen hier weg.«

»Anna!« Jakobs entsetzter Schrei hinterließ einen eiskalten Schauer auf meinem Rücken. Ich erblickte Anna weiter vorn, die verzweifelt versuchte wegzurennen. Doch bevor sie auch nur in die trügerische Sicherheit eines weiteren Soldaten mit Waffe kam, hatte die Raubkatze sie eingeholt. Die Kreatur schüttelte sie, ein Knacken ertönte und Annas Körper erschlaffte. Jakob schrie und richtete die Waffe auf das Wesen, in blinder Wut feuerte er eine Salve nach der anderen ab.

»Wir können ihn nicht hierlassen, Papa!«

Auf seiner Stirn stand der Schweiß, die dunkelblonden Haare waren völlig durcheinander, das weiße Hemd klebte ihm an seinem Körper. Er beugte sich zu mir und sah mich eindringlich an.

»Lauf zu deiner Mutter, verstanden? Ich hol den Jungen und komme dann zu euch.«

Tränen sammelten sich in meinen Augen, doch ich nickte. »Sei vorsichtig, bitte.«

»Bin ich immer. Los, lauf jetzt!« Er schubste mich von sich, ehe er sich eine Waffe von einem am Boden liegenden Soldaten nahm und sich zu Jakob durchkämpfte. Zum ersten Mal war ich froh, dass mein Vater jahrelang als Berufssoldat gedient hatte.

Ich rannte durch das Chaos schreiender, sterbender und kämpfender Menschen. Erleichterung durchfuhr mich, als ich sah, dass meine Mutter, Luca und Sina bei Wolf waren.

»Die Transporter! Nehmt euch die Transporter!«, schrie Wolf und setzte einen gezielten Schuss in die Stirn eines Mannes, der die Menschen verladen wollte. Seine leuchtend gelben Augen erloschen und er kam auf dem Boden auf. Marie, deren Shirt an der linken Schulter blutgetränkt war, riss ihr Gewehr hoch und knallte den Lauf gegen den Kopf einer Frau, stieg in einen Sprinter und startete den Motor. Ein weiterer Soldat verpasste der am Boden liegenden Frau einen Schuss zwischen die Augen.

»Wo ist dein Vater, Romy?«, fragte meine Mutter und ich deutete hinter mich.

»Er ... er wollte Jakob holen«, keuchte ich und realisierte jetzt erst, was ich von ihm verlangt hatte. Was, wenn er nicht zurückkam? Wenn auch Jakob es nicht schaffte? Vielleicht hatte ich gerade meinen eigenen Vater geopfert für einen Soldaten, den ich eigentlich gar nicht kannte.

»Alle in die Transporter!«, wies Wolf an und schubste Luca und Sina in Richtung der wartenden Fahrzeuge. Ohne sich umzublicken, kletterte Luca auf die Ladefläche des Sprinters und half Sina ins Innere. Ich raufte mir das Haar und blickte verzweifelt zurück, wo nur noch Zerstörung zu sehen war. Meine Gedanken überschlugen sich und ich betete inständig, dass mein Vater gleich mit Jakob auftauchen würde. Sie konnten nicht tot sein.

»Mein Mann, bitte, wir müssen auf meinen Mann warten!«, rief meine

Mutter angstvoll Wolf zu und legte die Hände an seinen Unterarm. Tränen standen in ihren Augen und verzweifelt rüttelte sie an seinem Arm. »Bitte.«

Ihre Stimme brach, Wolf griff nach ihrem Oberarm und schleifte sie mit zu einem der Transporter. Ich hörte, wie er einem weiteren Soldaten etwas zurief und auf einen am Boden liegenden *anderen* deutete, doch ich verstand den Sinn seiner Worte nicht. Plötzlich herrschte vollkommene Stille in meinem Kopf und ich sah zu, wie Wolf meine Mutter in eines der Fahrzeuge stieß und zur Fahrerseite ging. Er feuerte weitere Kugeln ab und traf erneut jemanden in den Kopf. Mir war völlig schleierhaft, wie er den Unterschied erkennen konnte. Vielleicht tat er es gar nicht und schoss einfach auf alles und jeden.

Einen Moment starrte ich in die Rauchwolke, die die Universität einhüllte. Immer und immer wieder sendete ich die Bitte an Gott, falls es ihn denn tatsächlich geben sollte, dass meinem Vater und Jakob nichts passiert war. Doch mit jeder Sekunde, die verstrich, entglitt mir die Hoffnung, dass sie es schaffen würden. Ich wusste, dass ich hier wegmusste, dass ich nicht stehen bleiben und warten durfte, doch irgendetwas in mir konnte nicht gehen. Konnte ihnen nicht einfach den Rücken zuwenden und mein Leben retten. Nicht solange es meine Schuld war, dass mein Vater für Jakob zurückgegangen war.

Als sich eine Silhouette inmitten des Staubs herauskristallisierte, stolperte mein Herz, ehe es zu rasen begann. Ich rannte nach vorn, während ich einen zweiten Körper ausmachte, der von der ersten Silhouette gestützt wurde. Je näher wir uns kamen, desto besser konnte ich die beiden Männer erkennen. Als ich sie erreichte, legte ich mir Jakobs Arm um die Schultern und stützte ihn, sodass mein Vater uns mit dem Gewehr den Weg frei schießen konnte. Immer und immer wieder hallten Schreie und das Gebrüll der Kreaturen über den Platz, doch wir kämpften uns weiter nach vorn, ohne zurückzublicken.

»Wir müssen zu den Transportern«, keuchte ich, denn Jakobs Gewicht machte mir schwer zu schaffen und drückte auf meine schmerzenden Rippen. Jakob, dessen Oberschenkel voller Blut war, stolperte weitere Schritte nach vorn.

»Anna, sie ist …« Seine Stimme brach und ich drückte die Hand gegen seinen Oberkörper, um ihn zu stützen.

»Denk nicht drüber nach, Jakob. Wir müssen weiter, okay? Du musst durchhalten.«

Fast hätte ich einen Freudenschrei ausgestoßen, als ich die Transporter sah. Die Erleichterung, dass sie noch nicht losgefahren waren, überkam mich und gab mir die Kraft, das letzte Stück weiterzulaufen. Wolf schnappte sich meinen Vater und sagte ihm irgendetwas, woraufhin er nickte. Ich verfrachtete Jakob mithilfe eines anderen Mannes auf die Ladefläche und kletterte dann selbst hinein. Die Türen wurden geschlossen, es wurde dunkel und ich spürte, wie der Transporter sich in Bewegung setzte.

***

Je länger ich still dasaß und das Adrenalin in meinem Körper sank, desto mehr spürte ich jeden einzelnen Muskel, der mir wehtat. Mein Kopf dröhnte und meine Augen tränten von den dicken Rauchschwaden. Alles war so surreal. Nicht nur dass diese Drachen auf die Erde gekommen waren, jetzt wurden wir auch noch von Raubkatzen gejagt. Das alles ging nicht in meinen Schädel rein und ich atmete tief durch, um nicht hysterisch loszulachen.

Jakobs Kopf lag auf meinem Schoß und ich strich ihm mechanisch durch das Haar. Ab und zu hörte ich Wolf, der mithilfe eines Funkgeräts mit Marie, die vermutlich den anderen Transporter fuhr, kommunizierte, doch ich verstand seine Worte nicht wirklich. Ich hörte etwas vom CCH, dann war es ruhig und Wolf bejahte etwas. Ich schloss die Augen. Das Ruckeln des Wagens beruhigte mich, doch die Bilder ließen sich nicht aus meinem Kopf verbannen.

Immer wieder sah ich Erik vor mir, wie er mit verschleiertem Blick zu mir guckte und mich um Hilfe anflehte. Hilfe, die ich ihm nicht hatte geben können. Dann sah ich Anna vor mir, wie ihr Körper im Maul dieser Bestie erschlaffte, wie Blut spritzte, als Eriks Bein herausgerissen wurde. Tränen bildeten sich hinter meinen Lidern und ehe ich sie hätte kontrollieren können, liefen sie mir die Wangen hinab. Ich ballte eine Hand zur Faust und unterdrückte das innerliche Schluchzen, das verzweifelt versuchte über meine Lippen zu kommen.

Sanft legte sich eine Hand über meine Faust und strich mir mit dem Daumen über den Handrücken. Ich öffnete die Finger etwas und ließ zu, dass Jakobs beruhigende Berührung mich tröstete. Eigentlich hatte ich gedacht, er würde schlafen.

»Es wird alles gut werden«, flüsterte ich in die Dunkelheit. Es war die größte Lüge, die mir je über die Lippen gekommen war.

Kapitel 4

Greyer

Die Erde war ein seltsamer Planet. Kaum hatten wir einen Fuß auf deren Boden gesetzt, wurden wir von ihren Bewohnern attackiert und bombardiert. Uns blieb nichts anderes übrig, als das Feuer zu erwidern, denn auch wenn die meisten menschlichen Waffen uns nichts antun konnten, so würden ihre Bomben uns in Stücke reißen. Und keiner von uns war hierhergekommen, um zu sterben.

Ich blickte auf meine Hände. Menschliche Haut überzog meinen Körper, keine Schuppen huschten über meine Arme, wie sie es sonst taten. Dieser Körper war mir nicht fremd, keinem von uns, doch meinem Volk war die Möglichkeit genommen worden, die Drachengestalt anzunehmen. Jeder von uns spürte dieses erdrückende Gefühl von Machtlosigkeit, denn nicht einmal das Feuer wollte zu uns kommen, wenn wir es riefen.

Wir waren unserer Kräfte beraubt worden und ich dachte zurück an den Moment, als der Lebensstern in fünf Splitter zersprungen und auf die Erde gefallen war. Vater hatte oft von anderen Planeten gesprochen, davon dass es vor Urzeiten sieben Erschaffer gegeben hatte, die die Planeten geformt hatten. Sie hatten jedem Planeten einen Stern gegeben, um das Leben auf ihnen zu ermöglichen.

»Greyer«, ertönte eine Stimme hinter mir und ich riss den Blick von dem Fluss vor mir los. Die Menschen nannten ihn Elbe, jedenfalls hatte einer der Arbeiter dies gesagt, als wir hier unser Lager aufgeschlagen hatten. Ich drehte mich um und stand Aaron gegenüber.

»Was gibt es?«, fragte ich.

»Lean und die anderen sind zurück. Es gibt weitere Menschen, die sich wehren.«

Alarmglocken schrillten in meinem Kopf und ich verlor keine Zeit, um die

Rückkehrenden in Empfang zu nehmen. Ich hoffte, dass keiner ernsthaft verletzt worden war.

Als ich bei dem Transporter – wie die Menschen diese seltsamen Fahrzeuge nannten – ankam, trugen Kartha und Lean gerade Tanya heraus. In ihrer Stirn prangte ein Loch.

»Was ist passiert?«, fragte ich und besah mir meine treueste Offizierin.

»Sie schießen mit ihren irdischen Waffen auf unsere Köpfe. Tanya ist nicht tot, nur außer Gefecht gesetzt. Wenn sie aufwacht, möchte ich lieber nicht in ihrer Nähe sein«, erklärte mir Lean und stieß ein kurzes Schnauben aus, das scheinbar nicht wusste, ob es ein Lachen werden wollte oder nicht. Mein Blick fiel auf Kartha, deren menschliche grüne Augen rot gerändert waren.

»Sie haben Darian«, klärte sie mich auf.

Ein Knurren drang aus meiner Kehle. »Wir werden ihn uns zurückholen, das verspreche ich dir.«

Sie nickte und half Lean, Tanya ins Innere des großen Gebäudes zu bringen. Darian war, seit ich denken konnte, mit Kartha zusammen. Ihre Seelen hatten einander gefunden, ganz so, wie es bei den Wandlern üblich war.

***

Nachdem die eingefangenen Menschen – es war vielleicht ein Dutzend, völlig unbedeutend – fortgebracht worden waren, stieg ich auf das Dach hinauf. Ich konnte schon immer besser denken, wenn ich dem Himmel näher war. Ein kühler Wind begrüßte mich, als ich die Stahltür aufstieß. Ich ging bis zur Brüstung der Aussichtsplattform, sprang auf das wellenförmige Dach und schaute auf die Stadt hinunter.

Endlich hatte ich das Gefühl, wieder frei atmen zu können. Wir waren nicht für ein Leben im menschlichen Körper geschaffen. Ich sehnte mich nach meinen Flügeln, wünschte, ich könnte mich einfach in die Lüfte erheben und zurück nach Hause fliegen. Mein Blick glitt nach oben, wo sich dunkle Wolken versammelten und die Sonne verdeckten. Die Angst, dass das alles hier zu viel für mich sein würde, war hoch oben weniger beengend.

»Wieso war mir klar, dass du hierherkommen würdest?«

Ich löste den Blick von den Wolken und sah zu Lean, der in der Mitte der Aussichtsplattform stehen geblieben war.

»Weil du mich gut kennst. Wie geht es Tanya?«

»Sie wird es überleben. Abraham ist zuversichtlich, dass sie in ein paar Stunden wieder auf den Beinen ist.« Ein beruhigendes Lächeln bildete sich auf seinen Lippen.

»Das ist gut«, erwiderte ich.

Tanya war ein Hitzkopf, steckte voller Temperament und handelte gerne, bevor sie zu überlegen begann. Die Wut, die in ihr brodeln würde, wenn sie aufwachte, würde grenzenlos sein.

»Was denkst du, Greyer?«, fragte Lean mich. Das Grinsen war verschwunden und einem ernsten Ausdruck gewichen. Ich konnte ein Seufzen nicht unterdrücken und ging zurück zur Brüstung, lehnte die Unterarme auf den kalten Stein und blickte erneut über die Stadt. Egal wohin wir sahen, überall konnte man Rauchschwaden in den Himmel aufsteigen sehen. Weit entfernt erkannte ich den Feuerball, der durch eine weitere Explosion ausgelöst worden war.

»Es gibt viel zu tun. Wir müssen ihre Krieger ausschalten, sonst können wir nicht nach den Splittern suchen. Außerdem überlege ich eine Mauer bauen zu lassen. Wir müssen einen Bereich haben, aus dem die Menschen nicht fliehen können, verstehst du? Wenn wir die Menschen, die wir hier haben, wieder freilassen, werden wir das Kind aus der Prophezeiung nie finden.«

Lean lehnte sich mit dem Rücken gegen die Brüstung und nickte. »Ich werde Teran mit dem Bau der Mauer beauftragen. Er wird sich ein Team zusammenstellen.«

Einen Moment herrschte bedrückende Stille zwischen uns, und als ich Lean ansah, wusste ich, dass ihm etwas auf der Seele lag, was er offenbar nicht aussprechen wollte.

»Was ist los?«, fragte ich daher.

»Berkan sind mit hergekommen, Greyer.« Lean spannte die Kiefermuskeln an und starrte auf irgendeinen Fleck in weiter Ferne. »Sie waren an der Sammelstelle.«

»Das Portal muss für jeden offen gewesen sein«, fluchte ich und fuhr mir durch das Haar. »Wir hätten mehr achtgeben müssen, als wir unseren Planeten verlassen haben!«

»Wie hätten wir in dem Chaos die Berkan von dem Portal fernhalten sollen, Greyer? Nachdem du Kasimir hast einsperren lassen und der Dracarian zersplittert war, starb ganz Davantos und die Berkan liefen frei herum. Wir hätten sie nicht aufhalten können.«

Natürlich wusste ich, dass Lean recht hatte. Es wäre unmöglich gewesen, unsere natürlichen Feinde aufzuhalten, während wir durch das Portal gegangen waren. Dieser Versuch hätte bei Weitem mehr tote Wandler gefordert und durch den Krieg, den Kasimir ausgelöst hatte, hatten wir sowieso schon genug verloren.

Meine Gedanken schweiften weiter ab und ich dachte an die Prophezeiung, die unser Seher mir mitgeteilt hatte, bevor wir auf die Erde gekommen waren. Erst jetzt wurde mir klar, dass er schon oft davon geredet hatte, dass auf einem anderen Planeten ein Kind lebte, welches uns nicht unähnlich war. Ein Kind, halb Wandler, halb Mensch. Und dieses galt es zu finden, denn nur diesem Kind würde es möglich sein, die Splitter unseres Sterns bis auf weite Entfernung aufzuspüren.

Valentin hatte mir nicht mehr sagen können, als er im Sterben gelegen hatte. Die Fragen, warum es ausgerechnet ein irdisches Kind war, wo wir es fanden, wie wir es fanden, geisterten in meinem Kopf umher und ließen mich nicht los. Schließlich war ich jetzt, da Kasimir den ganzen Rat getötet hatte, der Anführer der Wandler und musste sie irgendwie nach Hause bringen.

»Wir werden Darian zurückholen«, unterbrach Lean meine Gedanken und ich blickte zu ihm.

»Ich weiß.«

»Du machst das gut, diese Sache mit dem Anführer, weißt du? Vergiss nicht, dass du es warst, der uns hierhergeführt und zusammengehalten hat, als der Krieg ausgebrochen ist. Wir brauchten alle jemanden wie dich und du warst da. Keiner wird je an deinen Entscheidungen zweifeln oder dir nicht mehr folgen.«

»Danke, alter Freund. Wenn solche Dinge wie mit Darian passieren, frage ich mich nur, ob ich nicht hätte mehr machen können. Ihn retten können. Das waren nur Menschen, weißt du?«

»Ja, aber da waren auch einige gefräßige Berkan, die uns töten wollten, und du warst zu diesem Zeitpunkt hier mit anderen Dingen beschäftigt«, warf Lean ein. »Mach dich nicht verrückt. Es kann immer etwas passieren, aber das ist nicht automatisch deine Schuld.« Er legte eine Hand auf meine Schulter und nickte mir kurz zu, ehe er sich wieder ins Innere des Gebäudes begab.

Lean hatte recht. Ich würde nicht alles verhindern können.

Ich blieb noch einen Moment auf dem Dach, betrachtete die düsteren Wolken, die sich am Himmel aufgetürmt hatten, und ging meinen Gedanken nach. Allerdings konnte ich nicht für immer hier oben bleiben und wir hatten auf diesem Planeten definitiv einiges zu tun, um die Splitter zu finden.

Kapitel 5

Romy

Ich hatte jegliche Orientierung in der Dunkelheit des Sprinters verloren, als das Schaukeln endlich ein Ende nahm und wir zum Stehen kamen. Ich hörte, wie Türen geöffnet und wieder zugeknallt wurden, Schritte erklangen und dann drang Licht in die Ladefläche. Geblendet kniff ich die Augen kurz zusammen und blinzelte daraufhin ein paarmal, um mich an die Lichtverhältnisse zu gewöhnen. Mein Vater öffnete beide Türen weit, dann hängte er sich sein Gewehr um die Schulter und reichte mir seine Hand.

»Komm, wir müssen noch ein Stück laufen, ehe wir uns ausruhen können.«

Jakob ächzte, als er sich von der Ladefläche schleppte. Sein Bein sah ziemlich übel aus, die Hose war mit Blut vollgesogen.

»Gib mir dein Hemd, Papa«, verlangte ich und drückte Jakob zurück in eine sitzende Position. Ich sprang neben ihm von der Ladefläche und hockte mich vor seinen ausgestreckten Oberschenkel. Eine blutige Einschusswunde starrte mir entgegen und ich zog die Augenbrauen zusammen. Hätte ich mein Abitur im nächsten Jahr abschließen können, wäre ich zur Uni gegangen, um Medizin zu studieren. Ich schätzte, dass ich hier einen kostenlosen Schnupperkurs für die Notaufnahme bekam.

»Was? Wir haben keine Zeit, Romy«, antwortete er auf meine Bitte hin und ich schaute zu ihm hoch.

»Dein Hemd. Oder willst du, dass er verblutet?«

Er stieß ein undefinierbares Schnauben aus, legte das Gewehr ab und knöpfte das weiße Hemd auf, unter dem er ein ebenfalls weißes Unterhemd trug. Als er es mir reichte, rollte ich es zusammen und wickelte es fest um Jakobs Schusswunde.

»Warum eine Schusswunde?«, fragte ich. Ich hätte mit einem Biss, Kratzer oder einem Schnitt gerechnet, aber nicht mit einer Schusswunde.

»Einer der Soldaten hat auf diese verdammten Raubkatzen geschossen und mich dabei irgendwie am Bein erwischt. Er ist tot, also kann ich ihm nicht mal eine verpassen«, beendete er den Satz, doch der Versuch eines Scherzes scheiterte kläglich. Auch wenn er versuchte sich die Schmerzen nicht anmerken zu lassen, konnte ich seinem angestrengten Blick entnehmen, dass die Wunde höllisch wehtun musste. Ich schnürte einen festen Knoten, stand auf und half ihm auf die Füße.

»Kannst du ein paar Meter laufen?«

Widerwillig legte er einen Arm um meine Schulter und ich schlang den rechten um seinen Rücken. Er nickte, Schweißperlen rannen ihm die Schläfen hinab. Wir waren die letzten, die sich in Bewegung setzten.

Die Fahrzeuge hatten wir hinter einem Gasthaus geparkt oder dem, was davon noch übrig war. Vermutlich war es Wolfs Idee gewesen, sie nicht direkt vor unserem Versteck zu parken. Doch wo würde das sein? Wo waren wir tatsächlich sicher? Angeblich hätte die Universität sicher sein sollen – wie wir gesehen hatten, war sie das nicht.

Am liebsten hätte ich meinen Gefühlen, meiner Angst, ein Gesicht gegeben, laut geweint oder hysterisch gelacht, weil die Panik sich tief in mein Herz gefressen hatte. Doch auch wenn alles in mir schrie und um sich schlug, blieb ich nach außen hin ruhig. Ich wusste nicht, wie ich es schaffte, keine einzige Träne mehr zu vergießen oder ruhig neben Jakob herzugehen und auf ihn zu warten, darauf zu achten, dass er mithalten konnte. Keine Ahnung, wieso ich eine verdammte Schusswunde verbinden konnte. Ich schob es auf das Adrenalin, das mit dem Abstellen des Fahrzeugmotors sofort zurückgekehrt war.

Ich, die unscheinbare Romy Dornfeld, die Schülerin, die gerne ein Wochenende in ihrem Zimmer mit einem guten Buch oder einer Serie verbrachte, verband keine Schusswunden. Und sie brach auch niemandem die Nase, indem sie den Kopf so heftig zurückschlug, wie ich es vorhin getan hatte. Das alles schwirrte in meinem Schädel umher, ich konnte kaum einen klaren Gedanken fassen, konnte das Warum nicht erfassen.

Mein Vater gesellte sich an die andere Seite von Jakob und stützte ihn, sodass das Gewicht auf meinen Schultern etwas weniger wurde. Ich fühlte mich irgendwie verpflichtet, Jakob hier heil herauszubekommen, denn immerhin hatte er auch mein Leben gerettet. Hätte er mich auf der Straße liegen gelassen, wäre ich nun tot oder in den Fängen jener Kreaturen – und ich glaubte nicht, dass das besser war als der Tod.

Wir liefen ein gutes Stück geradeaus, bis Jakob, Papa und ich die Gruppe vor uns eingeholt hatten, weil sie stehen geblieben waren. Ich reckte den Hals etwas, um sehen zu können, weswegen wir hielten. Und ich konnte es prompt erkennen: Durch die vielen Bomben, die gefallen waren, war der Übergang über die Schienen der S-Bahn vollkommen ausgeschlossen. Wolf stieß einen Fluch aus und schaute sich um.

Langsam ging die Sonne unter und in der Nacht wollte sich niemand mehr draußen aufhalten. Mir fiel erneut auf, dass es unmenschlich ruhig war. Keine Schüsse waren zu hören, keine schweren Panzer rollten durch die Straßen, keine Bomben explodierten und erschütterten die Erde.

War die Menschheit vollkommen überrannt worden? In nur vierundzwanzig Stunden? Oder war es schon länger her, dass ich in der Universität gelandet war, wie lange war ich überhaupt bewusstlos gewesen? Ich hatte kein Zeitgefühl mehr und heiße Panik wollte in mir aufsteigen.

»Hey«, ertönte Jakobs leise Stimme neben mir und ich schaute zu ihm. Erst da merkte ich, dass ich die linke Hand zu einer Faust zusammengedrückt und sein Shirt völlig zerknautscht hatte. »Es wird alles gut werden.«

»'tschuldige«, murmelte ich und wandte den Blick ab. Hitze stieg in meine Wangen und ich wusste, dass ich in diesem Augenblick feuerrot wurde.

»Wartet hier.« Mein Vater ließ Jakob vorsichtig los und ging zu Wolf hinüber, wechselte ein paar Worte mit ihm und zeigte nach links. Die beiden Männer unterhielten sich einen Moment, ehe Wolf sich über das Gesicht strich und nickte.

»Wir werden für die Nacht Schutz in den umliegenden Gebäuden suchen. Eines, was vielleicht nicht mehr komplett steht, denn diese Kreaturen werden uns in den intakten Häusern als Erstes vermuten. Bleibt zusammen und schießt auf alles, was sich bewegt! Ich weiß, dass wir erschöpft und viele verletzt sind, doch wir müssen nur noch ein paar Minuten durchhalten.« Ein leises Raunen ging durch die Menge, doch keiner wollte sich dem Generalmajor widersetzen. Er war vielleicht unsere beste – unsere einzige – Chance, aus dieser Sache lebend herauszukommen.

»Kannst du noch ein Stück gehen?«, fragte ich Jakob und unterdrückte das Keuchen, als mir ein Ziehen, ausgelöst von meinen Rippen, durch den ganzen Körper schoss. Jakob nickte tapfer.

»Natürlich. Auf geht's, sonst sind wir gleich allein.« Der Versuch zu scherzen, misslang ihm erneut, doch ich rang mir wenigstens ein Lächeln ab.

Die Erschöpfung breitete sich schleichend in jedem meiner Glieder aus und es wurde ein Kampf, einen Fuß vor den anderen zu setzen. Luca und Sina hatte ich weiter vorn bei meiner Mutter gesehen, mein Vater war bei Wolf geblieben und so war es an mir, Jakob heil zu einem der Gebäude zu bringen. Erst jetzt, als ich in einem ruhigen Moment den Blick durch die Gruppe vor uns schweifen ließ, fiel mir auf, dass ich weder Sinas noch Lucas Eltern erkennen konnte. Ich hoffte inständig, dass sie nicht verschleppt oder gar getötet worden waren.

Relativ schnell fielen wir zurück und hinkten hinter der Menge her, meine Konzentration allerdings lag völlig auf dem Gehen. Ein Fuß vor den anderen, links, rechts, links, rechts. Meine Rippen schmerzten bei jedem Atemzug, das Hemd, welches an Jakobs Bein als provisorischer Verband fungierte, war inzwischen blutgetränkt. Verdammt. Unser Weg führte uns nur wenige Meter nach links, am *elbgold Röstkaffee* vorbei und weiter bis zum Ende, wo ein Restaurant war.

»Hey!«, rief ich irgendwann, denn wir fielen immer weiter zurück. Vorsichtig half ich Jakob sich hinzusetzen und ließ kurz die rechte Schulter kreisen. Die Leute blieben stehen und ich deutete auf das Restaurant in meinem Rücken. »Wollen wir vielleicht hierbleiben?«

Sie sahen einander an, bis Wolf sich durch die Menge gekämpft hatte. Er betrachtete mich abschätzend, dann warf er sein Augenmerk auf das Restaurant. Das Gebäude war an einigen Stellen zerfallen, die Tür hing schief in ihren Angeln und zeigte nichts mehr von der herrlichen Außenfassade, die das Lokal mal gehabt hatte.

»Das scheint in Ordnung zu sein. Alle rein dort. Vielleicht können wir sogar noch etwas Essbares finden.«

Erleichterung machte sich auf den Gesichtern der Leute breit und ich fuhr mir durch das fast hüftlange Haar. Einige Strähnen waren bereits verknotet und als langsam, aber sicher das restliche Adrenalin in mir sank, sehnte ich mich nur nach einer heißen Dusche und einem weichen Bett. Nichts von alledem würde ich heute bekommen.

Mein Vater half mir Jakob wieder auf die Füße zu bekommen und gemeinsam brachten wir ihn ins Innere.

***

Wolf teilte Wachen für die Nacht ein, Papa zog einen Stuhl für Jakob heran und ich half ihm sich draufzusetzen. Er verzog das Gesicht, als er das Bein vorsichtig ausstreckte.

»Ich werde nach Marie suchen, okay? Bleib du einfach hier sitzen.«

Obwohl meine Beine schwer wie Blei waren, zwang ich mich, durch die kleine Gruppe zu gehen und nach Marie, der dunkelhäutigen Ärztin, Ausschau zu halten. Meine Mutter hielt mich sanft am Arm fest, als ich an ihr vorbeigehen wollte.

»Liebes, du solltest dich ausruhen. Ich mache mir Sorgen um dich. Iss und trink etwas, dann leg dich hin.« Ich nickte erschöpft, kämpfte gegen die erdrückende Müdigkeit an.

»Ja, werde ich. Ich muss nur Marie finden, ja? Jakob geht es nicht gut, ich muss ... Marie finden.« Ich lief schon weiter, während ich immer wieder die Worte murmelte, bis ich Marie tatsächlich entdeckte. Sie begutachtete gerade die Platzwunde einer jungen Frau.

»Marie? Jakob braucht dich, er wurde angeschossen.«

»Steckt die Kugel noch in seinem Bein?«

Mir wurde kalt und ich spürte praktisch, wie alle Farbe aus meinem Gesicht wich. Mit einem Mal war ich wieder hellwach. »Ich ... ich weiß nicht. Vielleicht.«

Sie seufzte, schenkte mir jedoch ein aufmunterndes Lächeln. »Ich bin gleich da. Schau, ob du Alkohol, ein paar saubere Handtücher und vielleicht eine Grillzange oder Ähnliches findest. Es darf nicht zu groß sein, nur so wie das Loch in seinem Bein, okay?«

Mechanisch nickte ich, drehte mich um und ging durch die Verbindungstür, die den Gastraum von der Küche trennte. Einen kurzen Augenblick stand ich vollkommen hilflos in der Küche und betrachtete die umgefallenen Töpfe und Pfannen, das Essen auf dem Boden. Ich atmete tief durch und schloss die Augen.

»Reiß dich zusammen, Romy«, flüsterte ich mir leise zu und massierte mit beiden Zeigefingern die Schläfen. Hätte ich doch nur schon angefangen Medizin zu studieren, dann wüsste ich vielleicht, wie ich Marie helfen konnte. Ich nahm einen weiteren tiefen Atemzug und öffnete jede Schublade und jeden Schrank, um etwas Angemessenes zu finden.

Tatsächlich wurde ich in einer Schublade fündig und führte eine lange Spitzzange zutage, die es vermutlich auch tun würde. Nachdem ich meine Suche nach sauberen Handtüchern beendet und an der Theke im Gastraum Alkohol gefunden hatte, kehrte ich zu Jakob zurück, der bereits von Marie in Augenschein genommen worden war.

»Wird das gehen?« Ich hielt ihr die Spitzzange entgegen, sie besah sich das Folterinstrument und nickte, ehe sie sie mir aus der Hand riss und den Alkohol aufschraubte, um die goldene Flüssigkeit über die Wunde zu gießen. Jakob stieß einen derben Fluch aus, Papa hielt sein Bein fest, damit Marie in Ruhe arbeiten konnte.

»Romy, halt seine Schultern fest. Das wird wehtun, Jakob, aber du schaffst das, verstanden?« Ich reagierte sofort auf Maries Anweisung und stellte mich hinter unseren Patienten, während Jakob nickte. Meine Hände legte ich zitternd an seine Schultern und drückte ihn mit aller Kraft in den Stuhl.

Ein feuchtes Geräusch erklang, als Marie die Zange in das Einschussloch führte und Jakob schrie. Mein Magen drehte sich um, ich kniff die Augen zusammen und versuchte, mich mehr auf die Schreie, als auf das schmatzende Geräusch des offenen Fleisches zu konzentrieren. Die Erleichterung durchfuhr mich ebenso wie Jakob, als ein metallenes Geräusch ertönte und Marie ausatmete. »Geschafft.«

Nachdem sie Jakobs Bein noch einmal mit Alkohol desinfiziert und dann verbunden hatte, kümmerte sie sich um die anderen Verletzten, wovon es einige gab. Ich saß in einer Ecke, lauschte Jakobs ruhigen Atemzügen und zählte die Überlebenden durch.

Zwanzig.

In der Universität waren weit mehr als siebzig Leute untergekommen. Ein erdrückendes Gefühl übermannte mich und ich schloss die Augen. Wie war es möglich, dass nur so wenige hier waren? Wie konnte es bloß sein, dass diese *anderen* uns so dermaßen überrannt hatten und jetzt kaum noch etwas von den Menschen übrig war?

Erschöpft lehnte ich den Kopf an die Wand, die Müdigkeit griff nach jeder Zelle meines Körpers und zog mich in die endlose ruhige Tiefe des Schlafes.

***

Die Sonne war noch nicht aufgegangen, als Wolf uns alle weckte. Er, Marie und ein weiterer Soldat, dessen Namen ich nicht wusste, gingen herum und verteilten etwas Wasser und hartes Brot, was sie in der angrenzenden Küche gefunden hatten. Marie schenkte mir ein Lächeln, als sie mir das Brot reichte, welches ich dankbar annahm. Hätte ich gewusst, wie der gestrige Tag enden würde, hätte ich das Frühstück definitiv gegessen. Mein Magen glich einem schwarzen Loch.

»Woher kannst du das alles?«, fragte ich zwischen zwei Bissen und deutete auf Jakob in der Hoffnung, sie würde verstehen, was ich meinte. Marie folgte meinem Blick, ehe sie mich erneut ansah.

»Ich bin Ärztin. Eigentlich Zahnärztin. Kugeln aus Oberschenkeln zu entfernen ist auch für mich neu, aber ich denke, ich darf mit den Beschwerden meiner Patienten nicht sehr wählerisch sein«, sagte sie lachend und ich konnte mir wenigstens den Versuch eines Lächelns abringen. »Viele wären an deiner Stelle gestern sofort umgekippt. Hast du mal darüber nachgedacht, Medizin zu studieren? Ich könnte mir dich als Ärztin gut vorstellen.«

»Oh, du wirst lachen, aber tatsächlich wollte ich das, bevor ... die Welt untergegangen ist. Jetzt kann ich es mir, denke ich, abschminken.«

»Irgendwann wird die Welt wieder in Ordnung sein, Romy, und dann wirst du Medizin studieren und eine begnadete Ärztin werden. Das versichere ich dir.« Ich schaute ihr noch einen Augenblick hinterher, während sie Brot und Wasser an die anderen Überlebenden verteilte.

Plötzlich tauchte Luca vor mir auf. »Bereit weiterzuziehen?«

Ich schüttelte den Kopf. »Nein. Hey, ist alles in Ordnung? Ich habe deinen Vater nirgends gesehen.« Ich ergriff die Hand, die er mir hinhielt, und ließ mir von ihm hochhelfen.

»Diese ... *anderen* haben ihn mitgenommen«, erzählte Luca und eine Welle des Mitleids erfasste mich. Er hatte schon vor Jahren seine Mutter an den Krebs verloren, dass sein Vater nun auch nicht mehr da war, traf mich wie ein Schlag. »Und Sina ... ihre Eltern wurden von einem dieser Dinger gefressen ... Sie wollte allein sein.«

»Das ist schrecklich«, brachte ich hervor. Ich wollte noch etwas sagen, doch die Gruppe war bereits aufgebrochen und wir waren die Letzten, die in dem Gebäude waren, weswegen wir uns beeilten hinterherzukommen.

***

Erst als ich sah, dass mein Vater sich um Jakob kümmerte und meine Mutter mit Sina etwas weiter vorn lief, konnte ich etwas entspannter neben Luca herlaufen.

»Es ist so verrückt. So ... surreal. Eben haben Sina und ich noch zusammen zu Hause gekocht und plötzlich laufen wir zwischen zerbombten Gebäuden umher und müssen jede Sekunde fürchten, gefressen oder verschleppt zu werden. So wie Papa.« Luca schüttelte den Kopf und ich ergriff seine Hand.

»Das mit deinem Vater tut mir so leid, Luca.«

Er drückte meine Hand leicht, ehe er tief durchatmete. »Danke, aber ich glaube, ich will nicht mehr darüber nachdenken. Lass uns lieber über diese Dinger sprechen, die aussahen wie gottverdammte Drachen. Wie kann das überhaupt möglich sein?«

»Ich kann es mir auch nicht erklären. Aber ich weiß, dass wir aktuell nichts ändern können und wir einfach nur aufpassen müssen, dass wir – verdammt noch mal – am Leben bleiben.«

Er seufzte, nickte aber. Kurz glitt sein Blick in weite Ferne und ich glaubte Tränen in seinen Augen glitzern zu sehen, doch er fing sich schnell wieder. Seit seine Mutter gestorben war, ließ Luca den Tod nicht mehr an sich heran. Er verschloss sich vollkommen vor dem Verlust und tat einfach so, als würde er die Person nicht vermissen. Er machte weiter, als sei nichts passiert.

Jeder hatte eine andere Art, mit Verlust umzugehen, aber ich glaubte nicht, dass Lucas Art so gesund war. Allerdings wusste ich auch, dass er zu mir kommen und reden würde, wenn er es brauchte. Und früher oder später würde er über den Tod seines Vaters sprechen wollen.

»Ich glaube, dass Wolf einen der *anderen* als Geisel genommen hat«, flüsterte er plötzlich. »An der Universität hat er einem einen Kopfschuss verpasst, ich meine, den hat er mitgenommen. Im Restaurant hatte er gestern dem mit der Glatze gesagt, er solle aufpassen, dass niemand zu ihm geht. Und wenn er aufwacht, solle er ihm erneut in den Kopf schießen.«

Ich erinnerte mich gesehen zu haben, wie Wolf bei der Universität einem der *anderen* in den Kopf geschossen hatte, ja. Aber wozu hätte er ihn als Geisel nehmen sollen? Was versprach er sich davon?

»Hilfe! Ich brauche hier Hilfe!«, schrie jemand, bevor ich Luca antworten konnte, und ich erkannte in der verzweifelten Stimme meine Mutter. Wir waren gerade ein Stück weit über die Bahnschienen gekommen, die an dieser Stelle nicht vollkommen zerstört worden waren.

»Mama?«, rief ich und schob mich an den Leuten vorbei. Sie hockte auf dem Boden, hielt die Hand eines Mädchens, welches am ganzen Körper zitterte.

Sina. O nein. Ihr Gesicht war kalkweiß, das hellblonde Haar schweißnass, ihre Augen hielt sie geschlossen. Luca stürzte nach vorn und nahm ihr Gesicht in die Hände.

»Sina? Schatz, was ist mit dir?«, fragte er verzweifelt, doch sie schien ihn nicht zu hören. Marie kam dazu, hockte sich hin und fühlte ihren Puls.

»Ihr Puls rast, sie hat starkes Fieber. Hat jemand gesehen, was passiert ist?« Erwartungsvoll blickte sie meine Mutter an, die hilflos den Kopf schüttelte.

»Gestern Abend sagte sie, sie wurde von irgendetwas am Bein erwischt, aber es sei nicht so schlimm. Sie ... sie war nah an einem dieser Dinger, als ihre Eltern gefressen wurden.« Luca schaute Marie panisch ins Gesicht. »S... sie wird doch wieder, oder? Bitte, sie ... o Gott.«

Marie zog das Hosenbein von Sina hoch und entblößte einen feinen Schnitt, aus dem dicker Eiter quoll. Ein ekelerregender fauliger Geruch stieg von der Wunde auf, um die sich schwarze Äderchen gebildet hatten. Mir drehte sich der Magen um.

»Sie muss von den Stacheln der Tiere erwischt worden sein«, fluchte Marie. »Wir müssen so schnell wie möglich einen Unterschlupf finden! Ich brauche zwei Leute, die sie tragen können. Wolf? Wo zur Hölle führst du uns hin?!«

»Zum Wasserturm im Schanzenpark. Wir sind so gut wie da«, erwiderte Wolf, der sich von vorn einen Weg durch die kleine Traube gebahnt hatte. Er betrachtete Sina und ihren Zustand, fast hätte ich geglaubt, er würde sagen, dass wir sie liegen lassen sollten.

Der Weg zum besagten Hotel zog sich wie zäher Kaugummi. Ich wollte bei Sina sein und ihr irgendwie helfen, doch Jakob konnte noch immer nicht allein laufen und Wolf brauchte jeden verfügbaren Mann, der ein Gewehr halten konnte, weswegen mein Vater an der vorderen Spitze mitmischte. Ich fragte mich, wann er wieder in die Soldatenschiene gerutscht war oder ob er niemals aufgehört hatte einer zu sein.

Doch vermutlich würde selbst ich ein Gewehr benutzen können, wenn es sein musste. Solche Zeiten veränderten die Menschen, manche passten sich ihrer neuen Umgebung und den Verhältnissen an, andere lebten noch immer in der heilen Welt und würden niemals lebendig aus dieser Sache rauskommen. Ich für meinen Teil war noch nicht bereit zu sterben.

***

Als wir in dem Hotel ankamen, wurde Sina auf das erstbeste Sofa verfrachtet. Ich half Jakob auf einen der Sessel im Eingangsbereich und ging dann zu Marie, die sich mit kalten Handtüchern um Sina kümmerte.

»Wie schlimm ist es?«, fragte ich die Ärztin.

»Ich weiß es nicht genau, aber ohne Medikamente kann ich ihr noch weniger helfen. Such Wolf und sag ihm, dass wir dringend Medikamente benötigen, um das Fieber zu senken und die Entzündung zu bekämpfen. Ich gebe eine Liste mit.«

Ich nickte und verlor keine Zeit. Als ich Wolf im Eingangsbereich nicht fand, wandte ich mich an meine Mutter. »Weißt du, wo Wolf ist?«

»Er ist mit deinem Vater zum Wasserturm gegangen. Romy! Warte, ich glaube nicht ...«

***

Ich war weg, ehe meine Mutter die Warnung aussprechen konnte. So schnell ich konnte, rannte ich den Wasserturm hinauf, in dem Totenstille herrschte. Ein seltsames Gefühl beschlich mich und ich fragte mich, wo bloß alle waren. Es konnte doch nicht sein, dass die Menschen einfach fort waren, oder? Wohin sollten sie denn gegangen sein?

Die Stille legte sich schwer auf mich und ich war froh, als ich die Stimmen meines Vaters und Wolfs hörte, die von oben kamen. Ohne zu überlegen oder gar anzuklopfen, stieß ich die Tür auf und sah meinen Vater, Wolf und einen weiteren Soldaten in dem Raum. Seine Glatze wies einige Blutspuren auf, der Vollbart ließ ihn grimmig dreinblicken. Das allerdings, was nach meiner Aufmerksamkeit verlangte, war der *andere*, der gefesselt auf einem Stuhl saß. Zwei Löcher prangten in seiner Stirn, von denen jeweils ein dünnes Rinnsal königsblauen Blutes hinabrann. Ich öffnete den Mund, brachte jedoch keinen Ton hervor.

»Raus hier! Mädchen wie du haben hier nichts verloren!«, blaffte Wolf mich an und kam mit großen Schritten auf mich zu. Ich zuckte zusammen, als ich sah, wie die Ader an seiner rechten Schläfe wild pochte. »Wird's bald?!«, knurrte er. Ich wich automatisch einen Schritt nach hinten und trat zurück in den Flur. Ich brauchte all meinen Mut, um nicht sofort kehrtzumachen, sondern wenigstens hier stehen zu bleiben und zu reden.

»Wir ... wir brauchen Medikamente. Sina hat Schmerzen und hohes Fieber, Marie k...kann eine Liste zusammen...zusammenstellen.« Ich verhaspelte mich, blieb jedoch tapfer an Ort und Stelle. Ich starrte meinen Vater an, der reglos dort stand und bei diesem *Verhör* mitmachte. Wolf ließ mich nicht aus den Augen.

»Thomas, hast du vielleicht Lust, da wieder rauszugehen und dich zerfleischen zu lassen, um ein kleines Mädchen, welches nur Ballast für unsere Truppe ist, zu retten?«

Der Glatzkopf verschränkte die Arme und schüttelte den Kopf. »Nein, Wolf.«

Wolf schenkte mir ein falsches Lächeln und griff nach der Tür. »Keiner meiner Männer wird nach draußen gehen. Ich habe sowieso schon zu wenige, die kämpfen können, jetzt, wo Jakob auch noch ausfällt. Geh runter und komm hier nicht wieder rauf, Mädchen.« Dann flog die Tür scheppernd ins Schloss und ich zuckte heftig zusammen.

Einen Moment konnte ich nur darauf starren, ehe ich mich umdrehte und wieder nach unten lief. Ich empfand völlige Hilflosigkeit. Sina war meine beste Freundin und ohne Medikamente würde sie sterben. Ich spürte, wie sich Tränen anbahnten, als ich in den Eingangsbereich zurückkehrte und Luca mir einen hoffnungsvollen Blick zuwarf. Ich schüttelte leicht den Kopf und fühlte mich so verdammt schuldig.

»Er wird niemanden losschicken.« Marie stieß einen Fluch aus, doch ich befürchtete, dass auch sie nichts an Wolfs Entscheidung ändern konnte. Sina wand sich vor Schmerzen, beugte sich über den Rand der Couch und erbrach sich. Ich wich zurück und konnte nur hilflos auf den überhitzten Körper meiner besten Freundin schauen. Zwei Hände legten sich auf meine Schultern und zogen mich von dem Szenario fort.

»Komm, ruh dich aus, Liebes«, flüsterte meine Mutter und drückte mich sanft auf eines der anderen Sofas.

Ich schloss die Augen und verbarg das Gesicht in den Händen. Wieder explodierte mein Kopf vor Fragen. Was machten sie oben mit dem *anderen*? Würden sie ihn foltern, um an Informationen zu kommen? Luca hatte recht gehabt mit seiner Vermutung. Während ich gar nicht mitbekommen hatte, dass der *andere* sich mit uns in dem Restaurant aufgehalten hatte, hatten

Wolf und Thomas sicherlich schon einen Plan geschmiedet, wie sie ihn am besten dazu bewegen konnten zu reden. Und warum machte mein Vater da mit? Wieso hatte er mich nicht verteidigt, als Wolf mich so angegangen hatte?

Ich atmete zittrig ein, hörte auf die Schreie, die immer wieder aus Sinas Richtung kamen. Ich hoffte inständig, dass sie bald schlafen würde und die Schmerzen nicht mehr so schlimm spürte.

»Soll ich dir etwas Wasser holen?«

Ich richtete mich wieder auf und strich mir mit einer Hand über die Stirn, ehe ich den Kopf schüttelte.

»Nein, es geht mir gut. Ich bin nur erschöpft.«

Meine Mutter nickte mitfühlend und drückte mir einen Kuss ins Haar, ehe sie aufstand. »Versuch ein bisschen zu schlafen, okay?« Sie schenkte mir ein schwaches Lächeln, ehe sie mich allein ließ. Allein mit meinen Gedanken und der tiefen Erschöpfung in allen Knochen.

***

Ich war tatsächlich langsam weggedämmert, als schließlich Wolf, Thomas und mein Vater zu uns stießen. Wolf wischte sich die blutigen Hände mit einem Tuch sauber und schaute in die Runde. Es war blaues Blut, kein rotes. Blut des *anderen*. Mir wurde schlecht bei den Horrorszenen, die sich augenblicklich in meinem Kopf festsetzten. Ja, diese *anderen* waren auf die Erde gekommen und hatten uns binnen weniger Stunden zermalmt. Aber war es trotzdem fair, einen von ihnen zu foltern? Ich erschauderte und schlang die Arme um meinen Oberkörper. Plötzlich war mir kühl.

»Bei den Kreaturen handelt es sich um sogenannte Drachenwandler«, begann Wolf. »Sie können aussehen wie Menschen, aber sich auch in einen Drachen verwandeln. Sie sind von einem anderen Planeten, viel mehr ist aus dem Burschen nicht rauszukriegen. Dass wir nicht wissen, wie sie zu töten sind, ist klar, allerdings setzt ein Kopfschuss sie erst mal außer Gefecht. Früher oder später wird er uns schon erzählen, wie man sie kleinkriegt. Bis dahin wird keiner«, er warf einen direkten Blick in meine Richtung, »zu diesem Ding hochgehen. Die obere Etage des Turms ist strikt verboten, jeder der sich dieser Anweisung widersetzt, wird erschossen. Habt ihr das verstanden?«

Ich presste die Lippen aufeinander und wich Wolfs Blick aus. Vielleicht war er unsere einzige Chance zu überleben und vielleicht sollten wir uns alle von menschlichen Moralvorstellungen verabschieden, denn offenbar hatten diese keine Bedeutung mehr. Es schien in Ordnung zu sein, jemanden gefangen zu nehmen und ihn zu foltern. Vielleicht war es naiv zu glauben, dass wir besser waren als die *anderen,* die Wandler. Doch was blieb uns noch, wenn wir keine Menschlichkeit mehr besaßen? Wie konnte man Hoffnung auf eine neue, gute Welt haben, wenn man sich selbst auf dem Weg dorthin verlor und gar nicht mehr wusste, wie ein normales Leben verlief?

Vielleicht hatte Wolf aber schon zu viel in seinem Leben gesehen, als dass er an so etwas wie Menschlichkeit oder Barmherzigkeit hätte glauben können. Was Krieg aus einem machte, kannte ich nur aus Büchern oder Filmen. Wolf war der lebendige Beweis dafür, wie skrupellos ein Mensch sein konnte.

Meine Gedanken schlugen um und blieben an den Worten hängen, die er gesagt hatte. *Drachenwandler …* Wie verrückt das alles klang. Ich konnte mir noch immer nicht vorstellen, dass die Menschheit nicht die einzige Spezies in diesem Universum war. Doch je länger ich darüber nachdachte, desto alberner kam mir dieser egoistische Gedanke vor. Warum sollten die Menschen die einzigen Lebewesen sein, die auf einem Planeten lebten? Hatten wir wirklich geglaubt, alleiniger Herrscher über alles zu sein? Vielleicht geschah es uns ganz recht, dass wir überfallen worden waren.

Ich beschloss, nicht weiter über Wolf, seine Taktiken oder die Wandler nachzudenken. Ich wollte lieber etwas Sinnvolles tun. Also hievte ich mich aus der weichen Couch, um zu Marie zu gehen und ihr zu helfen. Mein Vater hielt mich auf halbem Weg auf.

»Es tut mir leid, dass du das da oben sehen musstest«, sagte er, als er mich an der Schulter festhielt. Ich verschränkte die Arme vor der Brust, was ihn dazu veranlasste, mich loszulassen.

Ich schüttelte verständnislos den Kopf und sah zu ihm hoch. »Ich verstehe nur nicht, wie du da mitmachen kannst, Papa.«

Er seufzte und fuhr sich durch das kurze Haar. »Wolf ist unsere beste Chance, das hier zu überleben, verstehst du? Er war in Afghanistan, alle Einsätze unter seiner Leitung – und jedes Mal sind seine Soldaten heil nach Hause zurückgekehrt. Du musst seine Methoden nicht gutheißen, aber immerhin kümmert er sich um einen Plan, wie wir aus der Stadt rauskommen können. Vielleicht ist es außerhalb der Großstadt ruhiger.«

»Raus aus der Stadt? Wie sollen wir das schaffen? Viele sind verletzt ...«

Er nickte und legte mir eine Hand auf die Schulter. Ein schwaches Lächeln stahl sich auf seine Lippen und er übte einen sanften Druck auf meine Haut aus. »Das soll nicht deine Sorge sein, Kleines. Wolf wird einen Plan haben, da bin ich mir sicher. Versuch dich auszuruhen, okay?«

Er zog mich in eine sanfte Umarmung und drückte mir einen Kuss auf den Scheitel, ehe er sich einen Weg zu Mama bahnte. Ich atmete tief durch, fuhr mir durchs Haar und schüttelte den Kopf. Ich hatte noch gar nicht darüber nachgedacht, aus der Stadt zu fliehen. Würden wir überhaupt so weit kommen?

Ich nahm eine Bewegung aus den Augenwinkeln wahr und erinnerte mich daran, dass ich vorgehabt hatte Marie zu unterstützen.

»Hey, kann ich dir helfen?«, fragte ich sie leise, als sie gerade die kalten Umschläge von Sina wechselte. Mittlerweile war sie eingeschlafen, Schweiß glänzte auf ihrer blassen Haut. Ihr eigentlich hübsches rundes Gesicht wirkte eingefallen, unter den Augen hatten sich dunkle Schatten breitgemacht. Luca war neben dem Sofa im Sitzen eingeschlafen, sein Kopf hing in einem seltsamen Winkel auf der Armlehne. Vermutlich würde er Höllenschmerzen haben, wenn er aufwachte.

Marie schüttelte den Kopf und strich sich erschöpft über die Stirn. Das warme Licht der Deckenbeleuchtung schimmerte auf ihrer dunklen Haut und zeigte deutlich, dass auch sie dringend Schlaf brauchte. Schatten lagen unter ihren Augen, sie wirkte regelrecht ausgezehrt.

»Leg dich hin, ruh dich etwas aus. Ich kann auf sie aufpassen und ihre

Tücher wechseln«, bot ich flüsternd an, woraufhin sie mich kurz abschätzend ansah. Ich nickte noch einmal zur Bestätigung, dass es mir nichts ausmachte. »Es bringt niemandem etwas, wenn du übermüdet bist und zwei Zehen anstatt einer Fleischwunde zusammennähst.«

Ein schwaches Lachen drang aus ihrer Kehle. »Na gut, du hast gewonnen. Ich leg mich hin, maximal zwei Stunden, okay? Wechsel die Wickel, wenn sie warm werden. Kaltes Wasser ist in den Badezimmern, das scheint die einzige Leitung zu sein, die nichts abbekommen hat. Wenn irgendetwas ist, weck mich.« Sie drückte kurz meine Schulter, dann ging sie.

Ich ließ mich neben das Sofa fallen und nahm mir gedankenverloren vereinzelte Strähnen meines Haars vor, um die lästigen Knötchen mit den Fingern auszukämmen. Eine Weile betrachtete ich meine Freundin, schaute ihr beim Schlafen zu und lauschte auf ihren rasselnden Atem.

»Sie wird nicht wieder gesund, oder?«, flüsterte Luca, der aufgewacht war, und ich schaute zu ihm. Vorsichtig zuckte ich mit den Schultern, begann meine Finger zu bewegen, was ich meistens tat, wenn ich ein Gespräch am liebsten meiden würde. Ich zog an einem kleinen Hautfetzen und betrachtete den Schmutz unter meinen Fingernägeln.

»Sie wird es schaffen, Luca. Sina ist stark – stärker, als wir denken.«

»Ohne Medikamente sieht es nicht sehr gut aus«, flüsterte er und ich presste die Lippen aufeinander.

Er hatte recht, ohne Antibiotika waren die Chancen verschwindend gering. Wenn diese überhaupt etwas brachten; schließlich wussten wir nicht einmal, womit wir es zu tun hatten. Aber wie sollten wir überhaupt Medikamente besorgen, wenn uns niemand rausließ? Die Wachen würden nicht zulassen, dass wir uns nach draußen schlichen, eher verrieten sie uns an Wolf und was dann passieren würde, wollte ich mir nicht einmal vorstellen. Andererseits mussten wir früher oder später wieder rausgehen.

Natürlich hatten wir eine intakte Wasserleitung, doch was war mit dem Essen? Die Küche eines Sternehotels war wohl kaum bis zum Himmel mit Konserven gefüllt. Wenn wir also nicht verhungern wollten, blieb uns nichts anderes übrig.

»Früher oder später werden wir an Medikamente kommen, Wolf kann sich nicht auf ewig hier drinnen verschanzen. Außerdem kann jeder von uns krank werden, auch er. Spätestens dann wird er sich Medikamente wünschen, aber so lange werden wir nicht warten müssen, okay? Ich spreche morgen mit Papa, vielleicht kann er ihn dazu bewegen, jemanden rauszuschicken.«

Ich stand leise auf und tastete nach den Wickeln, die sich bereits wieder erwärmt hatten. Vorsichtig nahm ich sie von Sinas Stirn und tunkte sie in den neben dem Sofa stehenden Eimer kalten Wassers. Nachdem ich sie ausgewrungen hatte, legte ich sie wieder auf Sinas Stirn. Langsam, aber sicher überkam mich Müdigkeit und ich lehnte mich gegen den Tisch in meinem Rücken.

Meine Augen begannen mir zuzufallen, doch ich kämpfte dagegen an, damit ich weiterhin auf Sina aufpassen konnte. Als aus Lucas Richtung allerdings ein leises Schnarchen drang, hatte ich den Kampf verloren. Ich fiel in einen unruhigen Schlaf mit Träumen aus Klauen, Blut und zerfetzten Körpern.

Kapitel 6

Romy

Zwei Tage vergingen, in denen es geisterhaft ruhig blieb. Sina ging es von Stunde zu Stunde schlechter. Doch nachdem wir noch einen Vorrat an Trockenfleisch und -obst gefunden hatten, sah Wolf es weiterhin als nicht notwendig an, nach Medikamenten zu suchen. Für ihn war Sina sowieso nur eine Last, wie vermutlich Luca und ich auch.

Wir waren die einzigen Jugendlichen, ansonsten waren nur Erwachsene in unserer Gruppe. Ich bekam mit, dass Wolf immer öfter versuchte, mit jemandem per Funk zu kommunizieren, jedes Mal rauschte es allerdings bloß in der Leitung.

Die Tage waren ruhig, die Nächte geisterhaft. Mein Vater wurde zu einem wichtigen Teil des Wolf-Clans, wie ich die Gruppe um Wolf zu nennen pflegte. Immer öfter war er mit Thomas, dem Generalmajor, und bald sogar Jakob im Turm bei dem Wandler, um weitere Informationen aus ihm herauszubekommen.

In der dritten Nacht hörte ich ein leises Rumpeln und war sofort aus einem leichten Schlaf aufgewacht. Seit dem ersten Abend in der Universität hatte ich nicht mehr ruhig geschlafen und die ganze Situation zerrte an mir, an jedem von uns. Wir lebten in ständiger Angst, von den Wandlern entdeckt zu werden, wir traten auf der Stelle, es ging einfach nicht voran. Die Bundeswehr musste schon längst nicht mehr existieren, denn ansonsten hätten wir weiterhin Bomben, Hubschrauber und Bundeswehrfahrzeuge gehört.

Vorsichtig stand ich auf und lief leise durch den Eingangsbereich des Hotels, um niemanden zu wecken. An der Vordertür konnte ich eine Silhouette erkennen, mein Herz schlug mir bis zum Hals. Angst pumpte Adrenalin durch meine Adern und ich fürchtete schon, dass es ein Wandler war, der uns schlussendlich doch gefunden hatte.

»Stopp«, flüsterte ich und griff nach einem Kerzenständer, der auf dem Rezeptionstresen stand, um mich notfalls verteidigen zu können. Die Gestalt nahm die Kapuze ab, drehte sich zu mir um und ich atmete erleichtert auf. Es war Luca, der mich voller Entschlossenheit anblickte.

»Versuch nicht, mich aufzuhalten, Romy.«

Ich wusste, was er vorhatte. Also ließ ich meine improvisierte Waffe sinken und schaute kurz über die Schulter zu den schlafenden Leuten, doch alles blieb still. Ich atmete tief durch und sammelte meinen Mut.

»Ich werde dich nicht aufhalten, Luca. Aber ich werde mit dir gehen.«

Er schien protestieren zu wollen, doch ich warf ihm einen entschlossenen Blick zu, der jede Widerrede im Keim erstickte. Dann stellte ich den Kerzenständer weg und ging zu ihm. Er presste die Lippen aufeinander und setzte die Kapuze wieder auf.

»Wir müssen uns beeilen, Dawid ist nur kurz zur Toilette gegangen, dann hält er wieder Wache«, flüsterte er mir zu und ich nickte. Luca reichte mir einen der beiden Rucksäcke, die er bei sich trug. Leise entriegelten wir die Tür.

***

Im Schutz der Dunkelheit schlichen wir durch den Schanzenpark. Erst als wir uns einige Meter vom Hotel entfernt hatten, schalteten wir die Taschenlampen ein. Stille umgab uns, kein einziges Geräusch war in der kühlen Nacht zu hören. Ich fröstelte und zog den Reißverschluss meiner Jacke bis zum Hals. Schweigend gingen wir nebeneinanderher, zwischen umgestürzten, entwurzelten Bäumen und Trümmern der umliegenden Gebäude hindurch.

In diesem Moment, in dem Luca und ich ganz allein durch die Nacht liefen, um Essen und Medikamente zu suchen, wurde mir klar, dass ich mich niemals an die Zerstörung würde gewöhnen können.

War es nicht erst vor einer Woche gewesen, dass Luca, Sina und ich hier im Schanzenpark auf der Wiese gelegen und uns gesonnt hatten? Hatten wir nicht erst ein kleines Picknick veranstaltet und uns halb totgelacht, als Luca die viel zu scharfe Soße großzügig auf seinem Cracker verteilt hatte? Und vor ein paar Tagen, als wir dann im Stadtpark gewesen waren, hatte es den Vorboten von alledem hier gegeben – den Meteoritenschauer. Es konnte unmöglich erst ein paar Tage her sein, dass noch alles in Ordnung gewesen war. Ich wünschte, ich könnte einfach aufwachen und alles wäre wie vorher.

»Glaubst du, die Bundeswehr wurde überrollt?«, fragte ich in die Stille und achtete auf die Umrisse des Weges vor mir, damit ich nicht stolperte und vielleicht umknickte. »Ich meine, wir würden doch sonst noch was von den Bomben hören oder irgendwelche ... Geräusche. Aber es ist so furchtbar still. Vielleicht haben wir einfach keine reale Chance gegen diese Wesen ... immerhin können die sich in gottverdammte Drachen verwandeln. Und dann noch diese Tiere, die uns zerfleischen oder krank machen. Ich glaube einfach nicht, dass es viel Hoffnung gibt.«

Luca warf mir einen kurzen Seitenblick zu, ehe er antwortete. »Ich glaube, dass wir die Hoffnung nicht aufgeben dürfen, Romy. Egal was noch alles auf uns zukommt, die Menschheit hat schon so vieles überstanden. Klar sind diese Dinger von einem anderen Planeten und vielleicht sind sie auch übermäßig stark und schnell. Aber man kann alles töten und ich glaube, wir werden eines Tages wieder in Frieden leben können.«

Ich biss mir auf die Zunge und erwiderte nichts darauf. Mir war nicht klar gewesen, dass Luca sich doch so sehr an die Hoffnung klammerte. Gerade, weil Sina krank war und vielleicht nicht mehr gesund werden würde. Ich überlegte ernsthaft, ob ich ihn einfach nur für dumm und naiv halten oder ihn dafür bewundern sollte.

Unser Weg führte uns an der *unsicht-Bar* vorbei. Wir ließen den *Copy Keller* und ein völlig eingestürztes Pflegeheim hinter uns und kamen schließlich zur Weidenallee, auf deren gegenüberliegender Seite eine Apotheke zu erkennen war. Ich atmete erleichtert auf, als ich sah, dass der Großteil des Gebäudes noch aufrecht stand.

»Und für diesen kurzen Weg schickt Wolf niemanden raus«, murmelte Luca leise in sich hinein. Ich war mir nicht sicher, ob er das Wort an mich richten wollte oder mit sich selbst sprach, weswegen ich einfach gar nichts sagte, sondern vorsichtig zwischen zwei Trümmerteilen hervorlugte und schaute, ob wir die Straße sicher überqueren konnten.

Noch immer herrschte eine beängstigende Ruhe, doch uns blieb nichts anderes übrig, als vorwärtszugehen. Wir waren nun schon so weit gekommen, die helfenden Medikamente lagen direkt vor unserer Nase. Wir konnten nicht umkehren, nicht zweifeln, weil es einfach zu still war hier draußen. Leise und flink ließen Luca und ich die Straße hinter uns und schlichen auf die Apotheke zu.

Die Glastüren waren völlig zersplittert, was es uns relativ einfach machte, die Apotheke zu betreten. Luca leuchtete mit seiner Taschenlampe in den Raum hinein und verschwand daraufhin hinter dem Verkaufstresen. Ich öffnete meinen Rucksack, förderte einen weiteren Beutel zutage und begann, jegliches Verbandsmaterial aus den Regalen in die Tasche zu stopfen. Dann ging ich zu Luca und nahm einige der Tabletten und Fläschchen, die er auf den Tresen gestellt hatte.

»Okay, komm schon. Das reicht«, flüsterte ich und zog ihn mit auf die Straße.

Die Taschenlampen schalteten wir wieder aus, um keine Aufmerksamkeit auf uns zu ziehen. Ich sah mich um und erkannte in kurzer Entfernung einen Supermarkt, der ebenfalls noch recht gut erhalten wirkte. Ich hielt Luca fest und er folgte meinem Blick.

»Was denkst du?«, fragte ich, den Blick weiterhin auf mein neues Ziel gerichtet. Meine Augen gewöhnten sich langsam, aber sicher an die Dunkelheit und ich hoffte darauf, dass ich Silhouetten oder Bewegungen wahrnehmen konnte, bevor wir zerfleischt wurden.

»Ich denke, dass wir dringend etwas anderes als Trockenfleisch brauchen«, sagte Luca.

Es war gefährlich, sich länger als nötig draußen aufzuhalten, und obwohl ich Angst vor dem hatte, was uns vielleicht widerfahren konnte, wusste ich, dass es notwendig war. Denn wenn wir schon draußen waren, dann konnten wir auch gleich schauen, ob der Supermarkt noch etwas Brauchbares zu essen für uns hatte.

»Okay, wir müssen uns beeilen«, flüsterte ich, als wir über die Trümmer hinweggeklettert waren und das Geschäft betraten. Regale waren umgekippt, der Boden war mit Scherben übersät, die im Schein unserer Taschenlampen glitzerten. Wir teilten uns auf. Im hinteren Teil des Ladens fand ich ein umgestürztes Regal mit Dosen, die nicht alle geplatzt waren. So schnell ich konnte, füllte ich meinen Rucksack mit Ravioli, Suppen und legte noch Tütennudeln obendrauf, sodass wir wenigstens fürs Erste genug hatten. Als ich den Rucksack wieder hochhob, war dieser schwer wie Blei.

»Nimm den hier, der ist leichter.« Luca nahm mir den schweren Rucksack ab und ich setzte den, den er mir hinhielt, auf. So leise wie möglich kletterten wir über den Trümmerhaufen wieder nach draußen. Luca, der offenbar nur noch zurückwollte, lief bereits über die Straße, ohne auf mich zu warten.

»Luca!«, zischte ich, doch er ging einfach weiter. Ich stieß einen Fluch aus und rannte ihm hinterher, bis ich aufgeholt hatte und ihn am Rucksack zurückziehen konnte. »Spinnst du? Wir müssen immer noch vorsichtig sein. Ich habe keine Lust, auf den letzten Metern doch noch zu sterben!« Abrupt riss er sich von mir los und als er sich zu mir umdrehte, hatte er die buschigen Augenbrauen zusammengezogen. Zorn stand in seinem Gesicht, die blaugrauen Augen blitzten mir wütend entgegen, doch ich hielt seinem Funken sprühenden Blick stand.

»Es geht hier um Sina«, presste er hervor.

»Ich weiß, sie ist meine beste Freundin, schon vergessen? Aber ihr bringt es auch nichts, wenn wir auf dem Weg zurück erwischt und vielleicht getötet werden.«

Er stieß die Luft zwischen den Zähnen hervor und drehte sich um, um weiterzugehen.

»Verdammter Mist!«, fluchte ich leise und hetzte ihm hinterher. Offenbar war er jedoch auf einer Selbstmordmission. Bevor Luca sie entdeckte, erkannte ich zwei Silhouetten, die nicht unweit von uns durch den Schanzenpark liefen. Der Himmel färbte sich langsam in ein helleres Blau, die Sonne würde bald im Osten aufgehen. Vielleicht sah ich sie nur deswegen, doch Luca wäre blind in sie hineingelaufen.

Ich setzte zu einem Hechtsprung an, riss Luca zur Seite und zog ihn zwischen mehrere Sträucher und Büsche. Bevor er sich über mich auslassen konnte, hielt ich ihm den Mund zu und deutete in Richtung der beiden Gestalten. Sie waren stehen geblieben und ich hoffte, dass sie uns im Dickicht der Büsche nicht sahen. Es waren ganz klar Wandler, denn auf den ersten Blick konnte ich keine größeren Wunden oder gar Schmutz an ihrer Kleidung erkennen. Außerdem liefen sie vollkommen entspannt durch den Park, als würden sie bloß einen morgendlichen Spaziergang unternehmen.

»Komm schon, da ist nichts«, sagte der Schwarzhaarige und ging ein paar Schritte weiter. Der andere, ein Blondschopf, riss sich von den Büschen los und folgte seinem Freund.

»Ich dachte nur, dass es vielleicht Menschen gewesen sein könnten. Wir haben schließlich die Aufgabe, alle einzufangen und in die Stadt zu bringen. Wenn die Mauer erst mal steht, haben sie keine Chance, wieder rauszukommen.«

»Und niemand, der es nicht soll, wird reinkommen«, sagte der andere lachend. Ihre Stimmen entfernten sich allmählich, doch eines blieb wie in Stein gemeißelt in mir zurück: die Mauer, die sie bauten. Die Stadt, die sie sich errichteten, und die Suche nach den Menschen, um sie nie wieder von dort wegzulassen.

Luca und ich sahen einander fassungslos an. War es das, was sie wollten? Die Menschheit versklaven und den Planeten übernehmen? Bittere Galle stieg in meiner Kehle hoch. Das alles glich eher einem schlechten Film, nicht dem wahren Leben.

»Wir müssen zurück«, sagte ich erstickt.

Vorsichtig, um nicht aufzufallen, drückten wir uns, solange es ging, zwischen den Büschen entlang. Erst als diese uns keinen Schutz mehr geben konnten, rannten wir über den immer heller werdenden Platz. Die Erleichterung überflutete mich, als wir den Türen des Hotels immer näher kamen und ich schließlich Jakob erkannte, der Wache hielt.

***

Jakob öffnete überrascht die Tür und ließ uns hinein.

»Wo zur Hölle kommt ihr her?«, wollte er wissen, die Augenbrauen wütend zusammengezogen. Ich schnappte nach Luft, setzte den Rucksack ab und stützte die Hände auf die Knie.

»Wir waren drüben in der Apotheke und im Supermarkt.«

»Weiß Wolf davon?«, fragte er, während Luca bereits auf dem Weg zu Sina war.

Zerknirscht zog ich eine Grimasse. »Mittlerweile weiß er sicherlich davon.«

Jakob stieß einen Seufzer aus und schüttelte fassungslos den Kopf. Ich konnte fast so etwas wie Bewunderung in seinem Blick erkennen, vielleicht hatte ich es mir aber auch schlichtweg nur eingebildet.

»Dir scheint es besser zu gehen«, lenkte ich das Thema auf ihn und öffnete den Rucksack, um frisches Verbandsmaterial herauszuholen.

Jakob kratzte sich am Hinterkopf und nickte. »Marie hat erst eben einen frischen Verband angelegt. Wir haben noch einen Erste-Hilfe-Kasten gefunden. Alles gut, geh zu deiner Freundin.«

Ich hielt in meiner Bewegung inne und schaute ihn abschätzend an, ehe ich die kleine Rolle Mullbinde wieder in den Rucksack fallen ließ. »Okay«, erwiderte ich schließlich, ehe ich die Taschen nahm und zu den anderen ging. Mama eilte augenblicklich zu mir und zog mich in eine halsbrecherische Umarmung.

»Was hast du dir nur dabei gedacht? Ich bin vor Sorge fast gestorben, als ich gemerkt habe, dass du nicht mehr da bist!« Ich seufzte und drückte sie von mir, stellte die Taschen beiseite, sodass ich endlich zwei freie Hände hatte.

»Es ist doch alles okay, Mama.« Bevor sie etwas erwidern konnte, ging ich an ihr vorbei und zu Sina hinüber. Die zwei Fläschchen, die neben Marie standen, zeigten, dass sie ihr ein Antibiotikum und Schmerzmittel verabreicht hatte. Sinas Atmung hatte sich bereits etwas normalisiert und sie schien ruhig zu schlafen. Marie stand auf, ließ Luca mit ihr allein und kam zu mir. Mit einem Lächeln legte sie die Hand auf meine Schulter.

»Das war zwar dumm, aber auch unwahrscheinlich mutig, Romy.«

»Romy? Wolf will dich sehen«, ertönte Papas Stimme hinter mir, bevor ich etwas erwidern konnte. Ich drehte mich zu ihm um. Er nickte Luca zu. »Dich auch.«

»Ich denke, Wolf wird nur das Dumme sehen«, murmelte ich Marie zu und verzog das Gesicht. Ich wusste, was mir blühte, denn immerhin hatten wir uns seinem deutlichen Befehl widersetzt. Das Mädchen, das laut Wolf sowieso nur Ballast für unsere Gruppe war, würde jetzt vielleicht eine Chance haben und überleben. Es war fast so, als hörte ich die Standpauke bereits, bevor sie überhaupt angefangen hatte. Luca und ich gaben uns geschlagen und folgten meinem Vater zum Wasserturm, wo Wolf sich eine Art Büro eingerichtet hatte.

Man merkte ihm deutlich an, dass er hier das Sagen hatte und niemand sonst. Alle anderen waren Handlanger, Lakaien, die für ihn arbeiteten. Das machte ihn um Längen unsympathischer, als er mir sowieso schon war. Als wir dort ankamen, stand Wolf am Fenster und blickte über den Schanzenpark.

»Hendrik, du kannst gehen«, befahl er ihm, ohne sich umzudrehen. Ich sah zu meinem Vater und flehte ihn stumm an, zu bleiben.

»Ist das wirklich notwendig?«

Wolf drehte sich um und betrachtete meinen Vater abschätzend. Ich konnte die Wut deutlich in seinem Blick erkennen. Nicht nur weil Luca und ich uns widersetzt hatten, jetzt wagte mein Vater es auch noch, nicht sofort das zu tun, was von ihm verlangt wurde.

»Mach es nicht schlimmer, Hendrik. Warte vor der Tür.« Wolfs Stimme war leise und klang bedrohlich. Mein Vater blickte mich an und ich brachte ein kurzes Nicken zustande. Das Letzte, was ich wollte, war, dass er meinetwegen nun auch noch Ärger bekam. Die Moralpredigt, die mich und Luca erwartete, würde so oder so heftig werden und seine Anwesenheit machte es vermutlich nicht besser. Mein Vater presste die Lippen aufeinander, legte die Hand kurz auf meine Schulter und ging dann widerwillig aus dem Raum. Ich blickte kurz auf die geschlossene Tür, ehe ich mich wieder in Wolfs Richtung drehte, der auf uns zukam.

»Diese Gemeinschaft kann nur funktionieren, wenn Regeln und Befehle befolgt werden. Ihr seid zwei aufmüpfige Teenager, die denken, ihnen gehöre die Welt, aber ihr müsst aufwachen. Diese Welt wird von den Bestien, die uns zerstören und töten, geführt und ihr lauft einfach raus und denkt, ihr könnt alles ein Stück weit besser machen? Solltet ihr noch einmal einen Befehl von mir missachten, wird es keine weitere Warnung geben, habt ihr das verstanden?«

Während Luca nur nickte, kratzte ich all meinen Mut zusammen, reckte das Kinn und schaute Wolf in die harten blauen Augen.

»Bei allem Respekt, Wolf, früher oder später hätte eine Gruppe sowieso rausgemusst. Wir können nicht ewig von den Trockenfleisch-Vorräten leben und Medikamente werden wir immer brauchen. Spätestens, wenn einer deiner Soldaten krank geworden wäre, hättest du jemanden losgeschickt, aber wir können uns nicht erlauben zu entscheiden, welches Leben wertvoll ist und welches nicht. Wir sind auf jeden einzelnen Überlebenden angewiesen und Luca und ich sind die Einzigen, die sich getraut haben, nach draußen zu gehen und etwas zu tun. Fürs Erste haben wir genug Essen und bei Weitem genug Medikamente. Es reicht nicht, nur bis übermorgen zu denken, wir müssen über den Tellerrand blicken und planen.«

Aus den Augenwinkeln erkannte ich, wie Luca mich mit großen Augen anstarrte. Wolfs Gesicht wurde puterrot und er öffnete gerade den Mund – ich machte mich auf eine sehr, sehr laute und heftige Ansprache gefasst –, als die Tür aufgestoßen wurde und Jakob atemlos hereinstürzte.

»Die Wandler«, keuchte er. »Sie haben uns entdeckt, sie kommen!«

Wolf stieß einen Fluch aus und schnappte sich seine Pistole, die vor ihm auf dem Tisch gelegen hatte, schob ein volles Magazin hinein und lud sie nach. »Jeder, der eine Waffe halten kann, soll eine kriegen und diesen verdammten Biestern eine Kugel in den Schädel jagen!« Er ging um den Schreibtisch herum und blickte mich an, während er sich vorbeugte. Als er sprach, hatte seine Stimme einen leisen, vollkommen bedrohlichen Klang angenommen. »Die Toten gehen heute auf dein Konto, Mädchen.«

Ich schloss die Augen, als er an mir vorbeiging und mit Jakob verschwand. Einen Herzschlag später hörte ich über uns einen Schuss, vermutlich hatte er dem gefangenen Wandler eine weitere Kugel in den Kopf gejagt.

***

»Komm, wir müssen hier raus«, sagte Luca und zog mich mit nach unten in die Eingangshalle des Hotels. Ich wusste nicht, ob ich in der Lage war, eine Waffe zu benutzen, doch vermutlich würde mir nichts anderes übrig bleiben. Luca und ich kamen kurz nach Wolf und Jakob im Eingangsbereich des Hotels an. Die restlichen Soldaten, bestehend aus Thomas, Tim, Björn und Finja, waren bereits mit Gewehren ausgerüstet.

»Diese Biester haben uns gefunden. Jeder, der eine Waffe tragen kann, wird auf die Köpfe der Wandler zielen. Wir können hier nicht bleiben, wenn ihr erwischt werdet, dann ist der Tod bei Weitem besser, als bei diesen Kreaturen zu sein. Tut, was getan werden muss, und versucht am Leben zu bleiben«, kommandierte Wolf.

Er warf mir im Vorbeigehen einen letzten, vernichtenden Blick zu, dann positionierten sich die Soldaten an den Fenstern und schossen auf die näher kommenden Wandler. Draußen ertönten Schreie, Leute riefen wild durcheinander und dann ging alles ganz schnell. Jakob drückte mir eine Pistole in die Hand und sagte, ich solle am Leben bleiben. Dann wurden wir alle nach draußen gescheucht.

Wandler rannten auf uns zu, mit zittrigen Händen richtete ich meine Waffe auf einen, drückte ab und schoss daneben. Die Wucht des Schusses ließ mich einen Schritt nach hinten taumeln. In meinen Ohren rauschte das Blut, Adrenalin pumpte erneut durch meine Adern. Ich wollte Luca Deckung geben, der verzweifelt versuchte, Sina heil hier rauszukriegen, doch meine Trefferquote lag bei null. Ich konnte nicht schießen und hatte absolut keine Ahnung, wie ich mit der Waffe umzugehen hatte.

Ich sah, wie einer der Wandler Tim mit sich riss, das Gewehr fiel scheppernd zu Boden und plötzlich zerriss ein gewaltiges Brüllen das Schlachtfeld.

»Berkan!«, schrie einer der Wandler, kurz bevor drei monströse Raubkatzen durch die Büsche brachen und den ersten Wandler mit sich rissen und in der Luft zerfetzten.

Tot, dachte ich. *Wir sind so was von tot.*

Erbarmungslos pflügten die Berkan mit ihren gewaltigen Mäulern durch das Feld; ihnen war es gleich, ob sie Wandler oder Menschen zwischen die Zähne bekamen. Meine Mutter war bei mir und wir rannten um unser Leben. Wenige Meter hinter mir sah ich Luca, der von Thomas mitgerissen wurde. Sina war nicht mehr bei ihm – sein Gesicht voller Trauer und Entsetzen. Ich keuchte, spürte die Enge in meiner Brust, die mich zu zerquetschen drohte, und zwang mich weiterzulaufen. Hunderte Gedanken wirbelten in meinem Kopf und doch konnte ich mich auf nichts konzentrieren. In diesem Moment funktionierte ich einfach nur, mein Überlebenswille war stärker als die Furcht.

Weitere Schüsse ertönten und ich sah wie ein kleinerer Berkan sich auf Wolf stürzte. Er schrie, konnte das Vieh aber von sich stoßen. In wilder Raserei schoss er brüllend um sich, bis es zuckend liegen blieb. Als er sich zu uns wandte, konnte ich die blutige Höhle in seinem Gesicht erkennen, in der eben noch sein rechtes Auge gewesen war.

Als ich meinen Vater sah, der hoffnungslos versuchte, vor einem Berkan wegzulaufen, dachte ich nicht mehr nach. Ich riss mich von meiner Mutter los, nahm das Gewehr, das neben Tims totem Körper lag, und rannte weiter zu meinem Vater.

»Romy, lauf!«, schrie er mir zu, als sein Magazin leer war und er verzweifelt das Sturmgewehr gegen den Kopf der Raubkatze warf. Er rannte auf mich zu und ich war fast bei ihm, schoss bereits auf den Berkan, doch dieser war schneller. Seine gewaltigen Zähne, die die Länge meines Unterarms messen mussten, versenkten sich in den Beinen meines Vaters und rissen ihn zu Boden. Ich stellte das Feuer ein, fühlte mich wie in Zement gepackt und hatte keine Chance, mich von dem Anblick, der sich mir darbot, loszureißen.

»Papa!«, kreischte ich verzweifelt.

»Lauf«, hörte ich ihn noch sagen, ehe er von dem Berkan über den Boden geschleift wurde. Er schrie schmerzerfüllt auf, während das gewaltige Tier den Kopf in die Höhe riss und den Körper in die Luft schmiss. Wie ein nasser Sack fiel mein Vater wieder gen Boden, der Berkan fischte ihn aus der Luft und versenkte die Zähne in seinem Fleisch. Sein Körper erschlaffte, seine Augen blickten mich leer an und ich war in einer Schockstarre gefangen, konnte mich nicht bewegen. Dann war da plötzlich Jakob, der meinen Arm packte und mich mit sich riss.

»Schau nicht hin!«, rief er und zerrte mich weiter, immer weiter. Ich konnte den Blick nicht abwenden, stolperte und stürzte nach vorn auf die Knie. Meine Finger gruben sich in das weiche Gras, versuchten an irgendetwas Halt zu finden, damit ich mich nicht selbst verlor.

Jakob stieß einen Fluch aus, zog mich erneut auf die Beine und legte die Hände an mein Gesicht, damit ich ihn ansah. Um uns herum brüllten die Berkan, Menschen und Wandler schrien um ihr Leben, doch es gab in diesem Moment nur Jakob und mich. Jakob, der mich zurückholte.

»Ich verstehe, wie es dir geht, Romy, aber ich lasse nicht zu, dass du auch noch stirbst, okay? Du hast mich gerettet, als sie Anna getötet haben, also lass mich dir jetzt helfen.«

Seine Worte sickerten langsam in mein Bewusstsein und ich versuchte zu nicken. Er erwiderte die Geste und griff nach meiner Hand. Wieder setzte er sich in Bewegung und lief den anderen aus unserer Gruppe hinterher, ich folgte ihm blind. Mir war nicht bewusst, wer überhaupt noch am Leben war. Vielleicht hatte man mir nicht nur meinen Vater entrissen, sondern auch Luca und meine Mutter. Vielleicht war niemand mehr da, den ich liebte, vielleicht hatten die Wandler mir bereits alles genommen.

Durch die Tränen konnte ich kaum etwas sehen, doch tapfer stolperte ich hinter Jakob her, der mich immer weiter weg vom Schlachtfeld führte. Die Berkan begnügten sich offenbar mit den Wandlern, sodass wir fliehen konnten.

Doch zu welchem Preis blieben wir am Leben?

Kapitel 7

Greyer

Ein leises Flüstern verlangte nach meiner Aufmerksamkeit, doch ich war nicht imstande es zu lokalisieren. Es spielte mir Streiche und schien mich verhöhnen zu wollen, weil ich nicht wusste, woher es kam. Die pulsierende warme Macht, die von dem Splitter ausging, war spürbar, nur ganz leicht, dennoch war sie da.

Ich blickte auf das ruhige Wasser des Flusses, welches langsam von den Strahlen der aufgehenden Sonne erhellt wurde. Noch immer hatten wir keinen einzigen Splitter gefunden und auch von dem Kind aus der Prophezeiung fehlte bisher jegliche Spur. Die Suchtrupps, die ich eingeteilt hatte, waren seither, ohne jegliche Erfolge zu verzeichnen, ins Hauptquartier zurückgekehrt.

Vielleicht waren die Splitter tatsächlich auf einem anderen Kontinent gelandet und ich würde hier vergeblich suchen. Allerdings hatte keiner meiner Ratsmitglieder, meiner engsten Vertrauten, bisher Glück auf der Suche gehabt. Weder bei den Splittern noch bei dem Kind.

Mit jedem Tag, der ins Land ging, wurde ich angespannter. Die Last erdrückte mich und ich verspürte den heftigen Drang, endlich einen Erfolg verzeichnen zu wollen. Nicht um meinetwillen, damit ich mich danach besser fühlen konnte. Nein, weil mein Volk dann endlich wieder hoffen würde und wusste, dass wir hier richtig waren, dass es keinen Grund gab, aufzugeben. Dass es sicher war, dass wir wieder nach Hause zurückkehren konnten.

»Greyer? Tanya ist zurück«, hörte ich eine Stimme hinter mir. Ich nickte, riss mich von dem Anblick des Wassers los und folgte Aaron ins Innere des Gebäudes.

***

Tanya wartete bereits auf mich. Als sie aufgewacht war, hatte sie sich an alles erinnern können. Sie hatte vor Wut förmlich gebrodelt und ich hatte es ihr nicht verdenken können, schließlich war auf sie geschossen worden. Als Nemir und Kain von einem Streifzug wiedergekommen waren und gesagt hatten, sie hätten in einem Park Menschen gefunden, hatte ich mich Tanya nicht in den Weg gestellt. Sie hatte einen Trupp zusammengestellt und die Gruppe der Menschen übernommen.

»Du bist zurück«, stellte ich fest, als ich in der Eingangshalle ankam, wo sie mit verschränkten Armen stand. Blaues sowie rotes Blut besprenkelte ihre sonst makellose Haut. Ich runzelte die Stirn und betrachtete sie, konnte allerdings an ihr keine Wunden festmachen. »Was ist geschehen?«

»Die Menschen haben uns sofort angegriffen, als wir kamen. Der Lärm hat die Berkan angelockt, es war ziemlich unschön. Wir haben einen verloren, die Menschen weitaus mehr, schätze ich. Zwei von ihnen haben wir mitgenommen, das Mädchen ist krank. Wie es aussieht, hat ein Berkan sie vergiftet. Sie hatten Darian bei sich, offenbar haben sie ihm ganz schön zugesetzt.«

Ihre Stimme drohte zu brechen, weswegen sie eine kurze Pause einlegte. Tanya war nie jemand gewesen, der schnell die Kontrolle über ihre Gefühle verlor. Etwas Schlimmes musste Darian widerfahren sein.

»Er hat mehrere Einschusslöcher im Kopf, ist noch immer bewusstlos. Ich schätze, die Menschen haben ihm eine weitere Kugel verpasst, kurz bevor wir kamen.«

Wütend presste ich die Kiefer aufeinander. Die Menschen hätten nicht unsere Feinde sein sollen und doch gab es diese eine Gruppe, die mir Kopfschmerzen bereitete. Ich atmete tief durch, um nicht die Beherrschung zu verlieren. Hitzköpfiges Handeln würde uns nicht weiterbringen.

»Das wird das letzte Mal gewesen sein, dass sie einem von uns Schaden zugefügt haben. Wir werden sie finden«, presste ich hervor und zwang mich ruhig durch die Nase einzuatmen. Meine Gedanken rasten und doch war ich verpflichtet, einen kühlen Kopf zu bewahren und unsere nächsten Schritte zu planen. Das Flüstern des Dracarian wurde wieder stärker und ich spürte, dass er irgendwo in der Nähe sein musste. Doch noch immer schien irgendetwas ihn zu bedecken, als wäre er gefangen und hätte keine Chance, seine vollständige Kraft an die Oberfläche zu schicken.

»Wie gehen wir vor? Wir können nicht zulassen, dass sie weiter draußen herumlaufen.«

»Das werden sie nicht. Wir werden sie finden und hierher bringen. Dennoch müssen wir uns auch auf die Splittersuche konzentrieren, Tanya. Reine Rache führt zu nichts, das weißt du so gut wie ich.«

»Ich hoffe nur, du hast einen Plan, Greyer«, gab sie mit leicht zweifelndem Unterton von sich.

»Den habe ich, sei dir sicher.«

***

Mein Weg führte mich zu Teran, der den Bau der Mauer bewachte. Die ersten Teile standen bereits, ragten um die zehn Meter in die Höhe. Ich blieb neben dem Wandler stehen und begutachtete sein Werk, welches an die sogenannte Speicherstadt grenzte.

»Wie kommt ihr voran?«

»Gut. Wir werden nur bald mehr Material brauchen, um weiterzubauen. Ich habe von Kartha gehört, dass die Krieger der Menschen ausgeschaltet worden sind?«

Ich nickte. »Wir haben nichts mehr von ihren Bomben oder Ähnlichem zu befürchten. Besorge dir alles an Material, was du benötigst, Teran. Die Mauer muss schließlich einiges aushalten, wenn die Berkan draußen bleiben sollen.«

Teran nickte ebenfalls. Seine hellen Augen musterten mich für einen Moment.

Ehe er etwas sagen konnte, kam ich ihm zuvor. »Ich glaube zu wissen, wer das Kind aus der Prophezeiung ist. Es gibt ein Mädchen in dieser Gruppe aus Menschen, die nicht vor uns zurückschrecken. Sie hat Tanya die Nase gebrochen und ihren Berichten zufolge, wäre ein normales Mädchen ihrer Statur dazu nicht in der Lage. Es ist nur eine Frage der Zeit, dass ihre Kräfte an die

Oberfläche dringen und wir sie spüren können. In dem Moment kann sie sich nicht mehr verstecken.«

»Dann müssen wir sie finden und hierherschaffen.«

Ich nickte. »Und möglichst viele Menschen hinter diese Mauern bringen.«

Kapitel 8

Romy

Bis zu einem gewissen Punkt spürte ich nichts als Schmerz. Der Verlust brannte sich mir in die Seele – so wie sich die Schreie meines Vaters in meine Erinnerungen brannten. Ich hatte das Gefühl, gar nicht richtig da zu sein, fühlte mich wie ein Sprung in einer CD, die immer und immer wieder dasselbe abspielte. Ich war gefangen in den Bildern des Todes, konnte sie nicht aus meinem Kopf bekommen – und doch musste ich genau das tun. Ich musste weiterlaufen, musste mein Leben retten und das, was gerade eben erst passiert war, hinter mir lassen. Ich hatte keine Ahnung, wie ich es schaffen sollte.

Wir schlugen uns bis zur U-Bahnstation der Messehallen durch. Dort hielten wir das erste Mal an und schnappten alle nach Luft. Wolf fuhr sich durch das kurz geschorene Haar und blickte zurück. Aus der leeren Augenhöhle lief noch immer das Blut und ließ ihn so bedrohlicher wirken als ohnehin schon.

»Wir können hier nicht bleiben«, hörte ich Marie sagen, die Wolf in eine sitzende Position drückte und sich die Wunde ansah. Sie nahm ihren Rucksack ab, kramte nach einem Verband und begann diesen um Wolfs Kopf zu wickeln.

Ich hatte mich auf den Boden fallen gelassen, starrte auf meine Hände, fühlte mich verloren. Langsam hob ich den Blick und sah mich innerhalb der Gruppe um, es waren so viele nicht mehr hier. Als ich meine Mutter sah, atmete ich erleichtert auf, kämpfte mich auf die Beine und ging zu ihr hinüber.

»Romy!«, rief sie, als sie mich erkannte. Sofort kam sie auf mich zu und fasste mich an den Oberarmen. Doch ihre Augen suchten die Gruppe ab. Ich wusste genau, nach wem sie Ausschau hielt.

»Wo ist dein Vater?«

»Mama«, gab ich schluchzend von mir und fiel vor ihr auf die Knie.

Sie tat es mir gleich und kniete sich vor mich, nahm mein Gesicht in ihre Hände. Ich konnte die Tränen in ihren Augen glitzern sehen.

»Er ist tot. Eines dieser Tiere hat ihn gefressen.« Meine Stimme war nicht mehr als ein heiseres Flüstern, was in einem weiteren Schluchzen unterging. Sie schüttelte fassungslos den Kopf und die Tränen fanden ihren Weg über ihre Wangen.

»Sag, dass das nicht wahr ist«, erwiderte sie so leise, dass ich glaubte, es mir eingebildet zu haben. Sie zog mich an sich, doch ihre Arme hingen schon bald schlaff und wie leblos an meiner Seite hinunter. Ich drückte mich an sie, aber es kam keine Erwiderung.

»Mama? Bitte sag doch was.« Sie antwortete nicht.

Ich rückte etwas von ihr ab und sah sie an. Sie war wie in einem Schockzustand, schien ihre Umgebung gar nicht mehr richtig wahrzunehmen. Ihre braunen Augen waren leer, sie schien weit weg zu sein. Verzweifelt griff ich nach ihrer Hand und drückte sie.

Am liebsten hätte ich sie geschüttelt und ihr gesagt, dass sie mich ansehen, mit mir reden soll, doch ich hatte keine Kraft mehr. Der Verlust meines Vaters war zu heftig, zu schmerzvoll. Ich versuchte mir einzureden, dass der Schock über den Tod ihres Mannes zu tief saß. Sie konnte gar nicht anders reagieren, vermutlich würde es morgen schon etwas besser gehen. Das bittere Gefühl in der Magengegend blieb jedoch, denn ich glaubte mir selbst nicht.

»Vielleicht sind die Tunnel noch intakt«, überlegte Jakob laut, der einige Schritte von mir entfernt stand. Plötzlich hörte ich ein Schaben in der Dunkelheit des Tunnels, etwas polterte, als würden kleine Steinchen über den Boden rollen. Wolf riss sich von Marie los, die noch nicht ganz fertig mit dem Verband war, und richtete die Waffe auf den rabenschwarzen Eingang des Tunnels.

Schlurfende Schritte erklangen, auch Jakob richtete sein Gewehr auf die Öffnung, Thomas tat es ihm gleich und schließlich stand auch ich auf, um die Waffe auszurichten. Das Herz schlug mir bis zur Kehle hinauf, jeden Moment fürchtete ich, ein Berkan würde aus den Tunneln springen und sich geifernd auf uns stürzen.

Doch anstatt einer dieser gefährlichen Raubkatzen trat eine junge blonde Frau mit erhobenen Händen aus dem düsteren Tunnel hervor. Sie hatte eine Platzwunde an der Stirn, ihre Hände waren mit Blut besprenkelt und dreckverkrustet.

»Seid ihr Überlebende?«, fragte sie zittrig und Wolf, der seine Pistole auf sie richtete, schaute sie skeptisch an.

»Wer bist du?«

»Mein Name ist Julia. Ich gehöre zu einer kleinen Gruppe von fünf Überlebenden. Wir sind unten in den Tunneln, dort ist es sicher. Sie kommen nicht dorthin.« Julia wagte es, einige Schritte vor zu gehen, bis sie auf der ersten Treppenstufe stand, die hinunter zum Bahnsteig führte. Sie deutete mit einer Hand die Treppe hinunter. »Ihr könnt mitkommen, wenn ihr wollt.«

Langsam ließ ich das Gewehr sinken. Wolf warf Marie einen vielsagenden Blick zu. Er traute dieser Julia nicht. Marie hingegen zuckte mit den Schultern.

»Wenn keiner eine bessere Idee hat, würde ich sagen, vertrauen wir ihr. Jeder von uns kann etwas Ruhe gebrauchen. Und wer weiß, ob die Wandler nicht schon längst unsere Spur verfolgen?«

»Wandler? Nennt ihr so die ... *anderen*?«, fragte Julia und Wolf steckte seine Pistole weg.

»Wir haben mit einem von ihnen eine ... Befragung durchgeführt. Er hat uns erzählt, dass sie Drachenwandler sind. Wo ist deine Gruppe?«

Julia ging die Treppen wieder hinunter. »Folgt mir.«

Ich schaute mich in der Gruppe um. Automatisch begann ich zu zählen. Zwölf. Zwölf unserer Leute waren noch hier. Eine eiskalte Hand schien sich um mein Herz und meinen Hals zu legen, drückte mir die Kehle zu und wollte mich ersticken. Acht Leichen.

»Die Toten gehen heute auf dein Konto, Mädchen«, hatte Wolf zu mir gesagt. Acht Tote. Das Blut von acht meiner Leute, von meiner besten Freundin und sogar das meines Vaters klebte an meinen Händen. Ich fühlte mich wie in einem Strudel gefangen, sah den Park wieder vor mir, hörte das Brüllen, das Reißen und Gurgeln, den stummen Hilfeschrei meines Vaters. Acht Tote. *Das Blut von acht Leuten klebte an meinen Händen.*

Meine Beine gaben nach und ich sank auf die Knie. Das Gewehr fiel zu Boden, ein leises Schluchzen drang aus meiner Kehle. Ich hatte keine Luft mehr, konnte nicht atmen. Mein Brustkorb war wie zugeschnürt, mein Herz raste, das Blut rauschte in meinen Ohren und ergab ein ekelhaftes, hämmerndes Pochen. Zitternd blickte ich auf meine Hände, die plötzlich blutgetränkt aussahen. Dicke rote Flüssigkeit tropfte warm von meinen Fingern und das Gesicht meines Vaters tauchte vor mir auf ...

»Was hast du getan, Romy?«, fragte er mich, Blut rann von seiner Stirn, hinterließ eine feine Spur, die über sein Gesicht lief. *»Was hast du getan?«*

»Romy? Romy! Hey, es ist alles gut. Romy, komm zurück!«

Auf einmal war Jakob vor mir, die Bilder verblassten und ich kam zurück in die Realität. Panisch sah ich auf meine Hände, nichts als Schmutz klebte daran. Kein Blut tropfte von den Fingerspitzen und tränkte den Boden. Ich keuchte auf, fühlte, wie die Luft meine Lungen erfüllte.

»Hey«, sagte Jakob besorgt und zog meine Aufmerksamkeit auf sich. »Bist du wieder da?«

Ich blinzelte ein paarmal, ehe ich vorsichtig nickte. »Es ist meine Schuld, Jakob«, flüsterte ich.

»Alles in Ordnung da oben? Ihr solltet euch beeilen!«, rief Marie von der untersten Treppenstufe und Jakob blickte kurz zurück. »Geht schon mal vor, wir kommen sofort!«

Er lenkte den Blick wieder auf mich. »Was soll deine Schuld sein, Romy?«

»Die Toten. Acht Leute sind gestorben, Jakob. Ihr Blut klebt an meinen Händen, Wolf hat es mir gesagt. Wolf hat gesagt, die Toten gehen auf mein Konto.« Meine verzweifelte Stimme brach und ich spürte den Druck hinter meinen Augen, doch es kamen keine Tränen mehr. Jakob umfasste meine Hände und drückte sie sanft.

»Wolf ist ein verdammtes Arschloch. Es ist nicht deine Schuld, Romy. Oder hast du sie getötet? Nein. Es waren die Wandler und diese Berkan, die unsere Leute getötet haben, und das kann nicht deine Schuld sein.«

Ich atmete zittrig ein und schloss für einen Moment die Augen. Jakob hatte recht. Ich hatte die Berkan nicht zu uns geführt und ich hatte keine Schuld, dass die Wandler uns gefunden haben. Luca und ich hatten uns versteckt, die beiden hätten uns überhaupt nicht sehen können. Wie sie auf unser Versteck gestoßen waren, war mir schleierhaft, doch der springende Punkt war, dass ich sie nicht dorthin gebracht hatte.

»Kannst du gehen?«, fragte Jakob mich und ich brachte ein Nicken zustande.

Noch einmal sog ich die kühle Luft tief ein und ließ dann zu, dass er mir aufhalf. Ich griff nach dem Gewehr, doch Jakob kam mir zuvor, schulterte es und schenkte mir ein aufmunterndes Lächeln.

»Das kann ich für dich tragen. Komm schon, bevor wir unsere Leute im Tunnel nicht mehr finden.«

***

Schweigend folgte ich ihm die Treppen nach unten in den Tunnel. Jakob schaltete eine Taschenlampe an, als wir in die Dunkelheit traten. Wir gingen nach rechts und eine weitere Treppe nach unten, bis wir am Bahnsteig ankamen. Ich hörte Julia gerade erzählen, dass sie seit Tagen hier unten waren und sich nicht an die Oberfläche trauten. Langsam ging ich zu ihr hinüber und nahm den Rucksack von meinen Schultern, den ich ihr reichte.

»Da ist etwas zu essen drin«, sagte ich. Mit großen Augen nahm sie die Tasche entgegen. Offenbar konnte sie gar nicht glauben, dass ich ihr von unserem Essen abgab. Genau wie Wolf.

»Das brauchen wir selbst«, knurrte er und starrte mich mit dem verbliebenen Auge an. »Oder willst du direkt wieder hoch und neues suchen?«

Einen kurzen Augenblick schaute ich ihn stumm an. Tief in mir spürte ich, wie ich die Angst vor ihm verlor. Ohnehin fühlte ich nur noch eine tiefe schwarze Leere, die alles einnahm. So als hätte der Tod meines Vaters auch einen Teil von mir mit sich gerissen.

»Ich glaube nicht, dass wir in diesen Zeiten noch auf Mein oder Dein achten sollten. Wir sitzen alle im selben Boot, Wolf. Die wenigen Menschen, die noch leben, sollten einander helfen und zusammenhalten.«

»Ich danke dir, Kleine …«, begann Julia voller Dankbarkeit.

»Romy.«

»Romy«, wiederholte sie nickend. »Ihr dürft gerne hierbleiben, es ist sicher. Die Wandler kommen nicht hier runter – und auch nicht die Bestien. Davon abgesehen, dass es sowieso nichts gibt, wo wir hinkönnten.« Ein trauriger Ausdruck huschte über ihr Gesicht. »Die Bundeswehr wurde überrannt, wir kriegen kein Signal mehr. Markus hier ist Soldat«, sie zeigte auf einen muskulösen Mann mit kurz geschorenen dunkelblonden Haaren, »und Daniar und Aleksandar sind wie ich beide bei der Feuerwehr. Melanie da drüben ist Erzieherin.«

Julia deutete nacheinander auf zwei hochgewachsene Männer, dann auf eine zierliche rothaarige Frau. Daniar und Aleksandar nickten uns kurz zu, ehe Wolf sich an die Vorstellrunde machte. Ich klinkte mich aus diesem Gespräch aus und sah mich an dem Bahnsteig um, entdeckte Luca, wie er am Gleisbett saß und die Füße baumeln ließ. Langsam ging ich zu ihm hinüber und setzte mich neben ihn.

»Sie ist tot«, sagte er schließlich und seine Stimme klang so eigenartig fremd.

Ich nahm seine Hand und verschränkte die Finger mit seinen. Seine Haut war kühl.

»Ich hab versucht sie zu tragen, aber einer der Wandler hat uns erwischt. Thomas hat ihm in den Kopf geschossen, aber da waren plötzlich so viele und sie haben sie mir entrissen. Thomas hat mir keine Chance gelassen, zurückzulaufen und mich mit sich gezerrt. Ich … ich hab sie einfach dort liegen lassen, Romy.«

Seine Stimme brach und er schluchzte herzzerreißend. Wieder hatte ich jenes dumpfe Gefühl hinter den Augen, doch wieder kamen keine Tränen. Vielleicht hatte ich alle aufgebraucht und es stimmte doch, dass ein Mensch nur eine bestimmte Menge produzierte.

»Es tut mir so leid, Luca«, flüsterte ich.

Er sah mich aus verquollenen Augen an. »Es ist nicht deine Schuld. Nicht unsere. Früher oder später hätten sie uns sowieso gefunden.«

»Einer der Berkan hat Papa getötet.« Meine Stimme war kaum mehr als ein

Hauchen. Luca entzog mir seine Hand, legte den Arm um meine Schultern und drückte mich an sich. Wir brauchten keine Worte mehr, die Nähe des jeweils anderen linderte den dumpfen Schmerz des Verlustes etwas.

Eine ganze Weile saßen wir schweigend nebeneinander und starrten auf die Gleise, hingen unseren jeweiligen Gedanken nach. Irgendwann merkte ich, wie die Müdigkeit und die Erschöpfung an mir klebten, weswegen ich mich langsam aufrichtete und mir über die müden Augen fuhr.

»Ich denke, ich werde mich etwas hinlegen. Das solltest du auch tun, Luca.« Er nickte. Ich drückte ihm einen Kuss auf die Wange und stand auf.

Leise bahnte ich mir einen Weg durch die Reihen der teils schlafenden Leute, bis ich zu meiner Mutter kam. Sie lag zusammengekauert in einer Ecke, das Gesicht verzerrt, als hätte sie einen schlimmen Albtraum. Ich seufzte leise und strich ihr eine Strähne aus der Stirn, betrachtete sie einen kurzen Augenblick. Ich erinnerte mich daran, wie sie mich überhaupt nicht mehr wahrgenommen hatte, als ich sie an den Treppen zur U-Bahnstation umarmt hatte.

Ein erdrückendes Gefühl machte sich erneut in meiner Brust breit und ich atmete tief durch. Morgen würde alles bestimmt ganz anders aussehen, sie brauchte einfach etwas Zeit. Erschöpft ließ ich mich neben sie gegen die Wand sinken und schloss die Augen.

Als ich Schritte hörte, war ich fast bereit ein Messer zu ziehen und es dem Angreifer in irgendein Körperteil zu stoßen. Paranoia ließ die Angst in mir wachsen und ich riss die Augen auf. Anstatt einem Wandler oder sonst etwas entgegenzublicken, war da nur Julia, die mir eine Decke reichte.

»Hier. Ein paar waren noch im Zug. Es wird nachts recht kühl hier unten.«

Ich versuchte mich an einem Lächeln, nahm die Decke an mich und murmelte einen Dank. Anstatt zu gehen, blieb Julia noch einen Moment bei mir stehen.

»Danke. Für vorhin. Dieser Wolf hätte uns niemals Essen gegeben. Du bist sehr tapfer, wenn du dich ihm widersetzt.«

Ein leises Schnauben verließ meine Lippen. »Entweder tapfer oder einfach nur dumm. Egal wie Angst einflößend Wolf ist und wie sehr ich seine Befehle manchmal ignoriere, ich glaube, er ist der Einzige, der uns hier lebendig hinausbringen kann.«

»Wo wart ihr vor den Tunneln?«, fragte sie und setzte sich mir gegenüber. Ich hatte entschieden keine Lust dazu, ihr zu erzählen, wie wir hier gelandet waren, doch vermutlich wollte sie nur freundlich sein und etwas Small Talk mit den Neuen halten. Also riss ich mich zusammen und führte mir meine gute Erziehung vor Augen.

»Im *Mövenpick Hotel* im Schanzenpark. Davor waren wir in der Universität – die, die als Sammelstelle eingerichtet worden war. Die Uni wurde von den Berkan überrannt, im Hotel haben uns die Wandler gefunden, ehe auch dort die Monster kamen und töteten.«

Julia verzog bedauernd das Gesicht und legte mir eine Hand auf das Knie. Ich zuckte zusammen, als ihr Mitgefühl mich traf.

»Das tut mir leid, Romy. Es war bestimmt schrecklich, das alles mit ansehen zu müssen.«

Alles, was ich zustande brachte, war ein kurzes Schulterzucken. Ich wollte nicht ausgiebig mit ihr darüber reden, was wir verloren hatten.

»Wo wart ihr vorher?«, lenkte ich das Thema auf ihre Gruppe.

»Einige von uns sind von Anfang an hier unten. Aleksandar und ich waren auf derselben Feuerwache. Melanie, Daniar und Markus waren gerade mit der U-Bahn unterwegs, als die ersten Bomben gefallen sind. Der Tunnel ist eingestürzt und hat viele Teile des Zuges unter sich begraben. Ein paar andere haben ebenfalls überlebt, doch sie wollten nicht auf Daniar und Markus hören, sie sind an die Oberfläche gegangen und kamen nie zurück. Aleksandar und ich waren noch im Einsatz, haben geholfen, wo wir konnten, doch gegen diese Dinger hatten wir einfach keine Chance. Als alles losging, waren wir mitten drin, es ist ein Wunder, dass wir überhaupt noch am Leben sind. Anton, der mit mir auf dem Rettungswagen gefahren ist, wurde von einer dieser ... wie nennt ihr sie?«

»Berkan, sie heißen Berkan«, erklärte ich ihr. Jedenfalls hatten die Wandler sie im Park so genannt.

»Ah, ja. Einer der Berkan hat ihn einfach aus dem Rettungswagen gerissen, als wäre er nichts. Ich konnte mich gerade noch unter das Fahrzeug schieben und dort hab ich einfach so lange gelegen, bis der Angriff vorbei war. Aleksandar und ich sind von da an durch die Straßen gegangen, ich glaube, es dauerte einen Tag, bis wir diese Station gefunden und die anderen uns aufgenommen haben. Seitdem sind wir hier.«

Ich brauchte einen Moment, ehe ich ihre Geschichte verarbeitet hatte. Mir wurde klar, dass jeder von uns bereits etwas verloren hatte, und seltsamerweise spendete mir diese Tatsache Trost. Ich war nicht allein mit meinem Verlust, jeder hier wusste, was es bedeutete, geliebte Menschen zu verlieren, Leuten beim Sterben zuzusehen.

»Das mit deinem Partner tut mir leid.«

Trotz allem schenkte Julia mir ein Lächeln. »Weißt du, ich glaube, jeder von uns hat etwas verloren«, antwortete sie, als hätte sie meine Gedanken lesen können. »Aber irgendwann werden wir uns alle wiedersehen. Schlaf jetzt ein bisschen, du bist sicherlich müde.« Sie stand auf und ging; einen Moment sah ich ihr noch hinterher. Dann schloss ich die Augen und lehnte mich an die Wand in meinem Rücken. Es war ruhig hier unten und für den Augenblick konnte ich wirklich glauben, dass wir hier sicher waren …

***

Ich befand mich auf dem Bahnsteig. Ich wollte schon aufatmen, weil alles ruhig war, doch ganz offensichtlich war es zu ruhig. Ich war allein, völlig allein. Sofort sprang ich auf die Füße.

»Hallo?«, rief ich und lief zu den Gleisen, doch die Station war menschenleer. Ein paar Lichter flackerten noch schwach vor sich hin, die Waffen auf dem Boden waren das Einzige, was davon zeugte, dass hier mal mehr Menschen gewesen waren. Ich bekam Panik, sprang auf die Gleise und lief ein Stück in beide Richtungen, bis es nicht weiterging. Ich kam an dem Zug vorbei, von dem Julia mir erzählt hatte, doch auch dort war keine Menschenseele zu finden.

Panisch drehte ich wieder um, da begrüßte mich ein leises Knurren. Wie angewurzelt blieb ich stehen, blickte mich langsam um und stand einem Berkan gegenüber. Ein Laut des Entsetzens kam mir über die Lippen, automatisch wich ich vor dem monströsen Körper zurück. Das Ungeheuer trat weiter vor, sein gewaltiger Kopf wurde vom Licht eingefangen und zeigte einen leblosen Körper, verkeilt zwischen den Zähnen des Berkan. Mit weit aufgerissenen Augen starrte mich mein Vater voller Entsetzen an.

Ich blieb mit einem Fuß zwischen den Schienen hängen und fiel der Länge nach hin. Tränen verschleierten meine Sicht und ich kroch hilflos weiter zurück, während der Berkan mit jedem Grollen, das tief aus seiner Brust kam, näher rückte. Alles, was ich tun konnte, war in die entsetzten Augen meines Vaters zu blicken, die mich stumm um Hilfe anflehten. Hilfe, die ich ihm nicht mehr geben konnte.

»Komm nicht näher«, flüsterte ich verzweifelt, schaffte es, mich auf alle viere aufzurichten und zu krabbeln. Jeder Schritt, den der Berkan mit seinen gewaltigen Pranken tat, ließ die U-Bahnstation erzittern. Schutt löste sich von der Decke und rieselte auf mich herab, während ich weiterkroch. Ich schien mich nicht von der Stelle zu rühren, ganz egal, ob ich mich bewegte – und das Raubtier hatte mich fast eingeholt.

Ich ließ mich zurück auf den Hintern fallen und starrte in die milchigen Augen des Ungetüms. Der kräftige Kiefer mit der platten, eingedrückten Schnauze triefte vor Blut und als ich die Luft auf meiner Haut spürte, die aus den Nüstern der Bestie drang, spannte sich Papas Körper plötzlich an.

»Das ist deine Schuld«, sagte er, hustete und spukte einen Schwall Blut aus. Ich schrie. Presste die Hände auf die Ohren, schrie lauter und kniff die Augen zusammen, um ihn nicht mehr sehen zu müssen.

***

Atemlos riss ich die Augen auf. Ich war auf dem Bahnsteig. Luca lag nicht weit von mir und schlief seelenruhig, Mama war bei mir. Etwas weiter entfernt sah ich Wolf mit Thomas, Jakob und Markus sprechen. Mein Herz raste, Schweiß rann mir die Schläfen hinab und ließ mein Haar an der Haut kleben. Ich sank keuchend gegen die Wand. Ein Traum … Nur ein gottverdammter Traum! Dennoch hallten die Worte in meinem Kopf wider.

»Das ist deine Schuld.«

Kapitel 9

Romy

Nach dem Traum war nicht mehr an Schlaf zu denken. Nicht nur die Worte geisterten in meinem Kopf umher, auch die Bilder ließen mich nicht los, streckten immer wieder ihre kalten Finger nach mir aus und verlangten nach ungeteilter Aufmerksamkeit. Zeitweise mischten sich die Schreie der Sterbenden unter die Erinnerungen, sodass ich nur dasitzen konnte, die Hände auf die Ohren gepresst, die Augen geschlossen.

Ich fürchtete verrückt zu werden, wenn ich nicht bald irgendetwas tun konnte. Hier in den Tunneln zu sitzen und den Toten in meinem Kopf zu lauschen machte mich wahnsinnig. Als Jakob sich an die Gleise stellte, kam endlich etwas Leben in die Station und ich sah zu ihm auf.

»Kann ich für einen Moment eure Aufmerksamkeit haben?« Fast hätte sich so etwas wie ein Lächeln auf meine Lippen geschlichen, doch vielleicht war es auch nur Einbildung, denn nicht einmal meine Mundwinkel zuckten nach oben, als Jakob dort stand, sich sichtlich unwohl fühlend.

Ich betrachtete seinen gut gebauten Körper, die dunklen Haare, die sich dort, wo sie etwas länger waren, leicht lockten. Sein Bart war ebenfalls gewachsen und ließ ihn erwachsener wirken. Ich legte das Kinn auf die angezogenen Knie und beendete meine Musterung. In unserem früheren Leben hätte ich vermutlich Gefallen an Jakob gefunden, denn ohne Frage war er attraktiv. Aber jetzt konnte ich einfach nicht darüber nachdenken, es gab zu vieles, was wichtiger war als eine Schwärmerei.

»Gestern war ein herber Schlag für jeden von uns«, begann er. »Wir wurden angegriffen und mussten zusehen, wie unsere Leute umkamen. Die Wandler haben uns überrannt, schon wieder. Und ich für meinen Teil bin nicht mehr bereit Menschen sterben zu sehen. Deswegen sind wir, Wolf, Aleksandar, Daniar, Markus, Thomas und ich, zu der Übereinkunft gekommen, dass wir euch trainieren. Sei es im Schießen oder in ein paar Grundtechniken im Nahkampf. Ihr müsst euch wehren können, denn die Wandler und Berkan werden keine Ruhe geben, ehe sie jeden von uns haben. Wir sechs werden euch zeigen, wie man sich wenigstens so weit verteidigen kann, dass sie euch nicht mitnehmen können. Jeder von uns weiß, dass die Wandler um einiges schneller und stärker sind als wir, aber mit einem Kopfschuss können wir sie wenigstens für den Moment außer Gefecht setzen. Und das kann unser aller Leben retten, wenn wir dort draußen sind.«

Es ging ein leises Raunen durch die Leute, doch niemand schien wirklich begeistert zu sein irgendwann wieder hinauszumüssen. Ich verstand die Angst, die jeder in sich trug, doch nichts zu tun war definitiv der falsche Weg. Wir mussten kämpfen, lernen uns zu verteidigen, damit keiner mehr starb.

Mitleid keimte in mir auf, als niemand auf Jakobs Vorschlag reagierte. Dabei mussten wir doch handeln, dazulernen und eines Tages diese verdammten Tunnel verlassen. Wenn wir unsere Angst gewinnen ließen, hätten wir keine Chance mehr auf ein normales Leben. Vielleicht hatten wir das so oder so nicht, trotzdem war ich der Meinung, dass wir uns nicht einfach tatenlos und starr vor Angst verstecken sollten.

Ehe ich es mich versah, war ich aufgestanden.

»Du hast recht«, sagte ich und ging ein paar Schritte auf Jakob zu. Erleichterung blitzte in seinen dunklen Augen auf und er warf mir einen dankbaren Blick zu. »Ich kann nur für mich sprechen, aber ich will so etwas wie gestern nicht noch einmal erleben. Die Wandler haben meine beste Freundin getötet und mein Vater wurde von einem der Berkan gerissen. Ich stand daneben und konnte nichts tun. Dieses Gefühl will ich nie wieder haben, diese Nutzlosigkeit will ich niemals wieder spüren. Wenn ihr uns etwas beibringen könnt, dann werde ich mit Freuden lernen, damit ich den Missgeburten in den Arsch treten kann!«

»Denen wird Hören und Sehen vergehen«, erwiderte Jakob mit einem zuversichtlichen Lächeln.

***

Auch wenn viele nicht begeistert waren, begannen wir mit dem Training. Improvisierte Ziele, wie alte Dosen oder Gläser, wurden aufgestellt, damit wir das Schießen üben konnten, und Aleksandar, Thomas und Wolf brachten uns Techniken für den Nahkampf bei.

Die Waffe in meiner Hand fühlte sich kühl und klobig an. Nie im Leben hätte ich gedacht, dass ich jemals eine Pistole halten würde. Seit ich klein war, wollte ich Ärztin werden und den Menschen helfen, jetzt lernte ich mit einem Gegenstand umzugehen, der Leben auslöschen konnte. Es war verrückt, wie schnell sich alles geändert hatte.

Das Ziel, eine alte verbeulte Dose, verschwamm vor meinen Augen und ich sah den Berkan vor mir, der meinen Vater in seinem Maul trug. Ich atmete tief durch und versuchte mich zu konzentrieren. Meine Hände zitterten ein wenig und ich spürte, dass jemand in der Nähe war. Ich wusste, dass es Jakob war. Er drückte meine Arme sanft etwas höher und umschloss meine Hände, die beide den Griff der Pistole umklammerten.

»Du darfst nicht so viel nachdenken, Romy. Denk nicht daran, dass du jemanden töten kannst mit der Waffe, denk einfach an dich und dein Leben. Dass du anderen und dir selbst hilfst, wenn du abdrückst.«

Unkonzentriert durch die Gedanken, die mir im Kopf herumschwirrten, schaute ich zu ihm und betrachtete die markanten Züge seines Kinns. Der schwache Geruch eines Deos stieg mir in die Nase und mir wurde schlagartig klar, dass ich seit Tagen keine vernünftige Dusche mehr gesehen hatte. Hitze schoss in meine Wangen, als ich den Blick von Jakob abwandte und mich wieder auf das Ziel vor mir konzentrierte. Ich fixierte die verbeulte Dose und wartete nicht länger ab, drückte den Abzug und spürte die Kraft, die von der Waffe ausging.

Die Kugel traf die Dose und warf sie von der Bank. Jakob stieß einen leisen Jubellaut aus und ich ließ die Waffe wieder sinken. Er grinste mich breit an, als wäre das, was ich getan hatte, lobenswert. Doch um ehrlich zu sein, fand ich nichts schlimmer als das hier, schließlich war es immer mein Ziel gewesen, Leben zu retten und nicht zu nehmen. Es war notwendig, dass wir das

Kämpfen und Schießen lernten, das war mir völlig klar. Dennoch widerstrebte es mir wie nichts anderes.

»Du bist ein Naturtalent«, sagte Jakob und legte anerkennend eine Hand auf meine Schulter. Seine dunklen Augen blickten direkt in meine. »Ich habe gesehen, wie du dich aus dem Griff eines Wandlers befreien konntest. Du hast wirklich Potenzial, Romy.«

Ich versuchte mich an einem schwachen Lächeln, doch meine Gedanken drifteten zu dem Moment vor der Universität ab. Der Wandler hatte mich gepackt und eigentlich hätte ich keine Chance haben dürfen, mich zu befreien. Ich hätte verschleppt werden müssen, wohin auch immer, aber sie hätten mich definitiv mitnehmen müssen. Ich erinnerte mich an die Kraft, die Stärke, die plötzlich durch mich hindurch pulsiert war und mir das Wissen verliehen hatte, was zu tun war.

Nie zuvor hatte ich so etwas gespürt und instinktiv hatte ich mich aus den Fängen des Wandlers befreit. Vielleicht hatte ich mir diese Kraft aber auch nur eingebildet und es war das pure Adrenalin gewesen. Denn mystische Kräfte, die keiner erklären konnte, gab es nur in Büchern und Filmen. Wahrscheinlich war ich einfach nur ein normales Mädchen, das einen starken Überlebenstrieb hatte.

»Danke«, murmelte ich Jakob zu, ehe ich noch ein, zwei Mal den Abzug der Pistole drückte. Gleich nachdem Jakob zu jemand anderem gegangen war, legte ich die Waffe beiseite und ging lieber zu Aleksandar hinüber, der einige Nahkampftechniken lehrte. Das war mir um einiges lieber.

»Romy, richtig?«

Ich nickte. »Kannst du mir beibringen, wie ich den Dingern in den Arsch trete?«

Aleksandar lachte. Kleine Fältchen bildeten sich um seine dunklen Augen und ließen ihn sympathisch wirken. Wie jemanden, der in seinem Leben glücklich gewesen war. Automatisch fragte ich mich, was Aleksandar vorher für ein Leben geführt hatte. Außer dass er auf einer Feuerwache gedient hatte, wusste ich nichts über ihn. Was war mit seiner Familie? Hatte er überhaupt eine? Waren sie alle tot? Ich biss mir auf die Zunge, um nicht weiter darüber nachdenken zu müssen, was wir alle hier für ein Schicksal hatten.

»Na klar. Erst mal müssen wir an deinem Stand arbeiten.«

Er kam um mich herum und schob das rechte Bein ein Stück weit nach vorn. Dann drückte er meine Schultern nach unten, sodass ich ein wenig in die Knie ging. Er tauchte wieder vor mir auf und stellte sich genauso hin, wie er mich in Position gebracht hatte, dann hob er die Fäuste in Abwehrhaltung.

»Die Wandler sind schnell, also bleibt dir nicht viel Zeit, um ihre Angriffe vorauszusehen. Aber du bist klein und hoffentlich flink. Wenn du kannst, ziele immer zuerst auf die Kehle.«

Er öffnete die Faust und spannte seine Hand zu einer geraden Fläche an. Dann holte er aus und traf seinen imaginären Gegner vermutlich genau in die Kehle.

»Die Kehle ist ungeschützt, auch bei den Wandlern. Du wirst sie damit nicht umbringen können, aber immerhin kann es dir wertvolle Zeit verschaffen, um davonzurennen oder dich zu verstecken. Bist du bereit?«

Ich nickte entschlossen, obwohl ich mich überhaupt nicht in der Lage fühlte zu kämpfen. Mein Körper war ausgelaugt von den letzten Tagen, von den Strapazen, die wir alle hatten durchmachen müssen. Am liebsten hätte ich mich mit einem guten Buch im Bett verkrochen und wäre für zwei Tage nicht mehr herausgekommen.

Meinen Gedanken zu sehr nachhängend sah ich Aleksanders ersten Angriff natürlich nicht voraus. Er holte aus und traf mich direkt am Unterarm. Ich zischte und rieb mir die schmerzende Stelle.

»*Shit*, sorry. Alles okay?« Er gab seine Haltung auf und kam ein, zwei Schritte auf mich zu.

Ich nickte erneut und hielt die Fäuste wieder deckend vor mich. »Ich war abgelenkt. Noch mal.«

***

Die folgenden Tage verbrachten wir alle mit unserem Training. Mir tat jeder einzelne Muskel weh, ich spürte das Brennen und Ziehen in Körperteilen, von denen ich nicht einmal gewusst hatte, dass sie schmerzen konnten. Allerdings gab es viele Erfolge zu verzeichnen; das Nahkampftraining mit Aleksandar trug endlich Früchte und ich schaffte es sogar einmal, ihn zu Boden zu befördern. Außerdem lag die Waffe immer besser in meiner Hand und ich wurde mit jedem Schuss, den ich abfeuerte, sicherer. Ein bisschen Angst machte mir das noch, aber es war notwendig.

Wolf und Jakob unterhielten sich oft über einen Plan; ich bekam am Rande mit, dass es darum ging, neue Waffen zu beschaffen. Denn irgendwann würde uns die Munition ausgehen und dann waren wir tatsächlich am Arsch, auf gut Deutsch gesagt.

Die Tage verliefen wie zähflüssiger Honig ineinander. Ich sehnte mich nach der Sonne, nach einfachem Tageslicht und einer Brise in meinem Haar. Ich wollte Vögel zwitschern hören, wollte das intensive Blau des Himmels sehen und in den weißen Wolken Fantasietiere erkennen. Hier unten war es trostlos, das künstliche Licht, welches wir seit Kurzem hatten, tat mir mittlerweile in den Augen weh.

Aleksandar hatte es geschafft, den Notstromgenerator des Bahnsteigs wieder in Gang zu bekommen. Er und Daniar hatten ihn gefunden und da Aleksandar diese Aggregate durch seine Arbeit auf der Feuerwache kannte, hatte er bald den Fehler entdeckt, weswegen das monströse Ding nicht mehr funktioniert hatte. Nachdem er mit ein paar anderen Leuten nach draußen gegangen war, um Ersatzteile zu besorgen, hatte er es dann tatsächlich geschafft, Licht in die Tunnel zu bringen.

Ich beneidete ihn etwas, dass er draußen gewesen war, auch wenn mir bewusst war, dass es an der Oberfläche nicht mehr so aussah wie noch vor wenigen Wochen. Immer dann, wenn die Luft hier unten zum Schneiden dick war und ich zu ersticken drohte, zog es mich in die Nähe der Treppe, um wenigstens etwas von der Welt dort draußen zu sehen.

Ich fühlte mich eingesperrt und wäre nur zu gerne ausgebrochen, doch ich konnte nicht einfach so verschwinden. Allein um meiner Mutter willen konnte ich es nicht tun. Sie hatte noch immer kaum ein Wort geredet, saß stets am selben Platz und starrte ins Leere. Sie hatte sich vollkommen abgekapselt, nahm an keinem der Trainings teil und interessierte sich nicht einmal mehr für mich. Ich wusste, dass der Tod ihres Mannes sie schwer getroffen hatte, doch auch ich trauerte um ihn und fand es nicht gerecht, dass sie sich so gehen ließ. Ich brauchte meine Mutter, wir brauchten uns – und sie war einfach nicht da. Es war, als wäre nicht nur mein Vater von dem Berkan getötet worden, sondern auch Mama.

Jakob war es, der mir einen Lichtblick schenkte, als er an einem frühen Vormittag zu mir kam und mir eine Waffe entgegenhielt.

»Hast du Lust, mit nach oben zu kommen? Wir wollen ein paar Vorräte besorgen, die Umgebung erkunden. Seit Tagen können wir oben keine Bewegungen mehr lokalisieren, vielleicht ist das ja ein gutes Zeichen.«

Sofort war ich auf den Beinen und nahm die Waffe in die Hand. Ich hatte mich schon lange an das Gewicht gewöhnt.

»Ich würde nichts lieber tun, als hier rauszukommen«, bestätigte ich und Jakob nickte mir zuversichtlich zu.

»Dachte ich mir. Luca kommt auch mit hoch.« Ich nickte ebenfalls und folgte Jakob zu den Schienen. Auf dem Weg dorthin schnappte ich mir noch meine Jacke und streifte sie über, die Waffe steckte ich in den Hosenbund. Ein aufgeregtes Kribbeln durchfuhr mich und ich konnte es kaum erwarten, nach oben zu gehen.

Das Herumsitzen in den Tunneln war nichts für mich; ich konnte nicht, wie einige der Leute hier, ängstlich die Zeit totschlagen und auf eine Besserung hoffen. Sie alle hatten Sicherheit in der Stille hier unten gefunden und hielten den Bahnsteig sauber, anstatt zu kämpfen und sich gegen die Wandler zu stellen.

Als Jakob und ich bei Luca und Thomas ankamen, die an den Gleisen auf uns warteten, konnte ich mir ein breites Lächeln nicht verkneifen. Luca tippte sich gegen seinen imaginären Hut und hielt fast schon lässig das Sturmgewehr vor sich, so wie Jakob es tat. Tatsächlich ließ er sich nicht das Geringste anmerken. Er fraß alle Gefühle in sich rein, ließ die Trauer über Sina nicht raus. Er gab sich gut gelaunt und ungezwungen, doch eigentlich wusste ich, dass ihm Sinas Tod zusetzte.

Das Bild von meinem besten Freund und einem Gewehr schien überhaupt nicht zusammenzupassen, denn Luca war einfach zu gutmütig, um eine tödliche Waffe zu tragen. Ihm standen Krieg und Tod nicht, er war dafür definitiv nicht gemacht. Das zeigte nur wieder, wie sehr sich unsere Welt verändert hatte.

Thomas hingegen, der abmarschbereit neben Luca stand, sah aus, als hätte er sein Leben lang nichts anderes gemacht. Ich kannte ihn nicht sonderlich gut, hatte kaum mal ein Wort mit ihm gewechselt, doch ich meinte, dass auch er ein Soldat war und in Wolfs Einheit gedient hatte.

»Auch wenn es in letzter Zeit keine Zwischenfälle gab, vergesst nicht, dass die Wandler und auch die Berkan dort draußen sind und nur darauf warten, dass wir uns zeigen. Sie sind unsere Feinde und werden nicht davor zurückschrecken, uns anzugreifen.« Jakob sah erst mir, dann Luca direkt ins Gesicht, als wolle er sichergehen, dass wir verstanden hatten, dass es sich nicht um einen lustigen Tagesausflug handelte.

»Macht also keine Dummheiten und benehmt euch. Weder Jakob noch ich haben Zeit, auf euch aufzupassen«, brummte Thomas und ich hätte beinahe die Augen verdreht. Er sah uns nur als lästige hilflose Kinder anstatt als mögliche Hilfe. Doch Luca und ich nickten bloß, ehe wir endlich den Tunnel betraten.

»Thomas ist ein richtiger Griesgram. Er ist ... wie der Grinch an Weihnachten.« Luca hatte sich etwas zu mir gebeugt und flüsterte mir die Worte ins Ohr. Das Lachen, das sich in mir aufbaute, fühlte sich echt an, als es mir über die Lippen kam. Ich wusste, dass es falsch war, dieses Hochgefühl, gleich hinauszugehen, zu verspüren, denn immerhin trauten wir uns aus unserem sicheren Versteck und traten auf das Schlachtfeld; keinen sollte das freuen.

Doch die Aussicht auf Sonnenstrahlen und die Wärme der Natur ließ mein Herz aufgeregt klopfen und mit jedem Schritt, den wir in Richtung der Treppen taten, wuchs der Drang, wie ein kleines Mädchen loszulaufen und als Erste die Sonne zu spüren. Ich unterdrückte dieses Verlangen und heftete mich an Jakobs Fersen, der vor mir und Luca ging.

Für einen kurzen Moment betrachtete ich das Profil meines besten Freundes. Vielleicht war doch nicht alles Schein und er hatte sich tatsächlich schon etwas von Sinas Tod erholt. In diesem Punkt war er mir immer um Welten voraus gewesen, denn Luca hatte die Gabe, trotz allem das Gute sehen zu können. Der Tod seiner Freundin hatte ihn hart getroffen und ich wusste, dass er sie nie vergessen würde, doch Luca war stark und konnte das Leben weiter leben und wieder anfangen Hoffnung zu schöpfen und darauf bauen, dass alles wieder gut werden würde. Es war eine bemerkenswerte Eigenschaft, die ich bei mir wohl niemals erkennen könnte.

***

Als ich die Stufen emporgeklettert war und endlich die ersten Sonnenstrahlen des Tages auf meiner Haut gespürt hatte, war es, als wollte mein Herz zerspringen. Ich verweilte für einen Augenblick auf der obersten Stufe, schloss die Augen und atmete tief durch. Herrlich frische Luft erfüllte jeden Winkel meiner Lungenflügel. Ich hatte das Gefühl, als würde ich erst jetzt wieder richtig atmen können, als wäre ich tagelang unter Wasser gewesen, ohne Luft, ohne Leben.

»Kommt weiter«, drängte Thomas mich und Luca, der ebenfalls stehen geblieben war, um die Morgenluft zu genießen. Ich öffnete die Augen, spürte, wie ein schwaches Lächeln meine Lippen umspielte, als ich den beiden Soldaten folgte. Doch das unbeschwerte Gefühl, das mich leicht werden ließ wie eine Feder, verschwand mit jedem Schritt, den wir taten.

Erst jetzt, fast zwei Wochen, nachdem die Wandler auf die Erde gekommen waren, sah ich das Ausmaß der Zerstörung. Natürlich war mir klar gewesen, dass die Stadt einiges abbekommen hatte, dennoch erschütterten mich die Trümmer, die vor uns auftauchten. Jetzt, da wir nach Tagen wieder an der Oberfläche waren, baute sich ein vernichtender Druck in meinem Inneren auf und schien das Licht der Sonne verblassen zu lassen.

Noch immer stiegen Rauchschwaden in den Himmel, der Geruch von Tod, Feuer und Zerstörung lag allgegenwärtig in der Luft. Und das war es auch, was wir sahen – egal wohin wir blickten: Tod. Feuer. Zerstörung. Eine Welt, die nicht mehr die war, die wir gekannt hatten.

Ein Knoten bildete sich in meinem Magen und mit jedem Meter, den wir gingen, schien er größer zu werden. Das Hochgefühl, welches ich noch in den Tunneln verspürt hatte, verpuffte vollkommen und hinterließ nur einen faden Nachgeschmack bitterer Enttäuschung. Ich hakte die Finger unter die Träger des Rucksacks und zog ihn enger um meine Schultern, versuchte mich nicht genau umzusehen und konzentrierte mich auf den Weg. Keiner sagte etwas.

Wachsam lief Jakob vor uns, das Sturmgewehr erhoben, immer bereit zu schießen. Der Wind frischte auf und ließ mich frösteln, Wolken schoben sich vor die Sonne und hinderten sie daran, ihre Strahlen durch die dicke gräuliche Masse zu schieben.

Eine ganze Weile gingen wir schweigend weiter, darauf bedacht, so wenig Geräusche von uns zu geben, wie es uns nur möglich war, denn keiner von uns war scharf darauf, von einem Berkan oder einem Wandler erwischt und getötet zu werden. Wir ließen die Gewächshäuser des Botanischen Gartens hinter uns, kamen beim S-Bahnhof des Hamburger Dammtors an und plünderten die Kioske. Dann liefen wir weiter, bis wir zu einer Tankstelle kamen, wo wir einige Flaschen Wasser mitnehmen konnten.

»Wieso tun wir das eigentlich noch?«, fragte Thomas. Als ich den Blick hob, stand er reglos da und starrte auf ein Sechserpack Wasserflaschen, das Gesicht fast schon wutverzerrt.

Ich runzelte die Stirn. »Wieso tun wir was?«

»Na, das hier, alles«, er machte eine ausladende Geste, schloss die ganze Tankstelle und unsere Vorräte damit ein. »Sieh dich doch um, Mädchen. Wir werden hier nicht lebendig rauskommen – und selbst wenn, wozu lohnt es sich dann noch zu leben? Die Stadt ist zerstört, vermutlich sind ganze Länder vernichtet worden. Wieso also sollen wir noch kämpfen und uns wehren? Ich sehe den Sinn nicht.« Thomas' Stimmung war vollkommen in den Keller gerutscht. Nicht dass er sonst ein sehr fröhlicher Genosse war, doch jetzt, wo wir hier waren und er das Ausmaß der Zerstörung erblickte, schien ihn absoluter Pessimismus zu verschlingen.

»Ich sehe den Sinn nicht darin aufzugeben«, schaltete Luca sich plötzlich ein, der hinter einem Regal hervorgetreten war. »Willst du tatsächlich in dieser Zerstörung sterben, Thomas? Ich für meinen Teil bin nicht bereit kampflos meine Heimat aufzugebe, und wenn es irgendwo da draußen noch mehr Menschen gibt, die das Gleiche denken, dann lohnt es sich auch weiterzumachen. Wir können nicht einfach kapitulieren, nicht jetzt. Wir werden die Wandler vertreiben, da bin ich mir sicher – und irgendwann ist die Welt auch wieder in Ordnung. Nur wenn wir nicht aufhören daran zu glauben, wird das Leben wieder lebenswert sein.«

Es wunderte mich, dass es nicht etwa Jakob gewesen war, der Thomas den Marsch blies, sondern Luca. Nicht minder perplex waren auch Thomas' und Jakobs Blicke auf ihn gerichtet und mich überkam das Verlangen, Luca zu unterstützen.

»Er hat recht«, sagte ich. »Es bringt nichts, alles schlechtzureden. Lasst uns einfach weitermachen.«

Thomas schwieg, dann wandte er sich von uns ab. Dankbar blickte Luca mich an und nickte mir kaum merklich zu, ehe wir uns daranmachten, die Wasserflaschen und ein paar übrig gebliebene Schokoriegel in den Rucksäcken zu verstauen. Hinter dem Verkaufstresen fand ich ein Messer, welches ich zusätzlich an meinem Gürtel befestigte.

»Es ist ruhig draußen. Trotzdem sollten wir uns langsam auf den Rückweg machen, wir sind fast an der Außenalster«, verkündete Jakob, als er von einem kurzen Streifzug wieder zurück in die Tankstelle kam.

Ich schulterte meinen Rucksack, warf Luca noch einen letzten Blick zu und lief schließlich nach draußen. Ich sah zu den zerstörten Häusern, die teilweise dem Erdboden gleichgemacht worden waren. Von hier aus konnte man jetzt die Außenalster sehen, was vorher nie möglich gewesen wäre. Die mächtige Wand aus Gebäuden fehlte nun, was mir wieder einmal zeigte, dass es an ein Wunder grenzte, dass wir noch am Leben waren.

Aber sollten wir deswegen froh sein? Thomas' Worte hallten wie ein Echo in meinem Kopf nach und ich überlegte tatsächlich, ob er vielleicht nicht doch recht hatte. Wofür kämpften wir denn noch? Für eine zerstörte Stadt, die kein Leben mehr erlaubte?

»Was zur Hölle ist das?«, riss mich Jakobs Stimme aus meinen trüben Gedanken und ich drehte mich um.

Auf unserem Hinweg hatten wir ihr den Rücken zugewandt, doch jetzt konnten wir sie klar und deutlich sehen: eine riesige Mauer, die bestimmt um die neun, zehn Meter in den Himmel ragte. Ich blinzelte ein paarmal, um mich zu vergewissern, dass diese Mauer tatsächlich da war. Sie war weit entfernt, doch definitiv stand sie dort, mitten in der Stadt. Mir fiel das Gespräch der Wandler im Schanzenpark wieder ein, als Luca und ich von der Apotheke gekommen waren.

»Das muss die Mauer sein, von der die Wandler gesprochen haben.«

Jakob blickte mich verwirrt an. »Als Luca und ich in der Apotheke waren, liefen uns zwei Wandler über den Weg. Sie sprachen von einer Mauer, die sie bauen wollten – und wenn diese erst einmal fertig sei, würde niemand mehr rein- und keiner, der es nicht sollte, rauskommen.«

»Sie bauen eine Schutzmauer um ihre eigene kleine Stadt«, schlussfolgerte Thomas und richtete den Blick wieder auf die Mauer.

Von hier aus konnten wir nicht erkennen, wo sie anfing und aufhörte, doch ich schätzte, dass die Wandler nicht gerade knickrig waren, wenn sie sich tatsächlich eine eigene Stadt aufbauen wollten. Wieder einmal stellte ich mir die Frage, was sie hier auf der Erde wollten und warum sie ihr vermeintliches Hauptlager ausgerechnet in Hamburg aufschlugen.

Dunkle Wolken schoben sich an den Himmel und der erste Regentropfen fiel auf mich herab. Ein Blick auf Jakobs halb zersplitterte Armbanduhr zeigte mir, dass es schon Nachmittag war und wir mehr Zeit vertrödelt hatten, als für uns gut war.

»Wir sollten los«, sagte ich und wir brachen in die Richtung auf, aus der wir gekommen waren, den Blick stets auf die Mauer gerichtet. In Gedanken tauchte ich in den Wolken ab, die sich über uns zusammenballten. Ich versuchte die Zerstörung rund um uns herum zu vergessen. Mir war klar, dass Tagträume nichts brachten und mich nicht vor der Realität schützen konnten, doch für den einen Moment wollte ich mir einbilden, dass irgendwann alles wieder in Ordnung kommen würde.

Denn das würde es.

Oder nicht?

»Stopp«, sagte Jakob plötzlich und hielt die rechte Faust in die Höhe, um uns zu signalisieren, dass wir stehen bleiben sollten. Ich prallte fast gegen Thomas' Schulter.

Verwirrt sah ich mich um. »Was ist denn los?«

Ich konnte keine akute Bedrohung erkennen, doch je länger wir innehielten, desto mehr hörte ich das, was Jakob meinte: Schritte. Augenblicklich schlug mein Herz schneller aus Angst, dass wir jeden Moment den Wandlern gegenüberstehen würden. Ich stieß den angehaltenen Atem aus.

»Sie sind zu nah«, sagte Jakob und hob gerade sein Sturmgewehr, als zwischen den Trümmern eine Gruppe von vier Menschen sichtbar wurde. Nun, jedenfalls sahen sie aus wie Menschen; es konnten allerdings auch Wandler sein. In einer fließenden Bewegung zog ich die Pistole aus meinem Hosenbund und richtete sie – ohne zu zögern – auf den Kopf des Mannes, der mir am nächsten war. Aus den Augenwinkeln konnte ich sehen, wie das Sturmgewehr in Lucas Händen leicht zitterte, doch er hielt es tapfer vor sich.

Meine Muskeln waren bis aufs Äußerste angespannt und meine Sinne so geschärft wie nie, denn ich hörte die Atemzüge jedes Einzelnen vor mir. Ich hätte vermutlich darüber verwirrt sein müssen, doch die Situation verlangte nach meiner gesamten Konzentration, sodass ich nicht darüber nachdenken konnte, ob etwas mit mir vielleicht nicht stimmte.

»Seid ihr Wandler?«, hörte ich Jakob fragen. Ich fixierte weiterhin den Mann vor mir. Er musste älter als Jakob sein, vermutlich schon um die vierzig. Sein schwarzes Haar wies einige graue Strähnen auf, der buschige Vollbart war ebenfalls mehr grau als schwarz.

»Seid ihr es?«, fragte eine junge Frau, die ebenfalls die Pistole auf uns gerichtet hatte. Ein Schnauben verließ meine Lippen und zog die Aufmerksamkeit der Frau auf mich. Ihre kurzen braunen Haare fielen ihr in die Stirn, die blauen Augen funkelten misstrauisch.

»Wären wir Wandler, hätten wir euch längst getötet. Also nein, sind wir nicht.«

»Beweis es«, forderte der schwarzhaarige Mann vor mir. Jakobs Blick huschte zu mir.

»Romy, mach keine Dummheit«, zischte Luca.

Ich nahm eine Hand von der Waffe und zog das Messer aus der Tankstelle hervor. Dann krempelte ich mir den Jackenärmel hoch und fuhr mit der Klinge über die blasse Haut meines Unterarms. Dunkelrotes Blut tropfte aus dem kleinen Schnitt und hinterließ ein warmes Gefühl auf meiner Haut.

»Jetzt ihr.« Ich wandte den Blick nicht ab, als die Frau ihre Waffe sinken ließ und sich ebenfalls in den Arm schnitt. Rotes menschliches Blut floss aus der Wunde und langsam steckte ich die Waffe wieder weg.

»Seid ihr die einzigen Überlebenden oder habt ihr eine Gruppe?«, fragte Jakob, als auch er das Sturmgewehr wieder sinken ließ.

Der Schwarzhaarige trat einige Schritte auf mich zu und ich nahm das Stück Stoff entgegen, welches er mir bot, um es fest um den Schnitt zu wickeln. Erst jetzt spürte ich den Schmerz. Blut rauschte in meinen Ohren und langsam, aber sicher sickerte die Erkenntnis, was ich gerade getan hatte, in meinen Verstand. Wann war ich so geworden? Noch vor ein paar Wochen hätte ich niemals den Mut gehabt, jemanden mit einer Waffe zu bedrohen, geschweige denn mich selbst zu verletzen.

Ein ungutes Gefühl breitete sich in meiner Magengegend aus, ich wusste nicht, woher es kam oder was es genau war. Doch wieder fühlte ich diese unbeschreibliche Kraft in mir, dieselbe, die ich schon an der Universität gespürt hatte, als die Wandlerin mich fast geschnappt hatte. Mir wurde unbehaglich, ich verstand nicht, was mit mir los war oder wieso ich immer wieder dieses merkwürdige Gefühl wahrnahm. Es war, als würde etwas in mir flüstern, leise summen und mir sagen wollen, dass es nur darauf wartete, hervorzubrechen.

»Eine Gruppe«, erklärte die Frau. »Wir sind in der Sophie-Barat-Schule, aber die Wandler haben uns schon mal angegriffen, weswegen wir auf der Suche nach einem geeigneten Versteck sind. Was ist mit euch?«

»Wir leben seit einigen Tagen in den Tunneln einer U-Bahnstation. Die Wandler gehen nicht unter die Erde, dort ist es sicher.«

Es war das Erste, was Luca an die Gruppe gewandt sagte. Jakob und ich sahen uns an. Sein Blick gab mir zu verstehen, dass er sich die Schule ansehen wollte. Sein Sinn für gute Taten und Menschlichkeit mischte sich mit ein und würde uns definitiv in diese verdammte Schule bringen. Noch bevor ich ihm mit Blicken verständlich machen konnte, dass wir lieber gehen sollten, hatte er sich wieder an die junge Frau gewandt.

»Zeigt uns die Schule. Vielleicht können wir unsere Gruppen zusammenschließen. Thomas und Luca, ihr geht zurück zu den Tunneln und gebt Wolf Bescheid, wo wir uns befinden. Falls wir nicht wiederkommen, wisst ihr, wo ihr suchen müsst.«

Thomas blickte uns skeptisch entgegen, nickte dann jedoch. »Komm schon, Junge, du hast ihn gehört.« Er packte Luca am Arm und zog ihn mit sich. Ich nickte Luca beruhigend zu, wollte ihm zeigen, dass es in Ordnung war, wenn er ging.

Ich atmete tief durch, riss den Blick von meinem besten Freund los und folgte den Fremden.

Kapitel 10

Greyer

Spurlos verschwunden.

Ganz gleich, wie oft wir ausschwärmten und die ganze Stadt nach ihnen absuchten, diese eine Gruppe von Menschen blieb verschwunden. Wir postierten Wachen an den Stadtgrenzen, damit niemand hinausschleichen konnte, doch auch dort blieb es die meiste Zeit über ruhig. Die Späher und Suchtrupps brachten immer mehr Menschen hinter die Mauer, die bereits einen beachtlichen Umfang erreicht hatte.

Allerdings war das Kind aus der Prophezeiung bisher nicht unter diesen Leuten. Nicht ein einziges Mal spürten wir die Kraft, die von ebenjenem Kind ausgehen musste. Die Möglichkeit, dass es tatsächlich das Mädchen war, welches ich vermutete, wurde immer realer – und doch hatten wir bisher keine Chance gehabt, sie zu finden.

Was anfangs als leicht eingestuft worden war, stellte sich nun als schwieriger heraus als gedacht. Nicht nur, dass wir sie noch nicht gefunden hatten, auch von den Splittern war bisher weit und breit keine Spur.

Noch immer spürte ich deutlich, dass einer in der Nähe war, doch wir waren bereits jeden Zentimeter in unserem Quartier abgelaufen und nirgendwo befand sich einer der rubinroten Kristalle.

Wieder einmal stand ich am Wasser und blickte auf den Fluss. Hier war die Macht des Splitters am deutlichsten zu spüren, hier hörte ich die Worte, die er flüsterte. Konzentriert versuchte ich etwas im Wasser zu finden, vielleicht nur einen kleinen Hinweis oder ein Aufblitzen, welches verriet, dass sich der Splitter im Flussbett befand. Denn dort hatten wir bisher noch nicht gesucht. Doch ohne Hinweis würden wir keine Chance haben und das gesamte Gewässer abzusuchen war aussichtslos.

»Habt ihr was gefunden?«, fragte ich, als ich spürte, wie Lean näher kam. Er blieb zwei Schritte hinter mir stehen.

»Nein. Weder das Kind noch einen der Splitter.« Er seufzte, auch seine Hoffnung schien langsam, aber sicher zu schwinden. Ich presste die Lippen aufeinander. Die Realität war nun einmal, dass ich mit jedem Tag, der verging, mehr zur Enttäuschung für die Wandler wurde.

Dann, ganz plötzlich, nahm ich das, worauf ich die ganze Zeit gehofft hatte, wahr. Ein sanftes, kaum merkliches Aufglühen unter der Wasseroberfläche. Ein Prickeln durchfuhr mich, ich zog die Schuhe von den Füßen und ließ das hellgraue Hemd folgen.

»Was tust du da?«

»Vielleicht ist die Hoffnung doch noch nicht verloren.« Ich warf Lean ein kurzes Grinsen zu, ehe ich kopfüber in das kalte Wasser sprang. Stille umgab mich und ich schwamm mit kräftigen Zügen hinunter bis auf den Grund des Flusses, dessen Strom mir nichts anhaben konnte.

Das Leuchten des Splitters zog mich an, befahl mir weiterzuschwimmen. Eine warme Macht pulsierte im Wasser, erhöhte seine Temperatur und ließ kleine Blasen an die Oberfläche steigen. Ich griff in das Flussbett, spürte die Wärme des Splitters in meiner Hand und stieß mich mit den Füßen ab, um genug Kraft zu haben, wieder nach oben zu gelangen.

Als ich die Wasseroberfläche durchbrach, rang ich nach Luft. Beide Lungenflügel brannten, doch in meiner Rechten lag glühend heiß der erste Splitter des Dracarian. Endlich. Lean reichte mir seine Hand und zog mich zurück auf die Pflastersteine.

»Du bist völlig verrückt«, merkte er gerade an, doch seine Augen weiteten sich, als er auf meine geöffnete Hand schaute. Er spürte das Gleiche wie ich: Übernatürliche Kraft floss durch unsere Adern, gab uns einen Teil unserer selbst zurück. Ich sah meinem langjährigen Freund in die Augen und betrachtete das Schauspiel, welches sich in den Iriden abspielte, als das warme Orange sie durchzog und die Pupille sich vertikal streckte.

Sein breites Grinsen verriet mir, dass er das Gleiche bei mir sah: Leuchtendes Türkis hatte sich in meinen Augen ausgebreitet und das Blau verschluckt, welches ich bereits viel zu lange getragen hatte. Jeder von uns würde es spüren können, wusste instinktiv, dass einer der Splitter wieder in unserem Besitz war.

Die Gewissheit, dass wir doch nicht an der falschen Stelle gesucht hatten, beruhigte mich ungemein. Die Hoffnung kehrte zurück und ich richtete mich auf.

»Wir müssen den anderen mitteilen, dass die Splitter sich in diesem Land befinden. Lass die Wandler jedoch nicht abrücken, sie sollen sicherstellen, dass die Berkan nicht alles gänzlich zerstören.«

Lean nickte und tat wie geheißen, während ich noch einmal aufs Wasser sah, ehe ich zurück ins Innere des Gebäudes ging.

Kapitel 11

Romy

Wieder eine Schule zu betreten weckte in mir Erinnerungen an vergangene Zeiten. Sie strömten auf mich ein, als ich die Tür passierte und in den Eingangsbereich der Schule kam, als ich das Schwarze Brett sah, an dem allerlei Infos für die Schüler hingen. Ich versuchte den Kloß, der sich in meinem Hals bildete, hinunterzuschlucken, doch er saß zu fest, wollte mir die Luft zum Atmen nehmen und mich ersticken.

Erinnerungen an den ersten Schultag stürzten auf mich ein, als mein Vater mich voller Stolz zur Schule gebracht hatte, wie ich mich mit Luca und Sina anfreundete, sogar, wie ich den ersten Tadel bekam und der sagenumwobene blaue Brief an meine Eltern geschickt wurde, nachdem ich den Hauswirtschaftskurs geschwänzt hatte.

Damals war meine Mutter ausgerastet, hatte mit mir geschimpft, dass man den Unterricht nicht schwänzen durfte, dass jede Stunde wichtig war, und sei es nur Kochen. Mein Vater hatte am Küchentisch gesessen, die Zeitung gelesen und seinen schwarzen Kaffee getrunken. Ich sah meine Mutter wieder vor mir, wie sie die Arme in die Luft warf und nach Unterstützung verlangte, doch mein Vater hatte nur geschmunzelt und das Gesicht schnell hinter der großen Zeitung verborgen. Er war nicht wütend gewesen, während Mama getobt hatte wie ein Wirbelsturm.

Mein Herz zog sich schmerzhaft zusammen, als die eiskalte Realität wieder überhandnahm und mich zurück auf den Boden der Tatsachen riss. Mein Vater war nicht mehr, genauso wenig wie Sina. Luca und ich würden nie wieder dieselben sein und meine Mutter würde sich vielleicht nicht mehr erholen. Ich schob die letzten Bilder an vergangene Tage beiseite und folgte Jakob die Treppen hinauf. Meine Finger ruhten auf dem Griff des Messers an meinem Gürtel.

Die Brünette, die sich auf dem Weg hierher als Sophie vorgestellt hatte, führte uns in den ersten Stock des Gebäudes. Zwei Männer bewachten die Tür, ließen die Waffen nicht einmal sinken, als sie ihre eigenen Leute erkannten. Ich folgte Jakob ins Innere. Bevor das hier alles passiert war, musste dieser Raum für den Kunstunterricht genutzt worden sein, denn an den Wänden hingen noch immer getuschte Bilder.

»Hört mal alle her. Das hier sind weitere Überlebende. Sie haben Schutz in einer U-Bahnstation gefunden und wollen uns kennenlernen, sehen, ob wir dort nicht auch Unterschlupf finden können«, ergriff Sophie das Wort und bekam augenblicklich die Aufmerksamkeit aller.

Ich ließ den Blick schweifen, sah verängstigte Kinder, Männer und Frauen und sogar eine Schwangere. Mein Blick glitt hinüber zu Jakob, dessen Lippen zu einem schmalen Strich zusammengepresst waren. Dadurch, dass er die Stirn kräuselte, sahen die Narben in seinem Gesicht grotesk und grobschlächtig aus. Wieder einmal fiel mir auf, dass er viel älter als Anfang zwanzig wirkte. Ich konnte mir vermutlich nicht einmal vorstellen, was er bereits alles durchgemacht hatte. Sein Blick aus dunklen Augen fand meinen und stumm sagte ich ihm, dass diese Gruppe nur Ballast für uns wäre.

Mit Kindern und Schwangeren konnten wir nichts anfangen, wir brauchten Soldaten und Leute, die mit einer gottverdammten Waffe umgehen konnten. Ich konnte das Zögern in Jakobs Augen erkennen, doch dann schüttelte er kaum merklich den Kopf und ich wusste, dass ich unser stilles Blickduell verloren hatte. Er würde diese Gruppe mitnehmen, für alles andere war er einfach nicht geschaffen. Niemals würde er irgendwen zurücklassen. Ich zog ihn an seinem Ärmel etwas zurück, sah ihn eindringlich an, blendete Sophie aus, die noch etwas über uns sagte, und schüttelte leicht den Kopf.

»Jakob, das ist Irrsinn. Wir können weder eine Schwangere noch Kinder gebrauchen«, flüsterte ich. Jakob runzelte die Stirn und löste meine Finger, die sich noch immer in den Stoff seiner Jacke krallten.

»Aber wer sind wir, wenn wir unschuldige Menschen zurücklassen? Luca hat gesagt, dass wir einander helfen müssen. Das hier sind Überlebende, Romy. Davon gibt es vermutlich weniger, als wir denken, also müssen wir zusammenhalten.« Ehe ich es mich versah, trat er einen Schritt nach vorn, die Hände vorm Körper verschränkt. Würde ich einer von diesen Leuten sein, hätte ich augenblicklich Respekt vor ihm.

»Mein Name ist Jakob Hamann. Unser Versteck ist nicht weit von hier bei den Messehallen. Ich will allerdings ehrlich zu euch sein, ich bin mir nicht sicher, ob die Station groß genug ist für jeden von uns. Da die Wandler die Tunnel jedoch meiden, bin ich zuversichtlich, dass wir weitere Stationen finden, die nicht gänzlich eingestürzt sind. Wenn wir euch aufnehmen, erwarten wir jedoch, dass jeder seinen Beitrag leistet. In der jetzigen Zeit müssen die wenigen Menschen, die noch da sind, zusammenhalten. Ihr werdet lernen zu kämpfen, zu schießen und euch zu verteidigen. Wenn ihr bereit seid etwas für uns zu tun, dann werden wir ebenfalls für euren Schutz sorgen und euch voll und ganz in unserer Gruppe willkommen heißen.«

Ein leises Raunen ging durch die Menge, ehe einer der Männer aufstand und seine Gruppe bestärkte mit uns zu gehen. Obwohl er noch ziemlich jung aussah, hatte der Haarausfall bereits bei ihm eingesetzt und so prangten stolze Geheimratsecken auf seinem Kopf. Ich erwischte mich dabei, wie sich bei dem Gedanken, dass ich normalerweise meinen Vater jetzt angestoßen und gekichert hätte, fast ein Schmunzeln auf meine Lippen stehlen wollte. Doch wieder einmal zuckten nicht mal meine Mundwinkel nach oben, denn die Realität war nicht lustig und mein Vater war nicht hier.

Es dauerte nicht lange, bis die Leute sich zum Aufbruch bereit gemacht hatten. Wie auch wir hatten sie wenig Hab und Gut, welches sie mit sich herumschleppen mussten. Der Schwarzhaarige, Jonathan – von allen nur Jo genannt –, half der Schwangeren auf die Beine und nahm ihr direkt den Rucksack ab, den sie sich hatte schultern wollen. Ich erkannte in seinem Blick so viel Liebe und Fürsorge, dass ich sofort wegsehen musste. Die Wunde, die der Tod meines Vaters hinterlassen hatte, war einfach zu frisch, um jetzt verliebte Paare und baldige Eltern zu sehen.

»Das wird schon«, flüsterte mir Jakob zu und schenkte mir einen zuversichtlichen Blick. Ich nickte nur. Denn was war »Das wird schon«? Nichts als eine Lüge in meinen Augen.

***

Als wir die Schule verließen, dämmerte es bereits und ich blickte zur untergehenden Sonne, die malerische Farben an den Himmel zauberte, als wäre alles in Ordnung. Einen kurzen Moment verharrte ich, betrachtete das Naturschauspiel und ließ jede einzelne Nuance der Sonne auf mich wirken. Vermutlich würde ich den Sonnenuntergang für eine ganze Weile nicht mehr sehen, denn wenn wir weiterhin in den Tunneln Schutz fanden, würde mein Leben wieder ziemlich trist und düster werden.

Allein der Gedanke daran hinterließ einen faden Nachgeschmack – ich war nicht für die Dunkelheit geschaffen, nicht dafür, eingesperrt zu werden. Vielleicht würde ich Wolf davon überzeugen können, eine derer zu werden, die Erkundungstouren und Besorgungen an der Oberfläche machten. Und wenn nicht, würde ich mich einfach hinausschleichen.

Wir mieden die großen Straßen oder Fußgängerwege und bahnten uns einen Weg durch die zerstörten Gebäude hindurch. Ich konnte noch immer nicht fassen, dass eine ganze Stadt in null Komma nichts ausgelöscht werden konnte. Mir war klar, dass es nicht die Bomben der Wandler gewesen waren, die Hamburg – und vermutlich viele weitere Teile der Erde – zerstört hatten, doch es waren die Wandler gewesen, die uns angegriffen hatten.

Ich nagte an meiner Unterlippe, überquerte Geröll, trat in Glassplitter und hörte das Knirschen unter meinen Stiefeln. Obwohl der Weg von der Schule bis zur U-Bahnstation gar nicht so weit war, kamen wir nur sehr langsam voran. Die Sonne verabschiedete sich mit jedem Schritt mehr und nahm uns die einzige Lichtquelle, die wir hatten, bis wir in völliger Dunkelheit zurückgelassen wurden. Mit der Nacht kam auch der zarte Anflug von Panik, die milchigen Augen eines Berkan schoben sich in meine Erinnerungen, tropfender Speichel und Blut, welches an den langen Reißzähnen klebte. Ich versuchte, den Kloß in meinem Hals hinunterzuschlucken, kämpfte gegen das Gefühl vollkommener Machtlosigkeit an.

Eine Hand legte sich auf meine Schulter und ich fuhr erschrocken herum, automatisch langte ich an den Griff der Pistole und fast hätte ich die Waffe auf Jakob gerichtet, der plötzlich neben mir stand. Er hob beschwichtigend die Hände.

»Es ist gut, Romy. Wir werden nicht angegriffen«, sagte er leise. Ich blinzelte die Bilder toter Menschen und tötender Berkan fort und rief mir Jakobs vernarbtes Gesicht vor Augen. Das Herz klopfte mir bis zum Hals, dumpf rauschte das Blut in meinen Ohren. Ich schob die Waffe zurück in den Hosenbund und schüttelte fassungslos den Kopf.

»Es tut mir leid ... ich ...« Meine Stimme versagte. Jakob beugte sich etwas vor, legte eine Hand auf meine Schulter und zwang mich ihn anzusehen.

»Es ist okay, Romy. Jeder von uns hat mit seinen Dämonen zu kämpfen.« Ich blickte in seine dunklen Augen, wie er so vor mir stand, und ich war wieder im Hier und Jetzt angekommen. Tief atmete ich die kühle Abendluft ein und ließ zu, dass sie meine Lungen gänzlich ausfüllte.

»Tut mir leid«, murmelte ich und schloss die Augen. Als ich sie wieder öffnete, war die Gruppe schon einige Meter weit weg, ich konnte nur dunkle Schemen ausmachen, die sich immer weiter fortbewegten.

»Entschuldige dich nicht«, murmelte Jakob und tat dann etwas, was mich vollkommen unvorbereitet traf – er drückte mir einen Kuss auf die Stirn. Das Gefühl seiner rauen Lippen auf meiner Haut war für den ersten, kurzen Moment bittersüß und berauschend, doch so schnell, wie sein Mund meine Stirn verließ, war auch das Kribbeln in meinem Bauch verpufft.

Ich spürte schlichtweg nichts, bekam kein Herzrasen und meine Handflächen begannen nicht zu schwitzen, als ich Jakob so nah war. Er sah mich noch einmal an, ehe er weiterging, um die Gruppe einzuholen. Ich versuchte wieder klare Gedanken zu fassen und folgte ihm, damit ich nicht allein von der Dunkelheit erfasst wurde.

***

Auch als wir wieder in den Tunneln waren, blieben die Glücksgefühle wegen Jakobs Kuss aus. Ich versuchte mir nicht einzubilden, dass Jakob mich aus irgendeinem Grund mehr mochte. Es war schlichtweg nur eine Geste der Freundschaft gewesen, weil ich am Rande einer echten Panikattacke gestanden hatte. Er hatte mich beruhigen und zurückholen wollen, nichts weiter. Und dafür war ich ihm dankbar.

Daran, dass Wolf überhaupt nicht damit einverstanden sein würde, neue Leute in die Gruppe aufzunehmen, hatte ich gar nicht mehr gedacht. Doch hier standen wir nun – Luca, der direkt erleichtert zu mir gekommen war, und ich hinter Jakob, der heftig mit Wolf stritt.

»Wir haben sowieso nicht genug Platz und zu wenig Vorräte! Was meinst du, wie wir jetzt noch ein Dutzend Leute mehr versorgen sollen?!« Wolfs Gesicht war rot angelaufen, die Adern an Hals und Schläfe traten hervor und pochten gut sichtbar. Ich hatte Sorge, dass er Jakob einfach erschießen würde, so wütend war er.

»Über kurz oder lang hätten wir hier eh nicht bleiben können! Die Station ist zwar sicher, aber zu klein. Wir werden eine größere finden, Wolf. Es ist nicht falsch, viele Leute auf unserer Seite zu haben, wenn wir die Wandler früher oder später herausfordern wollen!« Jakobs Gesicht war wutverzerrt.

»Und du denkst, diese Kinder werden eine Waffe halten und den Missgeburten in den Kopf schießen, wenn es nötig ist?« Er zeigte mit einem Finger auf die kleine Gruppe Kinder, die bei der Schwangeren und Jo saßen. Verängstigt blickten sie zu Wolf hoch, ein Mädchen tippte Jo auf die Schulter und flüsterte ihm etwas zu, was ich nicht verstand. Auch wenn ich Wolfs Ausbruch nachvollziehen und verstehen konnte, dass er diese Gruppe als »Ballast« sah, war es nicht richtig, vor ihren Augen so auszurasten. Ich tat einen Schritt nach vorn, sodass ich neben Jakob stand.

»Ich verstehe deine Bedenken, Wolf. Die Kinder werden nicht mit einer Waffe umgehen können, geschweige denn hilfreich sein, wenn die Wandler uns angreifen. Trotzdem haben auch sie ein Recht darauf zu leben und sich in Sicherheit zu wissen. Du weißt, dass wir stark genug sind, um sie zu beschützen. Außerdem sind nicht nur Kinder in der Gruppe, da gibt es auch einige Leute, die bereit sind zu lernen, so wie wir es selbst noch tun.«

Hätten seine Gedanken töten können, dann wäre ich jetzt vermutlich zu Boden gestürzt und nie wieder aufgestanden. Der Blick aus Wolfs verbliebenem eisblauen Auge bohrte sich bis in meine Seele, der Drang, diesem auszuweichen, war enorm. Auch wenn die wahrhaftige Angst vor ihm in letzter Zeit weniger geworden war, so würde ich lügen, wenn ich sagte, dass ich keinen Respekt vor Wolf hatte. Er war definitiv Angst einflößend und ich vermutete, dass er dem ein oder anderen Kind einen ordentlichen Schrecken einjagte.

»Na schön«, knurrte er. »Ihr werdet sie trainieren und ihr werdet dafür sorgen, dass sie nützlich sind. Und kümmert euch verdammt noch mal um einen neuen Tunnel. Gleich morgen früh werdet ihr losziehen.«

Jakob nickte. »Das werden wir.«

Noch einmal warf Wolf einen verächtlichen Blick zu Jakob und mir, ehe er sich abwandte und in den Tiefen des Tunnels verschwand. Ich fröstelte.

Als endlich etwas Ruhe einkehrte, schnappte ich mir eine Packung Cracker aus meinem zugewiesenen Tagesvorrat und ging hinüber zu meiner Mutter. Ihr rotbraunes Haar wirkte stumpf und farblos, ihre braunen Augen waren in weite Ferne gerichtet. Ich ging vor ihr in die Hocke und reichte ihr die Tüte. Außer einem kurzen Blick in mein Gesicht erhielt ich keinerlei Aufmerksamkeit. Ich presste die Lippen aufeinander und spürte den bekannten Druck hinter meinen Augen, wenn sich Tränen anbahnen wollten. Doch das würde ich zu verhindern wissen.

»Mama, du musst etwas essen, ja?«, versuchte ich sie zu motivieren. Ihr Blick hob sich erneut, ein trauriges Lächeln breitete sich auf ihren Lippen aus, ehe sie eine Hand ausstreckte und meine Wange berührte. Ihre Haut war eiskalt.

»Er ist nicht mehr da, Liebling. Aber ich werde ihn wiedersehen, es ist gar nicht so schlimm. Schon bald werde ich meinen Hendrik wiedersehen.«

Ich ließ die Cracker fallen und stolperte einen Schritt nach hinten, verlor das Gleichgewicht und landete auf dem Hintern. Ihr Blick glitt wieder in weite Ferne und sie fuhr fort vor sich hin zu starren. Ihr Zustand machte mir Angst. Ganz egal, wie groß der Verlust und die Trauer waren, sie konnte sich nicht so gehen lassen, sich vollkommen aufgeben.

Ich wusste nicht, wie ich zu ihr durchdringen sollte, hatte keine Ahnung, wie ich meine Mutter zurückbekommen konnte. Eine unsagbare Leere erfüllte meine Brust, als mir klar wurde, dass ich vielleicht gar nicht in der Lage sein würde, sie wieder in die Realität zu holen.

Mit zittrigen Fingern griff ich nach ihrer Hand und versuchte erneut ihre Aufmerksamkeit zu erlangen. Die Kälte ihrer Haut jagte mir einen Schauer über den Rücken, doch ich hielt ihre Hand weiterhin fest in meiner.

»Mama, ich weiß, dass dich das schwer trifft, aber ich brauche dich, okay? Ich kann das nicht ohne dich durchziehen, du musst mir dabei helfen.« Tränen sammelten sich in meinen Augen, als sie mich zwar ansah, doch noch immer in diesem seltsamen Zustand war. Sie schien völlig durch mich hindurchzublicken, mich nicht wahrzunehmen. Sie war in ihren eigenen Gedanken gefangen und ich wusste nicht, wie ich sie da herausholen sollte.

Ehe die Tränen sich einen Weg über meine Wangen suchen konnten, stand ich auf und ließ sie dort sitzen. Meine Beine trugen mich wie automatisch fort vom Bahnsteig, hinunter auf die Gleise und Richtung Ausgang. Mir war klar, dass ich nicht einfach einen nächtlichen Spaziergang machen konnte, daher setzte ich mich nahe der Treppen auf ein großes Geröllstück und betrachtete die Sterne.

Als ich Schritte hörte, blickte ich auf und sah Luca aus der Dunkelheit des Tunnels kommen. Wortlos setzte er sich zu mir und bot mir eine Packung Salzstangen an. Ich spürte, wie ein schwaches Lächeln auf meinen Lippen erschien, und ich nahm mir eine, die ich gedankenverloren zwischen den Fingern drehte.

»Deine Ma wird schon wieder, Romy«, sagte Luca. »Es ist noch nicht lange her, dass … er gestorben ist, vielleicht braucht sie einfach etwas Zeit.«

Ein Schnauben verließ meine Kehle und ich brach die Salzstange entzwei. »Getötet wurde. Papa wurde getötet, aufgefressen. Und ich habe auch einen geliebten Menschen verloren, weißt du? Wir können es uns nicht leisten, tatenlos hier herumzusitzen und in Selbstmitleid zu vergehen. Wir haben keine Zeit zu trauern, sie soll sich verdammt noch mal zusammenreißen.«

Luca blickte stumm zu den Sternen hoch. Einen kurzen Moment herrschte Stille zwischen uns, doch ich wusste, dass er meine Ansicht verstand.

»Ich vermisse sie«, flüsterte er plötzlich und ich konnte erkennen, wie Tränen in seinen graublauen Augen glitzerten. »Ich habe nur gesehen, wie einer der Wandler sie mit sich geschliffen hat, sie hatte keine Chance, sich zu wehren, sie war so krank. Ich will mir gar nicht ausmalen, wie sie sie getötet haben.«

Ich griff nach seiner Hand und verschränkte die Finger mit seinen. Tröstende Worte wollten aus mir herauskommen, Worte, die sagten, dass sie vielleicht noch lebte, das Fieber überstanden hatte und die Wandler sie nicht getötet hatten. Doch ich wusste, dass es nicht so sein würde, denn alles, was die Wandler uns bisher gebracht hatten, war der Tod. Wieso also sollte ausgerechnet Sina noch leben?

»Es tut mir leid, dass wir sie nicht retten konnten«, sagte ich daher leise und richtete den Blick wieder zum sternenklaren Himmel. »Vielleicht ist sie jetzt dort oben und schaut mit Papa auf uns runter. Sie passen auf, dass wir nicht zu eilig zu ihnen stoßen.« Ein trauriges Lächeln entstand auf dem Gesicht meines besten Freundes, kleine Grübchen bildeten sich in seinen Wangen und ließen ihn weitaus jünger als achtzehn wirken.

»Ich hasse die Stunden, in denen ich allein mit meinen Gedanken bin. Nachts, wenn alle schlafen, sehe ich die Bilder vom Schanzenpark wieder vor mir.« Seine Stimme war leise und gebrochen, es schien, als müsse er einen Kloß im Hals loswerden.

Ich seufzte. »Ich bin lieber dort draußen und tue etwas, anstatt in diesen Tunneln zu sitzen und verrückt zu werden«, sprach ich es das erste Mal aus. Nun war es an Luca, meine Hand zu drücken und mir stumm zu verstehen zu geben, dass er mich verstand.

»Draußen ist es nicht erträglicher, das ist mir heute klar geworden«, fuhr er nachdenklich fort. »Wenn ich sehe, dass die Stadt nur noch ein einziger Schutthaufen ist, ist alles nur noch realer. Ich würde mir gerne einreden, dass alles in Ordnung ist.« Ein schwaches Lachen, das mehr nach einem Husten klang, begleitete seine Worte und ich schaute ihn fassungslos an.

»Es wird nie wieder alles in Ordnung sein, ist dir das nicht klar? Es ist naiv zu denken, dass es wieder wie früher werden könnte. Dafür haben wir schon zu viel verloren«, erwiderte ich. Es schockierte mich, dass Luca die

Welt, wie sie war, nicht sehen wollte. Wie konnte er in der Vergangenheit leben wollen, wenn die Gegenwart mit aller Macht nach unserer Aufmerksamkeit schrie?

Kapitel 12

Romy

Als kleines Mädchen hatte ich den Sonnenaufgang immer bewundert. Wenn Ferien gewesen waren, war ich extra früh aufgestanden, auf unsere nach Osten gerichtete Dachterrasse gelaufen und hatte dabei zugesehen, wie die Sonne ihre Strahlen ausstreckte und den Menschen Licht schenkte. Sie vertrieb die Nacht, knipste die Lichter der Sterne aus und präsentierte der Welt ihre Schönheit.

Viele Jahre lang hatte ich jeden einzelnen Sonnenaufgang sehen wollen, am liebsten in hundert verschiedenen Ländern und tausend Städten. Mit zehn Jahren hatte ich an einem Sonntag meinen Papa früh geweckt und ihm verkündet, dass wir losfahren mussten, um die Sonne zu sehen. Er hatte nicht gewusst, was ich meinte, bis ich sagte, ich wolle an den Strand fahren.

Ich war naiv gewesen und hatte geglaubt, es würde meinen Vater nicht stören, um drei Uhr morgens aus dem Bett gezerrt zu werden, um später im Auto zu sitzen. Natürlich war er ungehalten gewesen, er arbeitete unter der Woche viel, da wollte er sonntags ausschlafen. Doch anstatt mir um drei Uhr morgens eine Standpauke zu verpassen, mir zu sagen, ich solle wieder meinen Schlafanzug anziehen und ins Bett gehen, hatte er mich überrascht.

»Gib mir fünf Minuten zum Wachwerden, Romy«, hatte er verschlafen gebrummt und ich hätte vor Freude platzen können. Tatsächlich waren wir innerhalb der nächsten dreißig Minuten losgefahren. Ich hatte auf dem Beifahrersitz gesessen und staunend aus dem Fenster gesehen, hatte die ganze Fahrt über ein breites Lächeln auf den Lippen getragen, das ich noch heute fühlte. Und natürlich war ich nicht enttäuscht worden, als wir in Sankt Peter-Ording angekommen waren und auf den Sonnenaufgang gewartet hatten. Das warme Licht der Sonne schien die ganze Welt in ein sanftes Orange zu tauchen. Zu diesem Zeitpunkt hatte es nur Papa und mich gegeben, wie wir beide zum Horizont blickten und dabei zusahen, wie ein neuer Tag anbrach. Von da an waren solche Ausflüge zu unserer eigenen kleinen Tradition geworden.

Einige Jahre später war der Sonnenaufgang für mich dann uninteressant geworden. Ich war fünfzehn, verliebt in den Schulsprecher und konnte mir nichts Kindischeres vorstellen, als wegen eines blöden Sonnenaufgangs an die Nordsee zu fahren. Das sommerliche Ritual von Papa und mir war also auf Eis gelegt worden und nicht mehr interessant für die Romy, die langsam, aber sicher erwachsen wurde. Selten war er dann sonntags allein losgefahren, um den Sonnenaufgang zu sehen, während ich bei Sina oder Luca übernachtet hatte, weil ich meinen ersten Partyrausch ausschlafen musste.

Es war fast unfair, dass mein Interesse am Sonnenaufgang gerade jetzt wiederkam, wo mein Vater nicht mehr da war. Doch als ich an diesem Morgen die Treppen der U-Bahnstation hinaufging und in die aufgehende Sonne blinzelte, hätte ich mir nichts Schöneres vorstellen können. Denn die Sonne ging auch an diesem Tag auf, ganz gleich, was gestern oder vorgestern geschehen war. Es war egal, dass meine Welt nicht mehr tanzte, sondern um ihr Überleben kämpfte. Alles war plötzlich weniger schlimm, denn die Sonne schien weiterhin. Und in diesem Moment wollte ich mir einreden, dass sie irgendwann auch wieder für die Menschen scheinen würde.

»Wir teilen uns auf. Aleksandar, du gehst mit Björn, Thomas mit Sophie und ich mit Romy. Ihr alle habt ein Funkgerät, damit wir in Kontakt bleiben können. Romy und ich werden Richtung Alster gehen und das Gebiet hier in der Nähe erkunden. Thomas, ihr nehmt euch die Altona-Altstadt vor und Aleksandar und Björn gehen Richtung Norden. Vielleicht schafft ihr es bis Eimsbüttel. Für uns alle gilt, dass wir nicht zu nah an die Mauer der Wandler kommen dürfen, habt ihr verstanden?« Jakob hatte eine der U-Bahn Netzwerkkarten aus der Station mitgenommen und zeichnete mit einem Edding die Bereiche ein, zu denen wir gehen würden, als alle ihre Zustimmung murmelten.

Ich schulterte mein Sturmgewehr, als Jakob sich wieder aufrichtete, und konnte nicht umhin mich seltsam zu fühlen. Vorher hatte ich bloß eine einfache Pistole und ein Messer mit mir geführt – jetzt trug ich das klobige Sturmgewehr und fühlte mich wie eine waschechte Soldatin, nur mit weitaus weniger Kampferfahrung.

Ich konnte nicht unbedingt sagen, dass ich dankbar war mit Jakob zu gehen. Seit er sich bei meiner Fast-Panikattacke so rührend um mich gekümmert hatte, fuhren meine Gedanken Achterbahn und ich bildete mir ein ums andere Mal ein, dass Jakob mich anders ansah als sonst. Ich war schon immer gut darin gewesen, Dingen zu viel Bedeutung einzuhauchen, mir selbst einzureden, dass da doch mehr war, als bloße Freund- oder Bekanntschaft.

Und genau das tat ich jetzt auch bei Jakob, obwohl es doch absolut nichts zu bedeuten hatte, dass er und ich gemeinsam Richtung Alster gingen, oder? Immerhin hatte er mich an jenem Tag von der Straße gerettet und ich hatte ihn nicht zurückgelassen, als die Universität überrannt worden war. Vielleicht war das einfach so ein Ding zwischen uns – wir halfen einander und gaben auf den jeweils anderen acht.

Meinen Gedanken nachhängend lief ich also durch das Geröll der Stadt und achtete darauf, nicht allzu viele Geräusche von mir zu geben. Wir wussten nie, wann, wo oder wie viele Berkan oder Wandler sich uns plötzlich in den Weg stellen würden, weswegen wir stets wachsam und vorsichtig sein mussten. Ich für meinen Teil hatte nämlich wenig Lust, gefressen zu werden.

»Eigentlich weiß ich ziemlich wenig über dich«, merkte Jakob plötzlich an und ich schaute stirnrunzelnd zu ihm nach hinten. Er blinzelte gegen die Sonne an und schirmte seine Augen mit einer Hand ab, um mich anzusehen.

»Ist es überhaupt wichtig, noch irgendetwas über irgendwen zu wissen?«, fragte ich und wandte mich wieder nach vorn, um nicht zu stolpern. Das Sturmgewehr schlug mit jedem Schritt sacht gegen meine Hüfte.

»Nur weil die Welt gerade nicht perfekt ist, heißt es ja nicht, dass man das Menschsein aufgeben muss. Wir dürfen nicht vergessen, wer wir sind.«

Ich unterdrückte den Drang zu seufzen. Nachdem ich über einen Stahlträger geklettert war, tat ich Jakob den Gefallen und fing an, ihm etwas über mich zu erzählen. »Ich hätte nächstes Jahr im Sommer mein Abitur abgeschlossen. Danach wollte ich Medizin studieren, um Menschen zu helfen und den Tod zu bekämpfen. Stattdessen trage ich jetzt ein Sturmgewehr mit mir herum und kämpfe ums Überleben.« Meine Stimme klang verbittert. Auszusprechen was ich eigentlich hatte machen wollen, zeigte mir nur wieder, dass ich meilenweit von einem normalen Leben entfernt war.

»Mein Vater war ebenfalls bei der Bundeswehr und hat mir keine Chance gelassen, etwas anderes als Berufssoldat zu werden. Er war wenig zu Hause, aber wenn er da war, hat er mich quasi auf den unausweichlichen Krieg vorbereitet. Ich selbst hätte nie diesen Weg gewählt, ich meine, ich bin vierundzwanzig und kann mir Besseres vorstellen, als bereits an der Front gekämpft zu haben. Hätte mein Vater nicht permanent darauf bestanden, dass ich in seine Fußstapfen trete, hätte ich eine Ausbildung zum Koch gemacht und vielleicht irgendwann mein eigenes Restaurant eröffnet.«

Ich schnaubte leise und blickte zu Jakob, der nun auf einer Höhe mit mir war.

»Ist es nicht vollkommen egal, was wir für Träume hatten? Sieh dich um, Jakob, das ist vorbei. Ich werde nicht mehr Medizin studieren und du wirst kein Restaurant besitzen.«

»Wieso siehst du alles nur schwarz, Romy? Es werden wieder bessere Tage kommen.«

Abrupt blieb ich stehen und sah zu ihm hoch, direkt in seine haselnussbraunen Augen. Seine Worte wühlten mich auf, ich wollte nicht daran glauben, dass die Welt eines Tages wieder normal sein könnte. Denn wenn man keine Hoffnung oder Erwartungen hatte, dann würde man auch nicht enttäuscht werden.

»Bist du wirklich so blöd zu glauben, dass wir hier lebend rauskommen?«, fuhr ich ihn an. »Dass die Wandler einfach so mir nichts, dir nichts wieder verschwinden und die ganze Welt wieder in Frieden lebt? Ich glaube es nicht. Und selbst wenn wir den Wandlern entkommen können, dann werden wir von den Berkan gefressen, so wie mein Vater. Für die Menschen gibt es keine Zukunft, Jakob. Sieh es endlich ein.« Ich ging weiter.

Wieder schlug das Sturmgewehr gegen meine Hüfte, während ich meinen pochenden Herzschlag bis hinauf in die Kehle spürte. Ich hörte, wie Jakob murmelte, dass er die Hoffnung nicht aufgeben würde, doch ich war einfach zu aufgebracht, um noch einmal darauf zu reagieren.

Wie konnte er denken, dass tatsächlich alles wieder gut werden würde? Schrie die Stadt mit ihren zerfallenen Gebäuden uns nicht unmissverständlich zu, dass das hier jetzt unsere Welt war? Dass wir keine Chance hatten und nicht auf ewig fortlaufen konnten? Sah er denn nicht, dass keiner von uns jemals alt werden und auf seiner Terrasse sitzen würde, um den Enkelkindern beim Spielen zuzusehen? Wir hatten unsere Zukunft verloren und die Gegenwart war nichts als ein katastrophales Bild purer Zerstörung.

Danach sagte keiner von uns noch irgendetwas. Ich merkte, wie meine Gedanken abschweiften und ich irgendwann Jakob mit Kochjacke in einer Küche vor mir sah, ein Messer in der Hand, sein Personal herumscheuchend. Unbemerkt sah ich zu ihm hinüber. Tatsächlich konnte ich ihn mir sehr gut als Koch vorstellen, ermahnte mich jedoch sogleich dieses Bild von ihm wieder zu verwerfen, da es zwecklos war, in Tagträumen zu ertrinken. Erst als wir an der Station vom Gänsemarkt ankamen und die gänzlich eingestürzten Treppen sahen, sprachen wir wieder miteinander.

»Weiter nördlich liegt der Stephansplatz. Vielleicht sieht die Station besser aus«, sagte ich, ohne ihn dabei anzusehen.

Jakob nickte und drückte auf den Knopf des Funkgeräts, das an seiner Schulter befestigt war.

»Jakob hier, wie sieht's bei euch aus?« Ein kurzes Rauschen ertönte, dann knackte es in der Leitung.

»Noch nichts gefunden in Altona«, meldete sich Sophie.

»Bisher nichts, haben aber eine Chance, bis nach Eimsbüttel zu kommen«, berichtete Aleksandar.

Jakob stieß ein Seufzen aus und fuhr sich über die Stirn. Er wirkte müde, ausgelaugt. Wie jeder von uns. Bevor er allerdings etwas erwidern konnte, knackte es erneut in der Leitung und Thomas' Stimme war zu hören. »Wir sind ein paar Wandlern auf den Fersen. Ich hätte Lust herauszufinden, wie diese Wichser zu töten sind.«

»Tut nichts Unüberlegtes. Lasst euch nicht von denen entdecken. Thomas …? Thomas, bitte melden!« Aleksandar klang so verzweifelt, wie Jakob aussah.

»Diese Dinger haben meinen Mann getötet. Sie sollen bluten«, meldete sich Sophie wieder, dann war die Leitung still. Jakob stieß einen Fluch aus und versuchte immer wieder die beiden zu erreichen, doch es blieb ruhig.

»Verdammt!«, rief er wütend aus und trat nach einem umgestürzten Ampelmast. »Wir müssen sofort umdrehen und nach ihnen suchen.«

Wie von selbst legte ich die Hand auf seinen Arm und hielt ihn zurück. Er drehte sich zu mir um. In seinen Augen tobte ein Sturm aus widerstreitenden Gefühlen.

Ich schüttelte den Kopf. »Sie haben ihre Entscheidung getroffen, Jakob. Wenn sie Jagd auf die Wandler machen wollen, dann lass sie. Wir alle haben etwas verloren und manche lassen sich nicht aufhalten, bis sie Rache genommen haben.« Ich sah deutlich, dass er widersprechen wollte, doch ich drehte mich um und lief in Richtung Stephansplatz weiter. Einen kurzen Moment dachte ich schon, er würde trotzdem gehen, doch dann hörte ich seine schweren Schritte, die zu mir aufholten.

Wenig später kamen wir beim Stephansplatz an und fanden eine intakte Treppe vor. Ich holte die Taschenlampe aus meinem Rucksack hervor und betrat die vollkommene Finsternis. Der Bahnhof war ziemlich eingefallen und unbewohnbar, doch die Gleise schienen passierbar zu sein.

»Es ist einen Versuch wert«, sagte ich zu Jakob, der mich noch immer anschwieg. Als keine Reaktion von ihm kam, drehte ich mich wieder um, kletterte vom Bahnsteig und lief auf die Gleise, um zu sehen, ob man durch die Tunnel zu einem größeren U-Bahnhof kommen würde.

»Es kann nicht dein Ernst sein, dass du tatsächlich nicht mehr hoffst.«

Ich biss die Zähne aufeinander, als er erneut dieses lästige Thema aufgriff. Ich verstand nicht, wieso er es nicht einfach sein lassen konnte.

»Musst du das Thema tatsächlich wieder aufgreifen? Es ist meine Ansicht, okay? Du musst es ja nicht gut finden«, keifte ich ihn an, was mir einen wütenden Blick seinerseits bescherte.

»Du bist wie eine verbitterte alte Frau, die sich damit abgefunden hat zu sterben. Wo ist dein Überlebenswille geblieben, Romy?«, fragte er mit aufgebrachter, lauter Stimme.

Fassungslos warf ich die Hände in die Luft, was den Lichtkegel meiner Taschenlampe tanzen ließ. Wut staute sich in mir auf und wollte herausbrechen. Ich spürte sie wie flüssiges Feuer.

»Ich eine alte Frau?! *Du* musst langsam mal in der Realität ankommen, Jakob Hamann! Deine Tagträume werden uns noch umbringen!«, brüllte ich. Meine Stimme hallte von den kahlen Wänden des U-Bahntunnels wider. Allerdings war das definitiv das Dümmste, was ich hätte sagen können.

Er stieß ein wütendes Schnauben aus und keine Sekunde später spürte ich die kalte Wand des U-Bahntunnels im Rücken. Durch das schummrige Licht der Taschenlampen – die nun beide auf dem Boden lagen – erkannte ich seine dunklen Augen. Jakob war mir so nah, dass mein Brustkorb seinen bei jedem Luftholen streifte und ich seinen Atem auf meiner Haut spüren konnte.

»Es gibt noch Gutes auf der Welt, Romy. Wir dürfen nur nicht aufgeben, verstehst du das denn nicht?« Seine Worte waren nicht mehr als ein Flüstern, doch meine aufgestaute Wut verpuffte sofort, als er sie ausgesprochen hatte. Ich konnte in seinen Augen erkennen, wie er langsam realisierte, wie nah wir uns eigentlich waren.

Keine Ahnung, wie wir hier gelandet waren, wie diese Situation zustande gekommen war, doch plötzlich änderte sich etwas in seinem Blick und keinen Herzschlag später spürte ich seine Lippen auf meinen. Der Kuss war erst zögernd, wurde dann immer fordernder und verzweifelter. Ich grub die Finger in seinen Oberarm, erwiderte atemlos den Kuss, der so viel mehr sein könnte als eine Verzweiflungstat.

»Es gibt immer noch gute Dinge in dieser Welt, an denen wir festhalten müssen«, flüsterte er gegen meine Lippen, als er sich von mir gelöst hatte. Ich hielt die Augen noch für einen Moment geschlossen, versuchte zu verstehen, was hier gerade passiert war. Mein Verstand allerdings weigerte sich zu arbeiten und ich war dankbar, als Jakob sich von der Wand abstieß, die Taschenlampe wieder aufnahm und tiefer in den Tunnel ging.

Ich atmete die plötzlich kühle Luft ein und fuhr mir durch mein Haar. Der

Lichtkegel, der mir zeigte, wo Jakob sich befand, wurde immer kleiner, also beeilte ich mich, die eigene Lampe aufzunehmen und ihm zu folgen. Meine Gedanken kreisten um das, was gerade passiert war. Also hatte ich mir nichts eingebildet oder in irgendeine Geste zu viel hineininterpretiert. Jakob schien mich tatsächlich etwas mehr zu mögen und nicht nur einen Teil seiner Gruppe in mir zu sehen.

Doch das Schlimmste war, dass ich bei dem Kuss rein gar nichts gefühlt hatte.

***

Mir war nicht klar, wie lange wir noch den Gleisen folgten, doch irgendwann kamen wir an eine Stelle, wo der Tunnel gesprengt worden war. Tageslicht brach durch die zerfetzte Decke und vor uns lag so viel Geröll, dass es unmöglich war, weiter voranzukommen. Ich strich mir eine Strähne hinters Ohr und leuchtete mit der Taschenlampe in den anderen Zweig des Tunnels. So weit, wie die Lampe strahlte, konnte ich keine Steine oder Ähnliches sehen, was uns den Weg versperren wollte.

»Wir könnten dort entlanggehen«, merkte ich an und Jakob strich sich kurz über das Gesicht. Ich nahm mir einen Moment Zeit, um ihn genau anzusehen. Die markanten Gesichtszüge, die vollen geschwungenen Lippen, die sicher jedes Mädchen gerne küssen würde. Der leichte Bartschatten, das dunkle Haar und die unergründlichen, warmen Augen, die voller Hoffnung funkelten und sagten, dass er nicht aufgeben würde.

Doch auch bei näherer Betrachtung konnte ich nicht ausmachen, dass mein Herz zu klopfen begann oder dass ich spürte, wie sich die Schmetterlinge in meinem Bauch regten. Ich fragte mich, ob es daran lag, dass Jakob mir auf diese Weise nicht gefiel, oder ob ich einfach nicht mehr in der Lage war, so etwas wie Liebe oder Schwärmerei zu empfinden. Vielleicht hatten die Ereignisse mir nicht nur geliebte Menschen geraubt, sondern mit ihnen auch die Fähigkeit, Gefühle zu hegen.

Während Jakob erneut versuchte, Sophie und Thomas anzufunken, ging ich ein paar Schritte in den Tunnel hinein und sah mich um. Einige Risse hatten sich in der Decke gebildet, doch für mich sah es nicht so aus, als würde sie jeden Moment einstürzen. Ich wartete noch ein paar Sekunden. Jakob wollte offenbar noch etwas verweilen, weswegen ich tiefer in den Tunnel vordrang. Er würde mir irgendwann schon hinterherkommen.

Ich rief mir die Karte des U-Bahn-Netzwerkes in Erinnerung und überlegte, zu welcher Station uns dieser Tunnel führen würde. Ich meinte, dass wir rechts herum zum Gänsemarkt kämen, während der Jungfernstieg hinter dem Berg aus Gesteinsbrocken und Geröll liegen musste. Als Jakob zu mir aufschloss, blickte ich fragend zu ihm, doch er schüttelte nur resigniert den Kopf. Noch immer nichts von Thomas und Sophie. Langsam zweifelte ich daran, dass sie überhaupt noch lebten.

Manche Menschen waren so verbissen auf ihre Rache aus, dass sie bis zum bitteren Ende dafür kämpfen würden. Thomas und Sophie hatten genau das getan und ich verstand, warum sie es tun mussten. Dennoch wäre ihr Tod ein großer Verlust für unsere Gruppe. Automatisch fragte ich mich, wie ich reagieren würde, wenn ich die Gelegenheit hätte herauszufinden, wie die Wandler zu töten wären.

Ich erinnerte mich an die Zeit im *Mövenpick Hotel,* daran, wie sehr ich es verachtet hatte, was mein Vater, Jakob und Wolf mit dem Wandler angestellt hatten, den sie in Gewahrsam genommen hatten. Ich erinnerte mich an die vielen Löcher in seinen Kopf, immer dann, wenn ihnen seine Antwort nicht gefallen hatte und sie ihn erneut ruhigstellen wollten. Nichts hatte mich so angewidert wie dieses Verhalten.

Und jetzt? Jetzt würde ich nur zu gerne herausfinden, wie es sich anfühlte, einem Wandler eine Kugel in den Kopf zu jagen, oder eine Klinge in sein Herz zu treiben und dabei zusehen zu können, wie das Licht in seinen Augen erlosch.

Diese Gedanken erschreckten mich selbst und ich bekam schweißfeuchte Handflächen. Nein, ich wollte niemanden töten, kein Leben nehmen aus Rachegelüsten. Die Romy, die Medizin studieren wollte, wäre nie auf die Idee gekommen, jemandem Schaden zuzufügen.

Ich presste die Lippen aufeinander und zwang mich, tief ein- und auszuatmen. Modriger Geruch stieg mir in die Nase, von irgendwoher konnte ich das leise Tropfen eines Lecks hören. Vielleicht hatte Jakob doch recht gehabt und ich sollte zu meinen früheren Idealen zurückkehren. Die Verbitterung und den Hass beiseiteschieben und für das Leben kämpfen. Derzeit stand ich auf der Seite des Todes und gefiel mir selbst nicht mehr.

»Jakob?« Meine Stimme war nichts weiter, als ein brüchiges Flüstern, ich war mir nicht einmal sicher, ob er mich tatsächlich hatte hören können. Als ich jedoch aufblickte, war er stehen geblieben und schaute mich abwartend an. »Denkst du, ich liege falsch? Denkst du, ich würde so handeln wie Thomas und Sophie? Sie töten?«

Es war merkwürdig, wie Gedanken und Gefühle plötzlich umschlagen konnten. In der einen Sekunde hatte ich nur die Leere gefühlt, hätte am liebsten irgendwen erschossen, weil mein Vater getötet und mir somit auch meine Mutter genommen worden war. Jetzt spürte ich die Angst, mich selbst zu verlieren in all diesem Hass auf die Wandler.

Jakob kam zu mir herüber. Er legte seine Hände auf meine Schultern, erst da merkte ich, dass ich meinen Oberkörper krampfhaft umschlungen festhielt. Als würde ich zerbersten.

»Nein, das glaube ich nicht. Du würdest niemanden töten, Romy, das wärst nicht du.« Er schenkte mir ein sanftes Lächeln und rieb mir kurz über die Oberarme.

»Aber ich hasse sie immer noch, weil sie meinen Vater getötet haben. Und Sina ... und all die anderen unzähligen Menschen, deren Namen wir niemals erfahren werden. Viele der Toten werden nie ein Grab bekommen, weil sie gefressen worden sind, weil sie einfach nicht mehr da sind, nichts von ihnen. Wie kannst du da also tatsächlich glauben, dass alles wieder gut wird, wenn diese Dinge bereits klar sind?« Meine Stimme brach. Ich klang verzweifelter, als ich es für möglich gehalten hätte.

»Ich glaube an die Menschen, die noch immer hier sind und gegen die Wandler kämpfen. Ich glaube daran, dass wir es schaffen, unsere Heimat zurückzubekommen. Und gemeinsam werden wir es auch schaffen, alles wieder aufzubauen. Die Menschheit hat schon viele andere Dinge überlebt, das hier ist nur ein weiterer Teil unserer Geschichte. Es werden neue Kapitel folgen – Kapitel, die davon erzählen werden, wie wir gesiegt haben.«

Er lächelte.

Und ich glaubte ihm.

Kapitel 13

Greyer

Die Tage auf der Erde verliefen ineinander wie Regentropfen, die an Fensterscheiben hinabrannen. Ich sehnte mich nach meinem Zuhause, nach der Natur und den kleinen Städten, die im Einklang mit dem Planeten waren. Die Menschen hingegen hatten jeden noch so kleinen Flecken verbaut, hatten hohe und noch höhere Gebäude errichtet und die Natur zerstört. Früher oder später würde das ihr Verhängnis sein, denn die Erde würde nicht ewig nur geben können. Irgendwann musste sie nehmen und dann würden die Menschen nicht mehr weit mit ihrer Engstirnigkeit kommen.

Es fühlte sich bereits wie eine Ewigkeit an, dass wir den ersten Splitter des Lebenssterns gefunden hatten, und doch war gar nicht so viel Zeit vergangen. Seitdem hatten wir allerdings keinerlei Erfolge zu verzeichnen, weder bei der Suche nach einem weiteren Splitter noch nach dem Kind aus der Prophezeiung. Wir tappten schlichtweg im Dunkeln und das war vollkommen ernüchternd.

Zusammen mit Lean, Darian, Kartha, Aaron und Tanya machte ich mich auf den Weg nach draußen, um wieder einmal nach dem Kind zu forschen. Wir hatten mit Sicherheit irgendetwas übersehen, etwas musste uns entgangen sein. Ganz so wie Sand, der zwischen den Fingern hindurchrinnt, ohne dass man eine Chance hatte, ihn aufzuhalten.

Scherben knirschten unter unseren Füßen und ich sah mich aufmerksam um, spürte jedoch nichts Verdächtiges. Bisher war kein Berkan in der Nähe, nichts, was uns hätte behindern können. Doch mit einem Mal zerriss ein Schuss die Luft und Darian neben mir brach zusammen. Ich wirbelte herum und sah mich zwei Menschen gegenüberstehen: Die kurzhaarige Frau zielte mit einer Pistole auf uns, der Mann mit einem Gewehr. Die Frau drückte erneut ab, doch ich konnte einen Ausweichschritt zur Seite machen und spürte nur noch, wie die Kugel mich am Arm streifte. Ein leises Knurren drang meine Kehle hinauf.

»Ich glaube nicht, dass ihr das durchdacht habt«, teilte ich den Menschen mit. Die Pistole in der Hand der Frau zitterte. Für einen kurzen Augenblick konzentrierte ich mich ganz auf die Körper der beiden, konnte jedoch keinerlei übernatürliche Macht in ihnen spüren, die unserer gleichkommen würde. Keiner der zwei war die Person aus der Prophezeiung, die wir suchten. In ihnen floss lediglich Menschenblut, welches offenbar nur darauf wartete, hinauszuströmen und sich auf dem Boden zu verteilen.

»Euretwegen ist mein Mann tot«, presste die Frau hervor und Tanya stellte sich vor Kartha, die versuchte, Darian aus der Schusslinie zu ziehen. Mitleid keimte in mir auf, Darian hatte bereits einiges über sich ergehen lassen müssen.

Locker stemmte Tanya eine Hand in ihre schmale Taille und betrachtete die Frau. Ihre Kleider waren schmutzig, die dunkelbraunen Haare wirkten ungewaschen. Einzig und allein ihre hellblauen Augen waren wach und glänzten voller Hass.

»Es waren nicht unsere Bomben, die vom Himmel fielen, also mach nicht uns dafür verantwortlich«, erwiderte Tanya scharf und ich konnte sehen, wie ihre gelben Drachenaugen aufflammten. Sie wurde wütend. Und das war definitiv nicht gut für die Menschen.

»Tanya. Zügle dich«, ermahnte ich sie und sie warf mir einen kurzen Blick zu.

»Genau, Missgeburt. Sei brav und hör auf den Wichser.« Der Mann, dessen Kopf kahl geschoren war, schaute uns voller Hass an. Es war definitiv kein Geheimnis, dass die Menschen uns verabscheuten, doch sie kannten nun einmal die Wahrheit nicht. Wie einfach es doch wäre, wenn wir bereits alle Menschen hinter der Mauer hätten! Dann würden wir uns solche Auseinandersetzungen ersparen können.

»Keine gute Idee«, murmelte ich mehr für mich, als ich Tanyas wutverzerrtes Gesicht als Reaktion auf die Worte des Mannes sah. Ein weiteres Knurren stieg in ihrer Kehle auf, ehe sie in einer wahnsinnigen Geschwindigkeit auf die beiden Menschen zuraste. Binnen Sekunden war sie bei ihnen und riss der Frau die Pistole aus der Hand. Mit dem Ellbogen verpasste sie dem hochgewachsenen Mann einen Kinnhaken, sodass er das Gleichgewicht verlor und zurücktaumelte.

»Greyer!«, hörte ich Karthas Stimme und sah kurz zu Lean und Aaron.

»Passt auf Tanya auf!« Ich rannte zu Kartha, die wenige Meter hinter uns zwischen zwei Geröllstücken hockte. Darians Kopf war auf ihrem Schoß gebettet. Ich legte ihr tröstend eine Hand auf die Schulter und sah ihr in die Augen, die smaragdgrün leuchteten.

»Das wird wieder. Wirst du es schaffen, ihn zurückzubringen? Wir müssen weitersuchen ...«

Tapfer nickte sie und einige Strähnen ihres pechschwarzen Haares wurden ihr vom Wind ins Gesicht geweht.

»Ja. Es tut mir leid.«

»Entschuldige dich nicht, Kartha.«

Ich wollte noch etwas hinzufügen, doch meine Stimme erstarb, als ich die Anwesenheit eines Berkan spürte.

»Vorsicht!«, schrie ich gerade noch rechtzeitig, da brach die Bestie bereits zwischen zwei umgestürzten Bäumen hervor und kam mit einem lauten Aufprall auf dem Boden auf.

Das Maul weit aufgerissen hechtete der Berkan zu den Kämpfenden, keine Sekunde später schnappte das riesige Maul zu und versenkte die scharfen Zähne im Arm der Menschenfrau. Ihre Augen weiteten sich vor Schreck und sie schrie schmerzvoll auf, während der Berkan an ihr zerrte und riss, bis die Knochen und Muskeln nachgaben und der Arm im Schlund des Monsters verschwand. Die Schreie dieser Frau würde ich wohl niemals vergessen.

»Bring Darian hier weg, Kartha. Sofort!«, schrie ich, rannte los und stieß mich in letzter Sekunde ab, riss Tanya mit zu Boden. Der Berkan verfehlte uns, sprang über uns hinweg und kam ein paar Meter weiter schlitternd zum Stehen. Geifer tropfte an seinen Lefzen und wütend riss er das Maul zu einem mächtigen Brüllen auf. Die Erde erbebte, kleine Steinchen erzitterten und tanzten auf dem Boden, während ich mich wieder aufrichtete und Tanya auf die Füße zog.

»Wie viele dieser Dinger sind denn noch mitgekommen?«, brachte Tanya stöhnend hervor und fuhr ihre Klauen aus, um anzugreifen. Der Mann, der uns eben noch so selbstsicher gegenübergetreten war, schaute zwischen uns und dem Berkan hin und her, als schien er nicht zu wissen, von wem die größere Gefahr ausging. Er stieß einen Fluch aus und wollte weglaufen, da versperrte ihm ein weiterer, deutlich kleinerer Berkan den Fluchtweg.

»Thomas, du kannst mich nicht zurücklassen!«, schrie die Frau kraftlos, hielt sich den blutenden Stumpf, der wenige Minuten zuvor noch ihr rechter Arm gewesen war. Tanya und Lean stürzten sich auf den größeren Berkan, derweil Aaron das Jungtier angriff. Ich ging auf die junge Frau zu und ließ mich vor ihr auf ein Knie nieder. Ihre hellblauen Augen blickten mich noch immer voller Hass an, selbst in dieser Situation. Warmes dunkelrotes Blut floss über ihre Finger, die sie auf die Wunde pressen wollte. Doch ein Blinder würde sehen, dass das vollkommen zwecklos war.

»Es tut mir leid, dass dein Mann gestorben ist«, sagte ich und griff nach ihrer Waffe. Das kalte Metall fühlte sich seltsam in meiner Hand an, nie zuvor hatten wir mit irdischen Waffen gekämpft oder waren mit ihnen in Berührung gekommen. Einige der Menschen, die sich innerhalb unserer Mauern aufhielten, hatten uns viel über die Erde und das Leben auf diesem Planeten erzählt, sodass wir nun wussten, womit wir es zu tun hatten.

Nämlich einfache Sterbliche, die schon immer davon ausgegangen waren, dass sie die Einzigen in diesem Universum waren. Größenwahnsinnige, die die Welt beherrschen wollten; Reiche, die nicht genug Geld bekommen konnten; Arme, die nicht wussten, wie sie den nächsten Tag oder die nächste Woche überstehen sollten. Ich hatte in kurzer Zeit viel über die Menschheit gelernt und eines war mir klar geworden: Nicht wir waren die Monster. Nicht wir hatten den Planeten zerstört, das hatten sie vor langer Zeit schon selbst begonnen.

»Ich glaube dir kein Wort«, stieß sie zwischen zusammengebissenen Zähnen hervor. Ihr Gesicht war aschfahl, der Blutverlust machte sich bemerkbar. Ich legte die Waffe an die Stirn der sterbenden Frau. Tränen bildeten sich in ihren Augen, doch sie versuchte sie trotz allem zurückzuhalten. »Das ist es, was ihr tut. Ihr tötet uns und schlachtet uns ab, entführt uns und lasst uns nie wieder hinaus. Ich bin lieber tot, als in dieser Welt zu leben.«

Es war fast erschreckend, was sie über uns dachte. Als ich einen Schrei hörte, wandte ich den Blick von ihr ab und sah, wie der Berkan dem kahlköpfigen Mann, den sie Thomas genannt hatte, den Bauch mit seinen giftigen Krallen aufriss. Ich blickte wieder zu ihr. »Wenn du wüsstest, wie falsch du liegst«, erwiderte ich und drückte ab. Dieser Tod war bei Weitem der gnädigste, den sie in dieser Situation hätte bekommen können.

Ein letzter, gurgelnder Laut ertönte und ich hörte den Aufprall, als der größere Berkan zu Boden fiel. Das Jungtier jaulte schrill auf, ehe es zwischen den zerstörten Gebäuden verschwand. Ich ließ die Waffe neben der Leiche fallen und richtete mich wieder auf.

»Wir sollten weiter«, sagte ich leise, den Blick noch immer auf die Frau vor mir gerichtet.

»Was ist mit ihm?«, fragte Lean, der neben mir auftauchte. Er deutete auf den Mann, dessen Shirt bereits voller Blut war.

Ich schüttelte leicht den Kopf. »Der ist sowieso schon tot. Wir müssen unsere Suche fortsetzen, bevor es dunkel wird.«

Kapitel 14

Romy

»Haben sie uns entdeckt?«, flüsterte ich atemlos und lugte aus unserem Versteck hervor. Jakob zog mich augenblicklich wieder hinter die Säule. Mein Herz schlug viel zu schnell und Adrenalin pumpte durch die Adern, ließ das Blut in den Ohren rauschen.

Nachdem wir die völlig intakte Station am Gänsemarkt gefunden hatten, waren Jakob und ich durch die Tunnel zurück an die Oberfläche gegangen. Am Gänsemarkt würde es sicher sein, denn man kam nur dorthin, wenn man den Weg über die Treppen am Stephansplatz nahm und den Bahnschienen so lange folgte, bis man an der zertrümmerten Kreuzung ankam und dann weiter nach rechts lief. Es war vielleicht das perfekte Versteck.

Jakob hatte Björn und Aleksandar Bescheid gegeben, dass wir etwas gefunden hatten, während von Sophie und Thomas noch immer nichts zu hören war. Die bittere Gewissheit, dass sie tot waren, hinterließ ein dumpfes Gefühl in meiner Brust. Doch vielleicht hatten sie es nicht anders gewollt.

Während ich auf direktem Weg zurück zu den Messehallen gehen wollte, hielt Jakob das für keine gute Idee. Ich wollte protestieren, aber es war tatsächlich schlauer, wenn man nicht direkt von A nach B ging, sondern seine Spuren verwischte und einen möglichen Verfolger in die Irre führte.

Wir liefen an der *L'Osteria* vorbei und ich erinnerte mich, wie meine Eltern mich dorthin an meinem sechzehnten Geburtstag eingeladen hatten. Ein kleiner Kloß wollte sich wieder einmal in meinem Hals breitmachen, doch ich schluckte das Gefühl von Wehmut und Trauer hinunter. Jetzt war von dem Restaurant so gut wie nichts mehr übrig.

Ich versuchte, die eingefallenen Gebäude, so gut es ging zu ignorieren. Jakob schien bemerkt zu haben, dass ich einen innerlichen Kampf ausfocht, denn er stieß mir sanft gegen die Schulter und schlug vor, ein Fragespiel zu spielen. Eigentlich war es dumm, denn der eine fragte den anderen etwas, während der Gefragte sich zwei Antworten überlegte. Eine davon war wahr, die andere frei erfunden. Es war an dem, der gefragt hatte, herauszufinden, was die Wahrheit war. Doch es lenkte mich ab und dafür war ich Jakob dankbar.

Als wir in der Nähe des Landgerichts Hamburg waren, hielt Jakob mich plötzlich zurück. Sofort in Alarmbereitschaft blickte ich mich um und sah, was ihn hatte stoppen lassen: eine Gruppe von Wandlern, nur wenige Meter von uns entfernt. Auf die Schnelle konnte ich vier von ihnen sehen, vielleicht lauerten in der Gegend aber noch mehr. Jakob legte einen Finger auf seine Lippen, um mir mitzuteilen, dass wir leise sein mussten. Ich verdrehte die Augen. Als würde ich jetzt Tango tanzen wollen …

So leise es ging, zogen wir uns zum Landgericht zurück. Unter meinen Stiefeln knirschte das Fensterglas und für einen kurzen Moment blieb mir das Herz stehen.

»Da vorn!«, rief plötzlich einer der Wandler und ich sah, wie die hochgewachsene Gestalt auf uns zeigte. Dann waren da keine Gedanken mehr, keine Gefühle, nur noch der pure Überlebensinstinkt.

Jakob und ich rannten los.

Ich hörte unsere Schritte nicht mehr, geschweige denn die der Wandler. Ich nahm kaum ihre Stimmen wahr, die durcheinanderriefen. Ich hätte nicht einmal sagen können, wohin wir liefen, hätte Jakob mich nicht im letzten Moment festgehalten und mich in das Gebäude des Landgerichts gezerrt. Wir rannten weiter und kamen erst zum Stehen, als wir eine breite Säule fanden, hinter der wir uns kurz ausruhen konnten. Ich presste die Hand auf den Bauch, versuchte ruhig zu atmen, doch die Luft kam nur stoßweise zwischen meinen Lippen hervor.

»Verdammte Scheiße«, hörte ich Jakob murmeln, nachdem er einen Blick über die Schulter gewagt hatte. »Sie kommen. Wir müssen hier weg.«

Ich holte noch einmal tief Luft, kämpfte mich auf die Beine und rannte weiter. Sie durften uns auf keinen Fall kriegen. Wären wir erst mal hinter ihren Mauern, würden wir diese nie wieder verlassen.

»Hier runter!«, rief ich und erwischte gerade noch Jakobs Jacke, um ihn die Treppen nach unten zu ziehen. Wir liefen um die Kurve, konnten zwei weitere Stufen hinabgehen – und saßen in der Falle. Riesige Gesteinsbrocken der oberen Treppe waren hinuntergefallen und versperrten nun den Weg in die unteren Etagen. Die Schritte der Wandler kamen näher und wir hatten keine Zeit mehr, um uns ein anderes Versteck zu suchen.

Jakob zog mich in die kleine Nische zwischen Wand und Geröll und schirmte mich mit seinem Körper ab. Ich spürte seinen warmen Atem auf der Haut, hörte den heftigen Herzschlag, der in meiner Brust klopfte. Als ich den Kopf etwas zur Seite legte, konnte ich die Schuhe der Wandler ausmachen. Gegen jegliche Vernunft streckte ich mich etwas, um mehr sehen zu können, denn die Neugier rang die Angst nieder und verlangte von mir, einen Blick auf die Wandler zu werfen.

Und dann sah ich *ihn*.

Er war groß, nicht so groß wie Jakob, dennoch würde er mich vermutlich um anderthalb Köpfe überragen. Seine hellblonden Haare waren fast kinnlang; auf der Seite, die mir zugewandt war, hatte er sich die Strähnen hinters Ohr geschoben, was seine kantigen Gesichtszüge betonte. Ich konnte nur sein Profil erkennen, doch auch so hatte ich einen Blick auf die markanten Wangenknochen. Seine Lippen waren zu einem schmalen Strich zusammengepresst und als er sich umsah, bewegte sich schwarze Farbe an seinem Hals. Ein Tattoo?

»Wo sind sie hin?«, hörte ich eine Frau außerhalb meines Blickfelds fragen.

»Wir müssen sie finden. Teilt euch auf!« Es war die raue Stimme des Blonden, dessen Anblick mich auf irgendeine verquere Weise anzog. Ich spürte eine seltsame Verbundenheit, nahm seine Anwesenheit viel deutlicher wahr, als die der anderen. Es war, als würde sich irgendetwas in mir nach ihm verzehren, obwohl ich ihn nie zuvor gesehen hatte. Das Gefühl machte mir Angst und ruckartig drehte ich den Kopf wieder zu Jakob. Der mir genauso nah war wie in den Tunneln.

Die Schritte der Wandler verklangen in der Ferne und ich wagte es aufzuatmen. Mein Blick suchte den von Jakob, dessen Hand sich an meine Wange legte. Seine braunen Augen waren dunkler geworden und er blickte mich an, als sei ich ein Alien.

»Was tust du nur mit mir?«, fragte er so leise, dass ich mir nicht sicher war, ob es für meine Ohren bestimmt war. Ich fing seinen Blick auf, kurz bevor er zu meinen Lippen wanderte. Ich wusste, was folgen würde. Aber war es das, was ich wollte? Bis vor einer Sekunde hatte ich die Anziehung gespürt, die der Wandler auf mich hatte. Ich wäre am liebsten aus meinem Versteck gekommen und hätte mich selbst ausgeliefert.

Die Gedanken rasten in meinem Kopf. Hatte ich es mir vielleicht nur eingebildet, weil es irgendwie aufregend war, einen Wandler aus nächster Nähe zu sehen, oder war es doch tatsächlich so gewesen? Wenn ja, wieso zur Hölle reagierte ich so auf einen der Wandler? Es war, als wäre ein Teil von mir dazu bestimmt, bei ihm zu sein, seine Nähe zu spüren. Ich erinnerte mich an die Kraft, die mich bereits zwei Mal heimgesucht hatte, erinnerte mich an das übernatürliche Gefühl, nicht ganz menschlich zu sein.

Doch was sollte ich sonst sein? Es musste reine Einbildung gewesen sein. Vielleicht wurde ich auch einfach verrückt, vielleicht hatten Tod und Krieg mich verändert. Vielleicht würde ich bald Reißaus nehmen und als selbst ernannte *Wonderwoman* den Wandlern beitreten. Oder etwas ganz anderes.

Auch als Jakobs Lippen sich auf meine senkten, hörten meine Gedanken nicht auf zu kreisen. Ich wartete, dass mein Puls sich beschleunigte, wartete auf die hundert Schmetterlinge, die in meinem Bauch tanzen mussten, weil Jakob mich küsste. Doch nichts von beidem trat ein und ließ mich in irgendeiner Weise glauben, ich würde mehr für ihn empfinden.

Da war einfach nichts, gar nichts. Es lag nicht daran, dass Jakob kein guter Küsser war – denn das war er definitiv. Ich erwiderte den Kuss, öffnete die Lippen, um seiner Zunge Einlass zu gewähren, wollte irgendetwas spüren, doch die Leere blieb in meiner Brust. Kein Feuer, kein Verlangen, nichts.

Also tat ich das Einzige, was in diesem Moment fair war: Ich stieß ihn von mir. Verwirrt und atemlos blickte er mich an, während ich den Kopf schüttelte.

»Es tut mir leid, Jakob«, flüsterte ich, quetschte mich aus der Nische und lief die Treppen nach oben, um Abstand zwischen uns zu bringen. Mit den Fingern fuhr ich über meine Lippen, doch nichts regte sich in mir. Sollte Jakob tatsächlich Gefühle für mich entwickeln, würde ich ihm nur wehtun. Er war ein guter Freund, quasi mein Wingman, wir halfen einander, retteten einander. Gefühle konnten da so viel kaputt machen.

»Romy, warte!«, ertönte seine Stimme, dann hörte ich die schweren Schritte auf dem Boden, als er mir hinterherkam. Ich wollte ihm nicht sagen, dass ich absolut gar nichts empfunden hatte bei seinem Kuss. Doch offenbar schien er genau das hören zu müssen. Also wirbelte ich herum und zwang ihn somit, stehen zu bleiben.

»Das ist keine gute Idee, hörst du? Ich ... will nicht, dass du mich noch einmal küsst.«

Er fuhr sich etwas überrumpelt über das Gesicht. Licht fiel auf seine Narben. Fünf Stück für fünf Finger, fünf Krallen. Würde ich meine Finger auf diese Narben legen, müsste ich erkennen, dass sie das Muster einer kratzenden Hand malten.

»Ich dachte ...« Schnell schüttelte ich den Kopf und verschränkte die Arme vor der Brust, strich mir mit den Händen kurz über die Oberarme. Es war frisch geworden.

»Nein, Jakob. Ich empfinde nichts in dieser Richtung für dich. Außerdem verkompliziert das alles nur. Du bist ein guter Freund für mich ... nicht mehr, aber auch nicht weniger.«

In die Freundschaftsschublade gesteckt zu werden war richtig scheiße, aber ich hatte keine andere Möglichkeit. Außerdem fand ich es gemein, wenn man nicht ehrlich zueinander war und der andere sich in jemanden verliebte, obwohl für denjenigen von Anfang an klar war, dass es nichts werden würde. Egal wie hart es war, diese Worte auszusprechen, am Ende würde Jakob mir dafür danken.

Doch jetzt presste er die Lippen nur zu einem schmalen Strich zusammen und nickte knapp, ehe er an mir vorbeiging. Ich hoffte inständig, dass er nicht wütend sein und mich für immer ignorieren würde.

***

Aleksandar und Björn waren bereits wieder am Bahnsteig, als Jakob und ich dort ankamen. Von Thomas und Sophie allerdings fehlte noch immer jede Spur und per Funk konnten wir sie auch nicht erreichen. Wir alle mussten also davon ausgehen, dass sie tot waren. Jakob erstattete Wolf kurz Bericht und erzählte auch von den Wandlern, die hier ganz in der Nähe waren.

»Wenn wir umsiedeln, müssen wir vorsichtig sein. Sie haben uns definitiv gesehen.«

Wolf verzog das Gesicht und fuhr sich über den grauen Bartschatten. »Wir werden morgen früh bei Sonnenaufgang losziehen. Wir haben sowieso schon zu lange gewartet; der Plan, an die Stadtgrenze zu kommen, sollte oberste Priorität haben.« Seine Stimme duldete keinen Widerspruch. Eigentlich ...

Jakob schüttelte sofort den Kopf, achtete gar nicht auf Wolfs warnenden Blick. »Wir müssen das gut durchdenken, wir haben Kinder und eine Schwangere dabei, Wolf. Wir können nicht einfach auf blauen Dunst los, wir müssen planen. Außerdem können Thomas und Sophie immer noch am Leben sein und dann werden sie hierherkommen. Was, wenn dann keiner mehr von uns da ist? Sie werden keine Chance haben, uns zu finden.«

»Verabschiede dich von der Hoffnung, Junge. Die ist bereits vor Wochen gestorben. Wenn ich sage, wir brechen morgen früh auf, dann brechen wir morgen früh auf.« Sein kaltes blaues Auge blitzte und schien Eiskristalle zu versprühen. Durch den schmutzigen Verband, der diagonal um Wolfs Kopf geschlungen war und an der Stelle, an dem eigentlich ein Auge hätte sein müssen, einen kleinen Blutfleck aufwies, sah er noch bedrohlicher als ohnehin schon aus.

Jakob stieß einen Fluch hervor, wirbelte herum und lief die Treppen nach oben. Ich hörte, wie er verzweifelt versuchte, per Funk Kontakt zu Thomas und Sophie aufzunehmen. Seufzend strich ich mir eine Haarsträhne beiseite und nahm etwas von den Dosenravioli, um sie über einem kleinen Campingkocher aufzuwärmen. Als die Dose dampfte, ergriff ich sie mit einer Grillzange und goss den Inhalt in eine kleine Metallschale, ehe ich den Kocher ausmachte und zu meiner Ma hinüberging.

»Ich hab dir was zu essen gemacht«, sagte ich leise, als ich bei ihr ankam.

Sie saß wie immer an die Wand gelehnt und starrte auf einen unbestimmten Fleck. Ich stellte die Schüssel neben ihr auf den Boden und strich ihr ein paar fettige Strähnen aus der Stirn. Sie musste unbedingt ihre Haare waschen. Dunkle Ringe hatten sich unter ihren Augen einen Platz gesucht und die Haut wirkte ausgemergelt. Von der einstigen Schönheit meiner Mutter war nichts mehr übrig. Ich setzte mich ihr gegenüber, winkelte die Beine an und stützte die Unterarme auf die Knie.

»Wir ziehen morgen früh um, Ma. Jakob und ich haben am Gänsemarkt eine größere Station gefunden, wo wir mehr Platz haben werden. Da ist so gut wie nichts eingestürzt.«

Keine Reaktion. Sie sah mich nicht einmal an. Kein Glanz stand mehr in der Iris und ließ das Braun so viel heller wirken, als es eigentlich war. Ich presste die Lippen aufeinander und starrte auf den Boden vor mir. Tränen nahmen mir die Sicht und ich wischte sie wütend aus den Augenwinkeln. Als ich meine Mutter erneut ansah, hatte sie doch den Kopf zu mir gedreht.

»Bitte rede mit mir«, versuchte ich es wieder. Sie sah mich an, aber schien mich nicht wahrzunehmen. Am liebsten hätte ich sie geschüttelt, sie voller Verzweiflung angeschrien, dass sie etwas sagen sollte. Dass sie sich nicht einfach so zurückziehen und mich allein lassen konnte. Ich wollte toben und ausrasten, wollte weinen, um mich treten und verzweifeln, weil sie noch immer nicht für ihre einzige Tochter da sein konnte.

Doch alles, was ich tat, war aufzustehen und zu gehen. Ich ließ sie allein, so wie sie mich allein gelassen hatte, denn ich konnte mir ihre geistige Abwesenheit nicht länger antun. War es denn wirklich so schwer, sich an das Leben zu klammern? Sie war so egoistisch, wenn sie weiterhin nur dort saß und nichts tat. Langsam, aber sicher gesellte sich Wut zu der Trauer und Verzweiflung und ich nahm sie dankend an.

Wortlos setzte ich mich zu Luca, der an irgendetwas schnitzte. Mit viel Fantasie konnte ich eine Speerspitze erkennen, die allerdings noch in den Kinderschuhen steckte. Ich lehnte den Kopf gegen die Wand in meinem Rücken und schloss die Augen.

Meinen Vater sterben zu sehen war bereits zu viel für mich gewesen. Meine Mutter allerdings auf diese Weise auch noch zu verlieren, konnte ich nicht verkraften. Ich spürte deutlich, wie etwas in meinem Inneren an dieser Last zerbrach. Doch ich ließ die Gefühle nicht nach außen dringen, konzentrierte mich einfach auf eine ruhige Atmung und hoffte, irgendwann vom Schlaf übermannt zu werden.

***

Was Wolf sagte, war in dieser trostlosen Welt Gesetz. Wenn er also befahl, dass wir im Morgengrauen unsere Sachen packen und aufbrechen sollten, dann taten wir das. Menschlich mochte ich Wolf nicht. Überhaupt nicht. Er war jemand, der keine Menschlichkeit besaß. Er kannte seine Mission, hatte seine Leute, doch auch die würde er opfern, wenn ihn das auf dem Weg zum Ziel ein Stück weit vorwärtsbringen würde.

Vielleicht sollte man ihn beneiden, weil er einen Plan verfolgte und keinerlei Gefühle vergeudete. Vielleicht sollte man ihn aber auch bedauern, weil ihm eben genau die zur Menschlichkeit fehlten. Ich schätzte, dass er wegen des Krieges, seiner Zeit als Soldat, so geworden war. Nicht die Wandler hatten ihn verändert, so wie sie mich beispielsweise verändert hatten, sondern das Leben selbst.

Gerade als wir alle unsere Rucksäcke und Taschen aufgenommen hatten, räusperte Jo sich und kam ein paar Schritte auf Wolf zu. Dieser betrachtete ihn abschätzend mit hochgezogener Braue über seinem verbliebenen Auge. Er sah, was wir alle sahen: dass Jo, und auch niemand sonst aus der Schule, bereit war zu gehen.

»Wir würden gerne hierbleiben. Die Tour von der Schule hierher ist nicht lange her und wir brauchen eine Verschnaufpause. Außerdem sind dann wenigstens ein paar von uns da, falls Sophie und Thomas zurückkehren.«

»Wir fühlen uns hier sicher. Es können ja mehrere kleine Gemeinschaften von uns an verschiedenen Orten leben, wir müssen nicht alle aufeinanderhocken«, sagte Natalie, Jos Freundin, und hielt liebevoll ihren Babybauch.

»So bekommen uns die Wandler auch nicht alle auf einmal«, fügte Jo noch hinzu. Einen kurzen Moment war es still, doch dann nickte Wolf, kramte in der Tasche nach einem Funkgerät und drückte es Jo in die Hand.

»Dann soll es so sein. Wir bleiben per Funk in Kontakt. Für alle anderen: Abmarsch! Wir haben schon genug Zeit vertrödelt. Wenn ihr nicht gefressen werden wollt, dann seht zu, dass ihr Land gewinnt!«, kommandierte Wolf und so ging unsere nun wieder kleiner gewordene Gruppe auf die Bahnschienen, um sich bis zum Stephansplatz durchzuschlagen. Ich hoffte inständig, dass wir ohne Zwischenfälle und Tote zur anderen Station kamen.

»Du bist schon die ganze Zeit so in Gedanken versunken«, merkte Luca nach einer Weile des Schweigens an. Ich hatte mich an seine Fersen geheftet und ging Jakob, so gut es ging, aus dem Weg. Es war mir unangenehm, dass er etwas für mich empfand, was ich nie erwidern würde. Außerdem wäre es einfach nicht fair, wenn ich die ganze Zeit um ihn herumscharwenzeln würde, obwohl er genau wusste, dass sich zwischen uns nie mehr entwickeln würde. Also kurz gesagt: Ich steckte in einer blöden Situation. Ich wollte in seiner Nähe sein, weil er ein guter Freund war und wir, seit die Wandler auf die Erde gekommen waren, aufeinander aufpassten.

Ich holte tiefer Luft als notwendig und blies sie dann mit aufgepusteten Wangen wieder aus, ehe ich Luca antworten konnte. »Jakob und ich haben uns geküsst. Er … empfindet was für mich, aber ich nicht für ihn – und jetzt fühle ich mich schlecht.«

Luca warf mir einen ungläubigen Blick zu. »Meinst du denn nicht, dass du irgendwann Gefühle für ihn entwickeln könntest? Jakob ist wirklich ein guter Kerl und offenbar mag er dich. Wieso ist das so abwegig für dich?«

Ich streckte meine Arme in einer alles umfassenden Geste aus und sah ihn verständnislos an. »Vielleicht, weil ich derzeit andere Dinge im Kopf habe, als mich in irgendjemanden zu verlieben? Außerdem, was hat denn bitte in der jetzigen Zeit eine Zukunft? Ich will mich nicht in jemanden verlieben, der vielleicht morgen schon gar nicht mehr lebt.«

»Aber was führen wir für ein Leben, wenn nicht einmal mehr Liebe wichtig ist?«

Das ließ mich verstummen. Ich heftete den Blick auf den Weg vor mir, versuchte mich darauf zu konzentrieren, nicht umzuknicken, zu stürzen oder sonst irgendetwas Dummes zu tun. Doch die Rädchen in meinem Kopf arbeiteten unaufhörlich, es quietschte und knarzte geradezu, während sie ihre Zähne ineinanderschlugen und sich fortbewegten. Doch egal in welche Richtung sie sich drehten, wie schnell oder langsam, es kam nichts Vernünftiges dabei heraus. Luca hatte zumindest ein klein bisschen recht; was war es für ein Leben, wenn wir nicht einmal mehr der Liebe eine Chance geben wollten?

Den restlichen Weg über schwieg ich. Lucas Worte kreisten in meinem Kopf umher, ohne dass ich sie daraus hätte verbannen können. Musste ich es etwa jetzt als meine Pflicht ansehen, mich in Jakob zu verlieben, nur weil er Gefühle für mich hatte? Bestimmt nicht, oder? Ich hörte ganz tief in mich hinein, versuchte zu verstehen, was ich empfand, was ich wollte.

Doch anstatt, dass Jakob vor meinem inneren Auge auftauchte, sah ich den blonden Wandler vor mir. Ich sah sein markantes Gesicht, die schwarze Farbe eines Tattoos, das in seinem Hemdkragen verschwunden war. Ich dachte an diese heftige Anziehung, die ich bei seinem Anblick verspürt hatte. Was war das nur gewesen? Wieso hatte ich so etwas Seltsames dabei gespürt?

Ich hatte nicht einmal in irgendwelchen Büchern davon gelesen, dass man sich von jemandem so dermaßen angezogen fühlen konnte. Was war nur los mit mir? Jetzt, wo wir zum anderen Bahnsteig gingen und ich für mich allein war, hatten meine Gedanken Zeit, die vergangenen Tage Revue passieren zu lassen.

Ich dachte erneut an die geheimnisvolle Kraft an der Universität. Und erst vor ein paar Stunden dann diese Anziehungskraft! Und was war das gewesen, als wir Sophie und die anderen getroffen hatten? Ich erinnerte mich, dass meine Sinne bis aufs Äußerste geschärft gewesen waren. In dem Moment hatte ich es nicht genau wahrnehmen können, aber wenn ich jetzt drüber nachdachte, lag es ganz klar vor Augen. Hatte ich nicht die Anwesenheit der Menschen überdeutlich gespürt? Hatte ich nicht ihren Herzschlag und ihren Atem *hören* können?

Wie war das überhaupt möglich?

Ich fürchtete mich vor dem, was möglicherweise mit mir passierte. Und fast noch schlimmer war, dass mir mein Bauchgefühl sagte, dass ich mit niemandem darüber reden durfte. Nicht, wenn ich am Leben bleiben wollte.

Kapitel 15

Romy

Wir kamen recht schnell in unserem neuen Versteck an, doch ich hielt es nicht lange am Bahnsteig aus. Meine Mutter war zwar mit uns gegangen, doch sie sprach noch immer kein Wort. Ich hatte ihr die Haare gewaschen und etwas zu essen hingestellt, doch das würde sie vermutlich weiterhin nicht anrühren. Und so langsam fehlte mir die Kraft, täglich weiterzukämpfen, obwohl sie sich schon lange aufgegeben hatte.

Nachdem ich mir einen kleinen Schlafplatz eingerichtet hatte, war ich zu unserem Waschraum gegangen – ein alter Kiosk, der seine besten Tage schon hinter sich hatte. Aber wenigstens gab es ein Waschbecken, aus dessen Hahn sogar noch Wasser kam. Ich kämmte meine völlig verknoteten Haare mit den Fingern aus, wusch sie und band sie zu einem Dutt auf meinem Kopf zusammen. Dann sah ich mich in dem zersplitterten Spiegel an.

Mein Gesicht war blass und schmal geworden. Leichte Schatten lagen unter meinen Augen, die eigentlich so intensiv dunkelbraune Iris leuchtete kaum noch. Ich riss den Blick von meinem Spiegelbild los und atmete tief durch. Bilder der alten Romy flackerten vor meinem inneren Auge auf, mein frisch rot gefärbtes Haar, das Make-up, welches ich täglich benutzt hatte, die guten Klamotten und der immer passende Nagellack.

Jetzt waren meine Haare verblasst, verfilzt und ich hatte Dreck unter den kurzen Nägeln, die Haut war teilweise aufgeschürft und blutig. Fast schon verzweifelt drehte ich den Wasserhahn wieder auf, riss eine kleine Handbürste vom Beckenrand und schrubbte meine Finger, bis die Wunden sich öffneten und das Wasser sich rot färbte. Tränen rannen mir die Wangen hinab. Tränen, die ich lange gar nicht bemerkt hatte.

Ich zwang mich zur Ruhe, atmete tief durch die Nase ein und aus, ignorierte den beißenden Gestank in dem Kiosk und beruhigte mich wieder ein bisschen. Dann säuberte ich meine Finger noch einmal, wartete, dass das Blut nicht mehr floss und wischte mir die Tränen von den Wangen. Ich durfte nicht schwach wirken. Ich durfte nicht an alldem zerbrechen.

Noch einmal sog ich die abgestandene Luft tief ein, dann verließ ich den improvisierten Waschraum, kehrte zum Schlafplatz zurück und nahm meine Waffen auf, um sie an ihren Platz zu stecken. Ein Messer im Stiefelschacht, eins am Gürtel. Eine Pistole im Hosenbund. Ich zog die fingerlosen Lederhandschuhe an, die ich irgendwo auf dem Weg hierher gefunden hatte, und ging zu den Schienen, um hinunterzuklettern.

»Willst du schon wieder hoch?«, fragte eine nur zu bekannte Stimme irgendwo über mir und ich schaute hoch auf den Bahnsteig, nachdem ich auf dem Gleisbett aufgekommen war. Die Steine knirschten unter meinen Füßen und ich hakte die Finger unter die Gurte des Rucksacks.

»Ja. Ich will die Umgebung erkunden, sehen, ob ich was finden kann, was wir brauchen können.«

»Lass mich mitkommen«, sagte Jakob, doch ich schüttelte den Kopf.

»Nichts für ungut, aber ich brauch etwas Zeit für mich, okay?« Er seufzte tief, zog die Augenbrauen zusammen. Ich konnte sehen, wie seine Kiefer mahlten.

»Dann nimm wenigstens das Funkgerät mit. Wenn irgendetwas ist, funkst du mich an. Dann bin ich sofort bei dir.« Er warf es mir zu und ich fing es auf, nickte und steckte es weg. Ich wollte noch ein »Was soll mir schon passieren?« hinzufügen, doch ich verkniff mir die Antwort, ging die Gleise entlang und in den düsteren Tunnel hinein, um zur Treppe zu gelangen, die mich an die Oberfläche bringen würde.

***

Es war beruhigend, allein umherzustreifen. Eine ganze Weile lief ich einfach irgendwohin, hing meinen rastlosen Gedanken nach und war froh um die Stille, die sich um mich herum ausgebreitet hatte. Kein Wandler war zu sehen, kein Berkan zu hören. Ich atmete die frische Luft ein, streckte das Gesicht in Richtung der Sonne und schloss die Augen – einfach, um die Sonnenstrahlen zu genießen. Fast hätte sich mir ein Lächeln auf die Lippen geschlichen. Aber nur fast.

Mein Weg führte mich immer weiter, bis ich auf einen Supermarkt stieß, der noch ganz gut aussah. Ich hielt mich einen Augenblick versteckt, besah mir die Umgebung ganz genau, bis ich mir sicher war, dass sich nirgendwo ein Monster versteckte. Erst dann richtete ich mich langsam so weit auf, dass ich geduckt durch die Trümmer streifen konnte und in den Laden gelangte.

Als ich hinter der zersprungenen Glastür stand, wartete ich erneut, lauschte auf jegliche Geräusche, konnte allerdings noch immer nichts ausmachen. Ich entschied, dass es sicher war, holte eine zweite Tasche aus dem Rucksack und schlich mich weiter ins Innere des Ladens.

Ein leises Keuchen ließ mich erstarren, gerade als ich zu den Dosen und Gläsern gehen wollte. Langsam, fast wie in Zeitlupe, drehte ich mich um. Und hätte beinahe hysterisch aufgelacht. Vor mir, an eines der Regale gelehnt, saß Thomas – völlig in sich zusammengesunken.

Ich überwand die wenigen Schritte, fiel vor ihm auf die Knie und legte eine Hand an seine aufgerissene Wange. Er sah übel aus. Sein Gesicht war mit Schnitten übersät, das einst graue T-Shirt war an seiner linken Schulter blutdurchtränkt und ich sah, wie eine Wunde noch immer blutete.

»Hey, Thomas. Kannst du mich hören?« Ich riss mir die Tasche vom Rücken, zog erst die Jacke und dann meine Strickjacke darunter aus, um diese als einen provisorischen Verband um seine Schulter zu binden und die Blutung zu stoppen. Wer wusste schon, wie lange er hier bereits saß? Er öffnete ein Augenlid. Sein rechtes Auge aber war so dick zugeschwollen, dass er keine Chance hatte, es zu öffnen.

»Romy?«, krächzte er und ich nickte, führte eine Flasche Wasser zutage und schraubte sie für ihn auf.

»Ja, genau die. Was ist bloß passiert?«

Er nahm gierige Schlucke, hustete und murmelte unverständliches Zeug von Wandlern und Berkan. Mein Blick glitt von seiner verschwitzten Stirn über die Wunden im Gesicht, hinunter zur Schulter und schließlich zu seinem Bauch. Ich war erst davon ausgegangen, dass das ganze Blut von der

Verletzung an seiner Schulter kam, doch jetzt sah ich die tiefe Wunde an seinem Bauch. Mit zittrigen Fingern griff ich nach dem Saum des T-Shirts und zog es hoch.

Der Gestank nach Verwesung wehte mir entgegen, als ich die mit schwarzen Äderchen und Eiter verquollene Wunde entdeckte. Es sah furchtbar aus. Mir wurde übel und ich musste die freie Hand vor Mund und Nase schlagen, damit ich mich nicht übergab. Schnell ließ ich das Shirt wieder los. Die schwarzen Äderchen sprachen für sich: Berkangift.

Er musste entweder von einer Pranke erwischt worden sein oder aber von dem mit Stacheln besetzten Schweif. Die Aussicht darauf, hier lebend mit ihm hinauszukommen, schwand mit jeder Sekunde.

»Thomas, kannst du laufen?«, fragte ich ihn ohne einen Funken von Hoffnung und schaute ihm wieder ins Gesicht. Er hatte das eine Auge bereits wieder geschlossen, lag nun kraftlos am Regal und schien gar nicht mehr da zu sein. Ich stieß einen Fluch aus und riss das Funkgerät von der Halterung am Gurt meines Rucksacks.

»Jakob? Jakob, bitte kommen! Jakob?!« Es rauschte in der Leitung, sonst war es still. Mein Herz setzte ein paar Schläge aus. Was sollte ich denn nur machen, wenn Jakob nicht antwortete? Wenn ich auf mich allein gestellt war und keine Chance auf irgendwelche Hilfe hatte? Thomas war doppelt so groß und dreimal so breit wie ich, wie – zur Hölle! – sollte ich diesen Mann bis zum Stephansplatz bringen?

Ich war weit gelaufen, war, wie ich jetzt mit einem panischen Blick aus der Fensterfront bemerkte, zu nah an der Mauer, die von den Wandlern errichtet wurde. Ich konnte den Teil sehen, an dem sie vermutlich gerade arbeiteten, denn er war noch nicht fertig. Die Mauer würde vermutlich in wenigen Wochen eine ganz eigene Stadt eingrenzen. Doch darüber konnte ich mir jetzt keine Gedanken machen.

»Jakob!«, stieß ich erneut verzweifelt vor. Es rauschte, dann hörte ich ein leises Knacken und schließlich Jakobs Stimme. Fast hätte ich vor Erleichterung geweint.

»Romy? Was ist passiert? Wo bist du?«

»Ich bin in einem Supermarkt in der Nähe der Elbpromenade. I…ich hab Thomas gefunden, er ist schwer verletzt. Ich kann ihn nicht allein zurückbringen.«

Stille. Dann ein Knacken.

»Ich mache mich sofort auf den Weg. Bleib, wo du bist, okay?«

Ich wollte antworten, wollte ihm sagen, dass ich warten würde, doch das leise Geräusch von knirschendem Glas und ein darauf folgendes Schnüffeln bewirkte, dass mir die Worte im Hals stecken blieben. Jeder Muskel in meinem Körper war bis aufs Äußerste angespannt, als ich die Luft anhielt und horchte.

Da war es wieder. Ganz deutlich. Ein Schnüffeln, etwas blies die Luft durch gewaltige Nasenlöcher aus. Eine Träne lief meine Wange hinab, als ich den Knopf am Funkgerät drückte.

»Jakob, ich … ich glaube hier ist etwas«, flüsterte ich halb erstickt. Ich konnte nichts gegen die Angst in meiner Stimme tun, denn das war es, was mich gerade vollkommen ausfüllte: Angst. Die Angst, dass es ein Berkan war, der wenige Regale von mir entfernt nach Futter suchte. Die Angst, dass er uns fand und ich nichts für Thomas tun konnte; die Angst, dass wir beide sterben würden.

Wieder knackte es in der Leitung. *»Bleib am Leben, verstanden?! Versteck dich und warte, bis wir kommen. Du darfst nicht sterben, Romy!«*

Ich nickte, als würde er mich sehen können. Dann flüsterte ich ein leises »Okay«, obwohl gar nichts okay war. Ich legte das Funkgerät zur Seite, atmete tief durch und zwang mich nachzudenken. Das Schnüffeln wurde lauter, dann hörte ich, wie der Berkan gierig die Zähne aufeinanderschlug. Vielleicht hatte er irgendetwas gefunden, was er fressen konnte.

Ich blickte zu Thomas. Seine Augen waren geschlossen, der Atem ging schwer. Er war völlig weggetreten, bekam nichts von unserer Situation mit. Kurz beneidete ich ihn, vermutlich würde er es nicht mal merken, wenn er aufgefressen wurde.

Dann fiel mein Blick auf das Sturmgewehr, das neben ihm lag. Vor Glück, vielleicht doch nicht sterben zu müssen, schnappte ich nach Luft. Ich kroch über den mit Dreck überzogenen Boden, schnappte mir den Gurt des Gewehres, legte ihn mir um und umfasste die schwere Waffe. Meine Knie zitterten ebenso wie meine Finger. Aber ich durfte jetzt nicht aufgeben.

Jakob würde spätestens in fünfundvierzig Minuten hier aufschlagen. Vielleicht fanden sie sogar Fahrzeuge, die noch intakt waren, und konnten hierherfahren. Dann würden sie vielleicht in einer Viertelstunde bei uns sein. Meine Hände verkrampften sich um den Griff des Sturmgewehrs. Sollte ich einfach nur dasitzen und warten oder versuchen, diese Kreatur zu töten oder wenigstens von Thomas wegzuschaffen? Allein hatte ich vielleicht eine Chance, würde ich allerdings hier drinbleiben und Thomas verteidigen müssen, wäre das unser beider Tod.

Meine Entscheidung war zwar getroffen, doch ich war wie gelähmt, kauerte noch immer in dem Gang, in dem Thomas langsam, aber sicher starb. Ich schloss die Augen und sagte mir wieder und wieder, dass ich es schaffen würde. Thomas retten. Am Leben bleiben. Ich konnte das. Langsam und darauf bedacht, keine Geräusche von mir zu geben, schlich ich durch die Gänge – auf das Schnüffeln zu. Als ich bei der Fleischabteilung ankam, vermischte sich der beißende Gestank des Berkan mit dem des verrotteten Fleisches.

Vorsichtig lehnte ich mich gegen das Seitenteil eines Regals und lugte in den Gang. Gierig verspeiste der Berkan das verdorbene Fleisch und Wurstpackungen, die bereits aufgedunsen und voller Feuchtigkeit waren. Ich zog mich zurück und lehnte mich mit dem Rücken mehr gegen das Regal. Der Berkan war relativ klein, vermutlich war er noch nicht ausgewachsen. Auch wenn diese Viecher nicht zu unterschätzen waren, konnte ich das vielleicht schaffen.

Er war nicht ausgewachsen, vielleicht auch dumm, sagte ich mir. Er war jung, unerfahren. Scheiße. Ich würde sterben. Panik sickerte durch, doch ich zwang mich ruhig zu bleiben.

Ich dachte an meine Eltern. An Sina und Luca, sogar an Jakob. Ich dachte an die vielen Menschen, die bereits gestorben waren, dachte an die, die niemals ein Grab bekommen würden, weil es nichts mehr von ihnen gab.

Ich schloss die Augen und zwang mich zur Ruhe; das Sturmgewehr zwischen meinen Beinen war klobig und groß, doch ich würde es schaffen. Für mich. Für Thomas. Und für all die Menschen, die sich nicht mehr selbst verteidigen konnten.

Ohne weiter nachzudenken, lud ich das Gewehr und stürzte aus dem Versteck. Der Berkan hob ruckartig den Kopf, seine Nasenflügel bewegten sich, als er mich witterte. Blinde milchige Augen starrten mir entgegen. Ich schrie. Und schoss. Eine Kugel nach der anderen traf den brüllenden Berkan, doch es machte ihm nichts aus. Ich zielte auf das weit aufgerissene Maul, als er mit schnellen Sprüngen auf mich zukam.

Im letzten Moment warf ich mich zu Boden und rollte zur Seite, der Berkan verfehlte mich und schlitterte über den gefliesten Boden, direkt in zwei weitere Regale, die über ihm zusammenfielen. Ich ließ mir keine Zeit, den Schmerz wahrzunehmen, der durch meinen Oberschenkel schoss, als sich eine Glasscherbe in mein Fleisch bohrte, sondern sprang sogleich auf die Füße und hechtete zum Ausgang. Ich musste diese Kreatur von Thomas fernhalten. Brüllend rappelte sie sich auf und hastete mir in blinder Gier hinterher.

Ich rannte auf die offene Straße, warf einen panischen Blick über die Schulter und sah, wie der Berkan durch die letzten Glasscherben der Türen brach. Der Rahmen gab ächzend nach und krachte geräuschvoll auf den Boden. Ich richtete den Blick wieder nach vorn, zu spät jedoch, um den hochgekommenen Asphalt zu sehen. Ich stolperte, stürzte und fiel der Länge nach auf den Boden.

Augenblicklich rollte ich mich auf den Rücken, richtete mich in eine halb sitzende Position auf, doch ich konnte nicht mehr fliehen. Der Berkan war zu nah, zu schnell. Ich hatte keine Chance. Ich würde sterben. Mit einem siegesgewissen Brüllen setzte der Berkan zum Sprung an. Instinktiv riss ich die Arme vors Gesicht, auch wenn ich wusste, wie sinnlos das war.

Urplötzlich stob eine heiße Macht durch meinen Körper und sammelte sich in meinen Händen, ehe ich das laute Kreischen des Berkan und einen darauf folgenden dumpfen Aufprall hörte. Ich wartete auf den Schmerz, auf die Zähne, die sich gleich in mein Fleisch bohren würden, doch es kam nichts.

Ruckartig öffnete ich die Augen und ließ die Hände sinken. Noch immer spürte ich die Hitze, die von meinen Fingern ausging. Doch der Anblick des Berkan, wenige Schritte vor mir, verlangte nach meiner ganzen Aufmerksamkeit.

Der leblose Körper lag auf der Straße, Flammen züngelten um und auf ihm, brannten sich durch Haut und Fleisch. Fassungslos sah ich zurück auf meine Hände, zwischen den Fingern tänzelten die letzten sanften Flammen, ehe sie verschwanden. Alles in mir schrie, doch ich brachte nichts weiter zustande, als ein paar Zentimeter rückwärts zu robben.

Mein Magen drehte sich um und ich schaffte es gerade noch, mich auf die Knie aufzurichten, bevor ich dessen Inhalt auf die Straße erbrach. Ich würgte so heftig, dass mir Tränen in die Augen schossen. Der beißende Gestank von verbrennendem Fleisch stieg mir in die Nase und mein Magen krampfte sich erneut schmerzhaft zusammen. Keuchend kroch ich von meinem Erbrochenen fort, als ich nicht mehr würgen konnte.

Kalter Schweiß war mir ausgebrochen, der Pullover klebte an meinem Rücken und ich war mir sicher, dass ich ganz grün im Gesicht war. Wieder musste ich zu dem brennenden Berkan sehen. Wie zur Hölle war das passiert? Hatte ich gar nicht dagesessen und auf den sicheren Tod gewartet, sondern eines meiner Streichhölzer angezündet? Hatte ich vielleicht einen solch heftigen Adrenalinrausch erlebt, dass ich jetzt nicht mehr wusste, was überhaupt passiert war?

Ich rief mir die Flammen, die sich warm und kraftvoll in meinen Händen angefühlt hatten, ins Gedächtnis und sah auf meine Hände. Ich hatte diese Kraft schon einmal gespürt. Was passierte nur mit mir? War ich vielleicht gar kein normaler Mensch? Panik erfasste mich und schnürte mir die Kehle zu. Was, wenn meine Gruppe es herausfand? Wenn Wolf dahinterkam, dass ich anscheinend doch nicht ganz menschlich war? Sie würden mich töten, mich mit den Wandlern gleichsetzen und mir eine Kugel in den Kopf jagen.

Zitternd richtete ich mich auf und humpelte an dem toten Berkan vorbei. Ich nahm das Sturmgewehr, schleppte mich zurück in den Supermarkt und ließ alles Seltsame hinter mir.

Zu meinem Glück saß Thomas noch an Ort und Stelle und atmete. Ich ließ mich gegenüber von ihm gegen eines der Regale sinken und keuchte, als sich der Schmerz in meinem Oberschenkel langsam, aber sicher heftig bemerkbar machte. Kurz sah ich mich nach irgendetwas um, was ich als provisorischen Verband benutzen konnte, dann fiel mir mein Rucksack ins Auge. Tatsächlich fand ich in dessen Innerem eine Mullbinde und ein paar saubere Tücher. Perfekt. Ich war besser vorbereitet, als ich mir selbst zugetraut hatte.

Ich atmete tief durch, ehe ich die Glasscherbe aus meinem Bein zog. Ich erstickte den Schrei im Ärmel meines Pullovers und blinzelte die Tränen fort, um einen festen Verband anzulegen. Nachdem das geschafft war, lehnte ich den Kopf kraftlos gegen das Regal hinter mir und schloss die Augen. Das Feuer tanzte vor meinem inneren Auge und sosehr ich auch versuchte die Gedanken abzuschalten, es funktionierte nicht.

Tief im Inneren wusste ich, dass irgendetwas nicht mit mir stimmte, doch was war es? Und mit wem konnte ich schon darüber reden? Wenn ich jemandem die Wahrheit erzählte – die Wahrheit, in der ich mit bloßen Händen Feuer heraufbeschworen hatte –, dann würde mich meine eigene Gruppe töten. Denn diese Eigenschaft war nicht normal, sie war nicht von dieser Welt. Was also war ich?

***

Ich wusste nicht, wie lange ich wartete, doch als es langsam dunkel wurde, döste ich immer wieder ein. Der Adrenalinschub war schon lange fort und ich glaubte nicht mehr daran, dass Jakob auftauchen würde. Der Weg hierher war nicht endlos weit und es dauerte bestimmt schon Stunden. Vielleicht würde niemand kommen, um mir zu helfen Thomas zu retten.

Schritte rissen mich aus einem unruhigen Dämmerzustand und ich richtete sofort zitternd das Gewehr vor mir aus. Doch anstatt mich einem Wandler oder einem Berkan gegenüberzusehen, blickte ich in die Gesichter von Jakob, Aleksandar und Markus. Erleichterung durchflutete mich und ich ließ das Gewehr sinken.

»O Gott«, hauchte ich. Tausend Gefühle brachen über mich ein und ich spürte die erste Träne. Als Jakob seine Waffe gegen eines der Regale stellte und sich voller Erleichterung vor mich hockte, brach ein Damm und ich weinte. Ich weinte so sehr, dass Jakob mich in eine Umarmung zog, mich hin und her wiegte und mir ständig sagte, dass alles gut werden würde.

»Du bist in Sicherheit, Romy. Alles ist gut, wir sind bei dir, okay?« Er flüsterte leise in mein Ohr, seine große Hand lag an meinem Hinterkopf, der andere Arm war um meine Taille geschlungen. Ich verbarg das Gesicht an seiner Uniformjacke und klammerte mich verzweifelt an ihn. Ich war in Sicherheit. Ich war nicht mehr allein, keine Wandler hatten mich gefunden und kein weiterer Berkan hatte versucht mich zu töten. Ich hatte es tatsächlich geschafft.

Als ich mich von ihm löste, musste ich die Nase hochziehen und wischte mir mit dem Ärmel über das Gesicht.

»Warum hat das so lange gedauert?«, fragte ich, als ich mich etwas beruhigt hatte und Markus gerade dabei war, einen Geländewagen kurzzuschließen. Jakob und ich standen vor dem Supermarkt, er hatte einen Arm um mich geschlungen und ich versuchte überallhin zu schauen, außer zu dem noch immer rauchenden Rest des Berkan.

»Wolf wollte keine Truppe losschicken, um dich zu suchen. Er meinte, ein einziges Mädchen und ein Mann, der vermutlich mehr tot als lebendig ist, seien es nicht wert, drei gute Männer rauszuschicken. Aleksandar und Markus haben sich aber Sorgen gemacht und wir mussten warten, bis es dunkel wurde und Wolfs Aufmerksamkeit nicht mehr auf uns lag. Es tut mir leid, dass du das durchgemacht hast. Wir hätten dir irgendwie Bescheid gegeben, aber er hat uns die Funkgeräte abgenommen.«

Ich antwortete nicht darauf. Mir hätte klar sein müssen, dass Wolf nicht einfach seine besten Leute losschickte, um mich und den halb toten Thomas zu finden. Aber ich hatte keine andere Wahl gehabt, ich hätte ihn hier niemals allein herausbekommen. Und das genau war es nun mal, was wir taten: Wir waren füreinander da.

Als Markus endlich einen Wagen zum Laufen gebracht hatte, hievten die Männer Thomas auf die Ladefläche, während Aleksandar sich ans Steuer setzte und Jakob und Markus bei dem Verwundeten blieben. Ich setzte mich auf den Beifahrersitz, lehnte die Stirn an die kühle Scheibe und schloss die Augen. Feuer tanzte in meinen Gedanken, züngelte an den Fingern und wollte meine Arme hinaufkriechen. Ich spürte die Hitze, die von den Flammen ausging, doch sie verbrannte mich nicht. Fast war es so, als wäre das Feuer ein Teil von mir, es konnte mich nicht verletzen.

***

»Romy? Wir sind da.« Die Stimme fraß sich in mein Bewusstsein und ich kämpfte gegen die Müdigkeit an, die mich fest im Griff hatte. Als ich die Augen öffnete, waren nur noch Jakob und ich im Wagen. Ich fuhr mir mit den Fingern über die Stirn, Schmerz pochte darunter und drohte meinen Schädel zu zerschmettern.

»Wo sind die anderen?«, fragte ich.

»Wir haben direkt an der Treppe geparkt und Thomas zum Bahnsteig geschafft. Du hast fest geschlafen, deswegen habe ich dich nicht geweckt. Um unsere Spuren zu verwischen, wollte ich den Wagen entfernt vom Stephansplatz abstellen.«

»Was ist mit Thomas?« Ich schaute auf meine Finger, die mit Blut verklebt waren. Irgendwie war ich mir gar nicht sicher, ob ich wirklich hören wollte, wie es ihm ging. Die Wunden an seinem Bauch waren ernst gewesen, mit Sicherheit hatte sich das Gift schon so weit vorgefressen, dass ihm kaum noch Zeit blieb.

»Marie kümmert sich um ihn. Es sieht nicht gut aus, seine Wunden sind ziemlich übel«, bestätigte er. »Es grenzt an ein Wunder, dass er überhaupt noch gelebt hat, als du ihn gefunden hast.«

Ich nickte abwesend, dann herrschte einen Moment Stille. Mein Blick heftete sich an einen unbestimmten Punkt irgendwo da draußen, ehe ich die Hand an den Griff legte und die Tür öffnen wollte, um endlich nach Hause zu gehen. Jakob allerdings griff an mir vorbei und zog die Tür des Pick-ups wieder zu. Erschrocken blickte ich ihn an.

»Wie hast du es geschafft, den Berkan zu töten?«, fragte er und blickte mir in die Augen. Die Innenraumbeleuchtung der zerbeulten X-Klasse erhellte sein Gesicht. Ich schüttelte den Kopf.

»Ich weiß es nicht. I…ich hatte das Gewehr von Thomas, der Berkan war noch klein. Ich habe ihn rausgelockt, weil ich dachte, ich hätte so eine größere Chance. Ich habe immer wieder auf ihn geschossen, bis er gefallen ist und sich irgendwo aufgespießt haben muss. Er hat geblutet und wollte sich trotzdem losreißen. Ich … ich hatte noch Streichhölzer und habe ihn angezündet. Es war eine Kurzschlussreaktion.«

Erneut wollten Tränen mir die Sicht nehmen und ich wandte den Blick ab, damit Jakob sie nicht sehen konnte. Ich schloss die Augen und atmete tief durch, zwang mich zur Ruhe und schüttelte erneut den Kopf.

»Ich schätze, es war einfach Glückssache, dass er festhing und nicht weiterkonnte. Sonst wäre ich tot.« Die Lüge kam mir leichter über die Lippen, als ich es je für möglich gehalten hätte. Doch was hätte ich auch großartig erzählen können? *Ach, übrigens, ich habe den Berkan mit meinen bloßen Händen in Brand gesetzt? Ich entwickle so etwas wie Superkräfte und werde den Wandlern immer ähnlicher?* Ja, das hätte wahrscheinlich die erwünschte Reaktion ausgelöst. Mir blieb keine andere Wahl, als über das, was heute tatsächlich passiert war, zu schweigen.

»Du hattest wirklich Glück, Romy. Das mit den Streichhölzern war wirklich schlau. Ich wäre vermutlich hilflos dumm geblieben.« Ein kurzes Lächeln erschien auf Jakobs Lippen, doch es war nicht echt. Er glaubte mir nicht. »Besonders, dass er sich verletzt hat, kurz bevor du ihn angezündet hast … ich habe gar kein Blut gesehen.«

Panik stieg in mir auf. Wieso zur Hölle glaubte er mir nicht? Woher kam plötzlich dieses Misstrauen zwischen uns? Nervös zupfte ich an meinen Fingernägeln. »Können wir jetzt bitte einfach zum Bahnsteig? Ich bin völlig erledigt …«

»Was verschweigst du mir, Romy?«

»Nichts! Ich sage dir die Wahrheit. Wie hätte ich den Berkan denn sonst töten sollen?«

Er zuckte mit den Schultern, ließ mich keine Sekunde aus den Augen. »Ich weiß nicht, sag du es mir. Irgendwie bist du verändert, Romy. Du hast diesen Blick ... irgendwas ist in deinen Augen.«

Fast hätte ich hysterisch gelacht. Was sollte bitte in meinen Augen sein? Ich versuchte mir die Panik nicht anmerken zu lassen und fuhr mir müde über die Stirn. »Jakob, das ist völliger Schwachsinn. Ich bin todmüde und die Strapazen von heute rauben mir wirklich den letzten Nerv. Können wir bitte einfach zur Station gehen?«

Er presste die Lippen aufeinander, ehe er nickte. »Ja, sicher.«

Wir stiegen aus dem Wagen und ich folgte wenige Schritte hinter ihm, allerdings nicht ohne einen kurzen Blick in die Fensterscheibe des Mercedes zu werfen. Erschrocken starrte ich auf mein verschwommenes Spiegelbild und konnte erkennen, dass in meinen Augen etwas schimmerte. Er hatte recht gehabt, irgendetwas passierte mit mir und das konnte man sogar nach außen hin sehen. Damit Jakob nicht noch mehr Verdacht schöpfte, sah ich zu, dass ich zu ihm aufschloss.

Auch wenn ich körperlich vollkommen erschöpft war, mein Bein wehtat und ich das Gefühl hatte, jeden Moment umzufallen und tagelang schlafen zu können, waren meine Gedanken hellwach. Das Misstrauen machte plötzlich Sinn. In meinen Augen tanzten Flammen und ich wurde den Wandlern immer ähnlicher. Ich steckte echt in der Klemme.

Kapitel 16

Greyer

Neben dem Platz am Wasser war das Dach mein liebster Zufluchtsort auf der Erde geworden. Dieser Ort erinnerte mich an Davantos, an mein Haus mit dem großzügigen Balkon. Dort konnte ich immer durchatmen. Es tat gut, den Himmel jetzt so nah über mir zu wissen und ein bisschen das Gefühl von Heimat und Normalität zu verspüren. Hier konnte ich meinen Gedanken freien Lauf lassen, einen kurzen Moment für mich sein.

So auch jetzt.

Ich hatte diese Anziehung gespürt, dieses mächtige Gefühl, welches mit nichts anderem zu vergleichen war, als wir dem Mädchen gefolgt waren. Etwas tief in mir wusste, dass sie diejenige war, nach der wir suchten, und der Drang, wieder nach draußen zu gehen und sie zu finden, war fast unerträglich. Irgendwo dort war sie, kämpfte um ihr Leben und hielt uns für die Bösen – die, vor denen sie Angst haben musste. Ich konnte gar nicht mit Worten beschreiben, wie sehr ich sie finden wollte.

»Wie lange stehst du schon da?«, fragte ich, als mein Gedankenkarussell eine kurze Pause einlegte und ich Leans Anwesenheit spürte. Ich drehte mich zu ihm um und sah, wie er auf mich zukam.

Kurz zuckte er mit den Schultern. »Einen Moment. Du hast diese Person gefunden, oder?«

Ich befeuchtete meine Lippen und fuhr mir durch das hellblonde Haar. Der Wind zerrte augenblicklich erneut an einzelnen Strähnen und blies sie mir zurück in die Stirn. Ein Seufzen verließ meine Kehle. »Nicht ganz. Wir haben sie verloren, dieses ... Gefühl war plötzlich weg, als wäre sie zu weit entfernt. Aber ich habe deutlich ihre Macht gespürt.« Skeptisch hob ich eine Augenbraue, als Leans Lippen sich zu einem wissenden Grinsen verzogen. »Was?«

»Hast du nur ihre Macht gespürt oder auch was anderes?« Er hob abwehrend die Hände, als er meinen Blick sah. »Hey, nichts für ungut, aber ich kenne dich. Du würdest dich nicht hier oben verkriechen, wenn nicht irgendetwas wäre.«

Ich ließ mir einen Moment Zeit, um über meine Antwort nachzudenken. Was hatte ich denn gespürt? Wenn ich ehrlich war, war es nicht von dieser Welt gewesen. Als ich sie gesehen hatte, kurz bevor sie mit dem Kerl an ihrer Seite fortgelaufen war, da hatte ich diese Verbundenheit gespürt. Obwohl ich sie nie zuvor wirklich gesehen hatte. Die Anziehungskraft hatte mich schier in den Wahnsinn treiben wollen; alles, was ich mir in diesem Moment wünschte, war, sie bei mir zu wissen. Und dann war es urplötzlich fort gewesen ...

»Ich weiß es nicht, Lean. Sie ist das Kind aus der Prophezeiung und ... sie ist mehr als nur eine junge Frau.« Ich zuckte mit den Schultern, konnte es nicht in Worte fassen. Doch eigentlich wusste ich ganz genau, was passiert war. Drachenwandler verliebten sich nicht einfach so in jemanden und trennten sich vielleicht nach ein paar Monaten oder Jahren wieder.

Wenn Wandler einander fanden, dann war es für die Ewigkeit, die relativ lange anhalten konnte, wenn man bedachte, wie hoch die Lebensdauer von Wandlern war. Wir konnten uns den Partner nicht aussuchen, hatten keine Macht über das, was passierte, wenn es nun mal geschah. Und wenn es so weit war, dann würde man alles für denjenigen tun – alles, was notwendig war, damit die Person glücklich war.

Es war völlig verrückt. Ich kannte sie doch überhaupt nicht! Doch diese Anziehungskraft, dieses Band, welches ich deutlich gespürt hatte, sprach die Wahrheit. Und ich musste sie finden, jetzt mehr denn je.

»Es war ja klar, dass dir eine einfache Wandlerin nicht reicht«, seufzte Lean übertrieben und boxte mich an die Schulter. Ich stieß einen Laut aus, der halb Lachen, halb Schnauben war. Als hätte ich mir das ausgesucht!

»Glaub mir, Lean, es hätte auch gerne etwas einfacher sein können«, erwiderte ich mit einem kurzen Lachen. »Ich denke nicht, dass sie sehr begeistert von uns sein wird, geschweige denn von mir, wenn wir sie hierher bringen. Es wird eine Menge zu erklären geben und sie ist bereits zu lange dort draußen. Ich will mir nicht ausmalen, was sie alles schon mit ansehen musste.« Ich spürte, wie sich automatisch meine Stirn in Falten legte.

Diese junge Frau hatte bestimmt mehr als genug Schlimmes erlebt, schließlich waren die Berkan dort draußen und sie waren immer hungrig. Ganz gleich, wann man auf sie traf, sie würden töten. Ich erwischte mich dabei, wie ich mir für sie wünschte, dass sie von all diesem Leid nichts mitbekommen möge, doch natürlich war das vollkommenes Wunschdenken.

»Wir müssen sie unbedingt finden!«

»Ich weiß. Ich werde jeden Stein umdrehen, um sie zu finden. Jeder von uns wird es tun.«

»Ich muss selbst gehen«, gab ich zurück.

»Nein. Du bist unser Anführer, Greyer, wir brauchen dich hier. Wenn du zu oft draußen bist, fangen die Leute an zu reden und zu spekulieren.«

»Worüber sollten sie reden? Ich bin kein Herrscher, Lean, ich werde nicht auf einem Thron sitzen und darauf warten, dass meine Leute die Arbeit für mich erledigen! Ich bin nicht Kasimir!« Ich spürte, wie meine Pupillen sich vertikal verzogen, und wusste, dass meine Drachenaugen sich zeigten. Aufgebracht fuhr ich mir über das Gesicht und wandte mich von Lean ab. Wieder hob er beschwichtigend die Hände.

»Ganz ruhig. Jeder weiß, dass du nicht Kasimir bist. Dennoch brauchen sie dich hier und wenn dir etwas passiert, hat keiner mehr Hoffnung. Lass Tanya, Aaron und mich nach ihr suchen.«

Ich presste die Lippen zu einem schmalen Strich zusammen und blickte über die Gebäude, die sich am Rand des Wassers eng aneinanderreihten. Alles in mir sträubte sich dagegen, hierzubleiben und abzuwarten. Ich wollte raus, wollte unbedingt nach diesem Mädchen suchen. In meinem Inneren tobte ein Sturm Hunderter verschiedener Gefühle; nach außen hin ließ ich mir davon allerdings nichts anmerken.

»Du hast ja recht«, gab ich nach. »Nimm auch Kain mit, er wird euch draußen nützlich sein.«

Lean nickte, ehe er einmal respektvoll den Kopf neigte. »Wie du wünschst.«

Ohne ein weiteres Wort ließ er mich allein mit meinen tobenden Gefühlen auf dem Dach stehen. Ich blickte ihm nicht hinterher, schaute auf die zerstörte Stadt und fragte mich, wo sie sich bloß aufhalten könnte. Was, wenn sie schon gar nicht mehr lebte? Wenn sie irgendwo verletzt lag und Hilfe brauchte? Ich schüttelte den Kopf, um diese Gedanken loszuwerden. Ich durfte mir nicht die schlimmsten Szenarien ausmalen. Außerdem würde ich es spüren, wenn sie bereits tot wäre.

Meine Gedanken schweiften weiter und ich erwischte mich dabei, wie ich tatsächlich darüber nachdachte, ob sie vielleicht das Gleiche gespürt hatte wie ich.

Kapitel 17

Romy

Es dauerte ein paar Tage, ehe ich wieder nach draußen gehen konnte. Die Ereignisse im Supermarkt hatten mir gezeigt, dass etwas mit mir passierte, und ich wusste beim besten Willen nicht, was es war. Seit ich das Feuer offenbar heraufbeschworen hatte, geisterten seltsame Bilder in meinen Träumen umher. Es waren wirre Träume, völlig unzusammenhängend, doch zwei Dinge waren jede Nacht klar zu erkennen: der Wandler mit dem hellblonden Haar und ein roter glühender Kristall, in dessen Innerem Feuer zu tanzen schien.

Ich hatte keine Ahnung, was mit mir geschah, warum ich solche Dinge sah und konnte. Und was war mit diesem Wandler, den wir im Landgericht getroffen hatten? Die Anziehung, die ich dort gespürt hatte, war nicht von dieser Welt gewesen. Es war nicht so, als würde ich Jakob sehen und mir denken, dass er attraktiv war. Es war etwas anderes, Stärkeres. Als hätte mein Herz ein Leben lang darauf gewartet, ihn zu treffen. Als wäre uns bestimmt zusammen zu sein. Und das machte mir Angst. Denn das alles war größer als ich und hatte vermutlich mehr Bedeutung, als ich jetzt erkennen konnte.

Dazu mischte sich die Angst, nicht normal zu sein. Siebzehn Jahre lang hatte ich geglaubt, ein normales Mädchen zu sein. Nicht sonderlich beliebt, eine gute Schülerin und ein leidenschaftlicher Bücherwurm. Doch jetzt schien alles anders zu sein, alles hatte sich verändert. Nicht nur die Welt, die mit den Folgen des Angriffs zu kämpfen hatte, sondern ich mich selbst. Von Grund auf.

Zudem fragte ich mich, wie es überhaupt möglich war, dass ich solche … Dinge, wie Feuer heraufzubeschwören, konnte. Bis vor Kurzem hatte ich nicht mal im Traum daran gedacht, dass so etwas wie andere Welten existierten und jetzt sollte ich selbst Feuer heraufbeschwören können? War ich seit meiner Geburt so veranlagt und es brach jetzt erst heraus oder war irgendetwas mit mir passiert? War ich vielleicht infiziert worden, gab es bei den Wandlern eine Krankheit, die mir erst Stärke verlieh und mich dann von innen heraus zerstörte? Es gab so viele Fragen, auf die ich keine Antwort erhalten würde. Jedenfalls nicht hier in den Tunneln.

Natürlich dachte ich über die Möglichkeit nach, dass die Wandler mir in diesem Punkt vielleicht behilflich sein könnten. Zunächst verwarf ich diesen Gedanken sofort wieder, es war einfach zu absurd. Die Wandler hatten unsere Stadt, vermutlich unser ganzes Land zerstört. Sie töteten; wieso sollten sie mir also helfen?

Doch je länger und öfter ich darüber nachdachte, desto verlockender wurde der Gedanke. Ich wollte herausfinden, was mit mir geschah, und vielleicht würde ich die Antworten nur bei ihnen finden. Aber ich hätte nicht einfach zur Mauer gehen und an ihre Tür klopfen können. Das Risiko, dass sie auch mich nie wieder aus ihrer eigens erbauten Stadt lassen würden, war einfach zu hoch.

Also tat ich tagelang nichts, hörte Thomas' flacher Atmung zu, seinen Schreien, wenn er mal wieder zu Bewusstsein kam, und schließlich lauschte ich in die Stille hinein, als die Wunden ihn zerfressen hatten. Es war von Anfang an klar gewesen, dass er absolut keine Chance hatte. Nicht mit diesen Verletzungen. Dennoch traf mich sein Tod.

Die plötzliche Stille, die Thomas' Tod in den Bahnsteig gebracht hatte, ließ die Gedanken in meinem Kopf aufbrausen. Ich fühlte mich immer noch benommen, irgendwie ein bisschen so, als hätte man den Pausen-Knopf gedrückt und mich bisher nicht wieder angeschaltet. Und es nervte mich selbst. Dennoch konnte ich kaum etwas dagegen tun, meine Gedanken kreisten umher, bissen sich fest und ließen mir keine Möglichkeit, richtig durchzuatmen.

Bis ich mitbekam, dass Wolf eine Gruppe losschicken wollte, die an die Stadtgrenze gehen sollte.

Ich brachte meiner Mutter gerade eine Schale mit Dosensuppe, als ich hörte, wie Wolf mit Jakob eine Route festlegte. Vielleicht würde ich immer Angst haben, wieder an die Oberfläche zu gehen, wenn ich es nicht einfach in Angriff nehmen würde. Es war, als wäre man in einer Fahrstunde gegen einen Kantstein gefahren und traute sich nun nicht mehr, in den Wagen zu steigen.

Aber ich hatte keine Lust mehr, mich selbst zu bemitleiden und hier unten meinen Gedanken nachzuhängen, ich wollte etwas tun, musste etwas tun, um nicht wahnsinnig zu werden. Ehe ich mich's versah, hatte ich die Schale vor meiner Mutter abgestellt und war zu den beiden Männern hinübergegangen.

»Ich möchte mitgehen.«

Zwei skeptische Blicke legten sich auf mich, doch bevor Wolf mir verbieten konnte mit an die Stadtgrenze zu gehen, atmete ich tief durch und redete weiter.

»Bitte. Ich werde hier unten wahnsinnig und ihr wisst, dass ich gut da draußen bin. Ich will etwas tun, bitte. Ich will helfen.«

Wolf verschränkte die muskulösen Arme vor der Brust und betrachtete mich durch sein verbliebenes eisblaues Auge. Ich wusste nicht, was in seinem Kopf vorging, und vielleicht hoffte er bloß, dass ich draußen draufgehen würde, doch schließlich sah er Jakob an.

»Du bist der Anführer des Teams. Willst du sie dabeihaben?«

Jakob öffnete ratlos den Mund, schloss ihn aber direkt wieder. Er sah mich kurz an und ich konnte noch immer dieses Misstrauen, diese Distanz in seinem Blick erkennen. Das, was er vor ein paar Tagen in meinen Augen gesehen hatte, war ihm offenbar noch immer nicht geheuer. Aber ich konnte ihn verstehen – ich hatte den schwachen roten Schimmer in ihnen auch bemerkt und es jagte mir eine Riesenangst ein! Nicht zu vergessen das Feuer, welches ich mit bloßen Händen heraufbeschworen hatte.

»Jaa, wieso nicht?«, sagte er dann lahm und ohne viel Überzeugung. Ich wusste, dass er mich eigentlich nicht dabeihaben wollte, dennoch war ich erleichtert, dass ich endlich wieder etwas würde tun können. Vielleicht wollte er mich aber auch ein bisschen im Auge behalten, sehen, ob ich unter Umständen von Anfang an eine Wandlerin gewesen war. Aber das war

Quatsch – denn mein Blut war rot und ich war schon immer menschlich gewesen. Nicht wahr?

»Gut, dann packt eure Sachen«, wies Wolf uns beide an und ich nickte, ehe ich zu meinem Schlafplatz zurückkehrte, wo mein Rucksack und die Waffen lagen.

»Ich finde nicht, dass das eine gute Idee ist, Romy. Du bist gerade erst dem Tod von der Schippe gesprungen, wieso willst du jetzt sofort wieder da hinaus?« Lucas Stimme klang besorgt, ein bisschen Unverständnis schwang auch in ihr mit. Ich hatte gar nicht mitbekommen, dass er uns belauscht hatte.

»Du weißt, dass ich es hasse, hier unten festzusitzen«, erwiderte ich und schob ein Messer in den Stiefelschacht, ein weiteres in meinen Gürtel. Fast schon routiniert griff ich nach der Pistole, checkte das Magazin und ließ es mit einem Klicken wieder einrasten. Noch immer hielt ich nicht viel von Waffen, doch sie würden uns vielleicht das Leben retten, wenn wir auf dem Weg zur Grenze angegriffen wurden. Und ich wollte auf alles vorbereitet sein – denn so naiv und dumm zu glauben, dass uns nichts geschehen würde, war ich nicht mehr.

»Bis zur Stadtgrenze zu gehen ist eine Selbstmordaktion«, beharrte Luca und legte eine Hand auf meinen Unterarm, um mich in meiner Bewegung zu stoppen. Ich sah ihm in die besorgten graublauen Augen und seufzte.

»Wir müssen es wenigstens versuchen. Wolf hat einen Plan und, wer weiß, vielleicht finden wir einen Weg, unbemerkt aus der Stadt zu kommen!« Ich schulterte den Rucksack und zog die Gurte fest, damit er nicht verrutschen konnte. Mein Herz begann langsam, aber sicher etwas schneller zu schlagen und ich spürte, wie Aufregung in mir kribbelte. Dazu kam jedoch dieses flaue Gefühl in der Magengegend und die Sorge, dass ich vielleicht etwas tat, was mich in Gefahr und den Wandlern näher brachte. Auch wenn ich auf der einen Seite wissen wollte, was geschah, so wollte ich dennoch nicht sein wie sie. Ich stand völlig zwischen den Stühlen und wusste nicht, was richtig war.

»Pass auf dich auf, okay? Ich ... kann dich nicht auch noch verlieren.«

»Ich weiß. Und das wirst du auch nicht«, erwiderte ich und zog meinen besten Freund in eine feste Umarmung. Nachdem wir uns gelöst und ich ihm ein aufmunterndes Abschiedslächeln zugeworfen hatte, ging ich zu meiner Mutter und hockte mich vor sie. Ihre Suppe war unberührt.

»Hey, Ma? Ich werd ein, zwei Tage nicht hier sein, weil wir an die Stadtgrenze gehen.«

Ihr Blick aus blutunterlaufenen Augen zuckte zu mir und sie sah mich an. Vielleicht auch durch mich hindurch.

»Hast du gehört?« Sie brachte tatsächlich ein schwaches Nicken zustande und ich spürte, wie sich ein erleichtertes Lächeln auf meine Lippen stahl. Dann schob ich die Schale mit der Suppe näher zu ihr. »Iss das, ja? Das wird dir guttun.«

»Sei vorsichtig«, nuschelte sie, als ich aufgestanden war und ihr den Rücken zugekehrt hatte. Vielleicht hatte ich mich auch verhört, denn als ich mich zu ihr umdrehte, nippte sie nur an ihrer Suppenschale. Aber das war schon ein richtig großer Fortschritt und ich war erleichtert sie so zurücklassen zu können. Vielleicht schaffte sie endlich den Absprung und würde zurück ins Leben gelangen.

***

Zusammen mit Finja, Markus, Aleksandar, Kai, Julia und Dawid fand ich mich am Bahnsteig ein. Jakob erwartete uns bereits und schaute alle außer mir kurz an.

»Okay, ihr wisst, wohin die Reise geht. Unsere Mission ist es, die Stadtgrenze zu erreichen und eine Möglichkeit zu finden, aus Hamburg zu fliehen. Unser Weg führt uns zunächst nach Bahrenfeld, wo wir, je nachdem wann wir ankommen, eine Pause einlegen werden. Dann geht es weiter Richtung Schenefeld. Wir versuchen es über den Bornpark, da haben wir hoffentlich genug Deckungsmöglichkeiten. Jeder von uns kennt die Gefahren dort draußen, an der Grenze müssen wir mit allem rechnen. Wenn ihr Wandler seht, versteckt euch, wenn ihr Berkan seht, lasst euch nicht töten. Alles klar so weit? Dann los.«

Unsere kleine Gruppe setzte sich in Bewegung und ich spürte, wie die Nervosität sich in mir einnistete. Ein Blick zu Jakob verriet mir, dass er stur geradeaus schaute und mich überhaupt nicht beachtete.

Erzählt, was beim Supermarkt wirklich geschehen war, hatte ich niemandem. Nicht einmal Luca wusste, was ich durchmachte. Die offizielle Geschichte war, dass ich einfach verdammtes Glück gehabt hatte – und ich nie geglaubt hätte in so einer Situation dazu noch imstande zu sein, meinen Verstand zu benutzen. Zu meinem großen Glück fragte auch schon bald niemand mehr genauer nach. Nicht einmal Jakob, in dessen Miene immer Misstrauen stand, sobald ich davon erzählen musste.

Zu meinem Glück schien er seine Entdeckung beziehungsweise seinen Verdacht niemandem mitzuteilen. Würde Wolf wissen, was Jakob in meinen Augen gesehen hatte, wäre ich auf der Stelle tot. Ich verstand nicht ganz, warum Jakob das tat, warum er mich nicht sofort auslieferte oder mich anschrie, mich mit einer Waffe bedrohte und mich töten wollte, aber dafür war ich ihm dankbar, unendlich dankbar. Vielleicht konnte ich es auf seine Gefühle schieben, die offenbar stärker waren, als ich anfangs gedacht hatte.

Mein Herz klopfte heftig, als wir die letzten Stufen hinter uns ließen und vom Licht der Sonne geblendet wurden. Ich atmete tief die frische Luft ein und fuhr mir durch das offene Haar. Meine Finger blieben in dicken Knoten hängen und ich zog das ausgeleierte Haarband vom Handgelenk, um sie mir zu einem Dutt zusammenzubinden. Einige Strähnen meines fast hüftlangen Haares waren bereits verfilzt. Die mangelnde Hygiene unten in der Bahnstation zerrte an uns allen und immer wieder nahm ich mir vor eine Bürste zu suchen.

Doch wenn es dann so weit war und wir draußen waren, vergaß ich es. Luca neckte mich immer wieder wegen der dicken Knoten in den Haaren, aber ich schob seine Plänkeleien beiseite. Vor ein paar Wochen noch waren mir meine Haare mit das Wichtigste gewesen, ich war so stolz, wie lang und gesund sie geworden waren. Jetzt hatte ich ein einziges Vogelnest auf dem Kopf, das dringend beseitigt werden musste.

Unser Weg führte uns durch das Karolinenviertel von Hamburg. Ich versuchte, so gut es ging, die Zerstörung um mich herum auszublenden und nicht in irgendwelchen Erinnerungen zu schwelgen, die mir kamen, wenn ich Orte sah, die ich mit Freunden oder Familie besucht hatte. Es ging einfach nicht in meinem Kopf rein: Wie konnten wir nie auch nur geahnt haben, dass es noch andere Lebewesen in diesem Universum gab?

»Vorsicht«, flüsterte jemand gerade so laut, dass ich es hören konnte. Mit einem Schlag waren all die Gedanken fortgewischt und ich konzentrierte mich voll und ganz auf die Umgebung. Schnell sah ich das, weswegen Aleksandar uns zur Vorsicht berufen hatte.

Nicht allzu weit entfernt von uns lag ein Berkan. Der riesige Körper schien nicht mehr am Leben zu sein, dennoch mussten wir auf der Hut sein. Vielleicht waren noch Wandler in der Nähe. Durch die vielen Geröllteile auf den Straßen hatten wir die Kreatur ziemlich spät entdeckt. Ich hoffte inständig, dass wir einen Wandler schneller sehen würden, sodass wir noch fliehen konnten.

»Okay, er scheint tot zu sein. Wir gehen zum Wohlerspark, die Route ist sicherer, denke ich.« Jakob bedeutete uns den Rückzug anzutreten und wie eine Einheit bewegten wir uns leise und geduckt von dem toten Berkan weg. Erst zwei Querstraßen weiter wagten wir es, wieder aufrecht zu gehen und keine Deckung zwischen den Gebäuden oder Trümmerteilen zu suchen.

Jakob sah sich noch immer aufmerksam um. Und ich fragte mich, ob ich meine Sinne würde schärfen können. Irgendetwas stimmte zweifelsohne nicht mit mir, doch vielleicht würde ich mir das zum Vorteil machen können, wenn ich mich darauf einließ. Wenn ich die Kontrolle abgab und mich dieser mystischen Macht in mir einfach für einen Moment hingab. Vielleicht wären meine Sinne dann geschärft und ich hörte Berkan in der Nähe oder spürte Wandler.

»Hey, Romy. Nicht träumen«, warnte mich Finja und ich schob die Gedanken fort.

»Sorry«, nuschelte ich, ehe ich wieder voll und ganz im Hier und Jetzt war. Als ich meine Umgebung wieder klar wahrnahm, wusste ich auch, dass es eine dumme Idee gewesen wäre, mich auf diese seltsamen Fähigkeiten zu konzentrieren. Was, wenn meine Augen dann wieder geleuchtet hätten?

Oder ich es nicht kontrollieren könnte und meine Hände wieder in Flammen ständen? Ich wäre sofort tot.

Wir liefen schweigend und ohne Zwischenfall weiter, bis Jakob uns erneut ein Zeichen gab, stehen zu bleiben.

»Was ist? Siehst du was?«, fragte Markus an den Soldaten gerichtet, doch Jakob schüttelte leicht den Kopf.

»Noch nicht. Aber die Bahnschienen vor uns sind eine große offene Fläche. Wir haben keinerlei Deckung, wenn wir dort entlanggehen.«

Ich reckte den Hals etwas, um zu sehen, was Jakob meinte. Vor uns lagen mehrere breite Bahnschienen, ich konnte den Bahnwasserturm sehen und das, was Jakob beunruhigte: keinerlei Deckungsmöglichkeiten. Tatsächlich. Es war ein offenes Feld, wir würden jederzeit gesehen und angegriffen werden können. Ich rief mir die Karte von Hamburg ins Gedächtnis, doch hier war ich zu selten gewesen, als dass ich hätte sagen können, wo es sicherer war. Andererseits würden uns die Wandler eh finden, wenn sie das wollten.

»Romy!«, zischte Jakob, als ich aus unserer Deckung trat und mich kurz umsah. Dann atmete ich tief durch und lief geradewegs über die Schienen. Ich ließ den Wasserturm hinter mir und ging weiter, bis ich zwischen zwei riesigen Hallen stand und mich wieder verstecken konnte. Erst dann blickte ich zurück und sah, dass sich bisher noch keiner meiner Leute getraut hatte mir hinterherzulaufen. Ich seufzte. Dann trat ich zwischen den sicheren Wänden wieder hervor und winkte die Gruppe zu mir herüber. Tatsächlich war es Finja, die als Erste ihre Deckung verließ und zu mir gejoggt kam. Die anderen taten es ihr dann nach.

»Was sollte das?!«, fuhr Jakob mich an und ich zuckte mit den Schultern.

»Wenn die Wandler uns finden wollen, dann werden sie das auch. Ganz egal, ob wir uns verstecken können oder nicht. Außerdem müssen wir weiterkommen, oder nicht?« Herausfordernd blickte ich ihm in die Augen.

»Hey, wir haben keine Zeit zum Streiten. Kommt schon, wir müssen weiter.« Dawid klopfte Jakob auf die Schulter, ehe die Gruppe an uns vorbeizog. Ich hielt seinem Blick noch einen Moment stand, ehe ich mich umdrehte und den anderen folgte. Bis nach Bahrenfeld waren es noch ein paar Kilometer und die wollte ich langsam, aber sicher hinter mich bringen.

Die nächste Zeit herrschte eisige Stille zwischen mir und Jakob. Ich konnte verstehen, dass er sauer war, weil ich seine Befehle missachtet hatte und einfach gegangen war. Und vielleicht sprach er noch immer ungern mit mir, weil er nicht verstand, was er vor ein paar Tagen gesehen hatte.

Himmel, ich verstand es ja selbst nicht! Und ich würde nur zu gerne mit irgendjemandem darüber reden, aber ich traute mich nicht. Wir alle hier wollten die Wandler tot sehen, weil sie auf unseren Planeten gekommen waren und uns völlig zerstört hatten. Wenn sich nun herausstellte, dass ich eine von ihnen war ... nein! Darüber wollte ich einfach nicht nachdenken.

Es dauerte eine Dreiviertelstunde, ehe wir in Bahrenfeld ankamen. Zugegeben, wir hätten schneller sein können, aber jeder von uns rechnete mit einem Angriff.

»Okay, lasst uns irgendetwas finden, wo wir eine kurze Pause einlegen können.«

»Nicht weit von hier ist ein Kommissariat. Vielleicht können wir dort noch etwas Nützliches entdecken. Oder jemanden.«

Jakob nickte und klopfte Markus auf die Schulter. »Du hast recht. Wir können auch dort verschnaufen.«

Das Kommissariat war tatsächlich nicht weit von uns entfernt. Von außen sah es völlig leer aus, doch vielleicht täuschte das ja und wir begegneten jemandem, der uns helfen würde. Je größer unsere Gruppe war, desto mehr Chancen hatten wir im Endeffekt.

Doch auch dieses Gebäude blieb eine Enttäuschung. Nachdem wir uns einen Weg ins Innere gesucht hatten, wurde auf den ersten Blick klar, dass es hier nichts mehr gab. Alles, was wir vorfanden, waren Leichen. Es musste ein richtiger Kampf ausgebrochen sein, als die Wandler auf die Erde gekommen waren.

Ich spürte die Gänsehaut auf meinem ganzen Körper und wie ich auf Autopilot umschaltete. Ich versuchte, das alles nicht an mich heranzulassen, auszublenden, wie viele Menschen in diesen Räumen den Tod gefunden hatten.

»Lasst uns hier verschwinden«, flüsterte ich erstickt, als wir etwas weiter vorgedrungen waren und viele Beamte vorfanden, die es nicht rechtzeitig heraus geschafft hatten. Teile des Gebäudes waren zerstört, eine alles vernichtende Schwärze zog sich über die Wände und zeigte uns, dass es gebrannt haben musste. Es war ein Schlachtfeld.

Ich konnte keine Sekunde länger hierbleiben. Ehe ich mich's versah, war ich umgedreht und rannte die Treppen hinab, die wir gekommen waren. Etwas schnürte mir die Brust zu und in meinem Kopf war ein Gedanke ganz klar: Ich war vielleicht ein Teil von diesen Wesen, die die Menschen abgeschlachtet hatten. Mir drehte sich der Magen um und ich schaffte es gerade noch aus dem Gebäude heraus, bevor ich mich übergab.

»Hey, es ist alles gut.« Julia war bei mir und strich mir behutsam über den Rücken. Mein Magen krampfte sich zusammen, doch es war nichts mehr da, was ich hätte nach draußen befördern können. »Geht es?«, fragte sie mich und ich nickte, nachdem ich mir mit dem Handrücken über den Mund gewischt hatte.

»Ja, es ... tut mir leid.«

Julia schüttelte den Kopf. »Entschuldige dich nicht, Romy. Das da drinnen ... ich habe keine Worte dafür, wie grausam es ist.«

Ich nickte schwach, fühlte mich immer noch ganz elend. Wenn Julia nur wüsste, dass ich mich nicht nur übergeben hatte, weil ich die Leichen nicht sehen konnte! Mehr denn je kehrte der heftige Wunsch zurück, mich jemandem anzuvertrauen. Mit jemandem über das zu reden, was wirklich im Supermarkt geschehen war.

»Ist sonst noch irgendetwas?« Ihre blauen Augen musterten mich und für einen kurzen Moment, wollte ich es ihr sagen. Wollte die Lippen öffnen und ihr die Wahrheit erzählen. Doch dann kamen Jakob und die anderen aus dem Kommissariat und der Moment war vorbei. Ich schüttelte den Kopf.

»Nein, danke. Alles gut.« Ich löste mich von ihr und fuhr mir über das Gesicht.

»Lasst uns gehen. Es sind noch knapp fünf Kilometer, die wir zurücklegen müssen. Ich will heute Abend jeden von uns wieder am Bahnsteig sehen.« Mit diesen Worten scheuchte Jakob uns weiter. Wir setzten uns in Bewegung und als ich an ihm vorbeilaufen wollte, hielt er mich fest.

Irritiert sah ich in sein Gesicht. Sein Blick war skeptisch, aber dieses Mal konnte ich auch einen Hauch Sorge in den dunklen Augen sehen.

»Ist alles in Ordnung mit dir? Das da drin war ziemlich heftig.«

Ich nickte. Wieder. »Nein, alles okay. Ich … hab nur schwache Nerven.«

»Das hat nichts mit schwachen Nerven zu tun, Romy.«

»Lass uns einfach nicht mehr dran denken, ja? Ich will das hinter mir lassen«, erwiderte ich und schenkte ihm ein schwaches Lächeln, was vermutlich eher nach einer Grimasse aussah.

Jakob seufzte. »Ja, klar. Komm, wir müssen los.«

***

Die nächsten Kilometer waren still. Keiner von uns sagte noch etwas nach dem, was im Kommissariat geschehen war. Was wir gesehen hatten, war für niemanden von uns leicht zu verdauen, deswegen hing jeder Einzelne seinen eigenen Gedanken hinterher. Ich versuchte die Bilder zu verdrängen, aber es gelang mir nicht.

»Scheiße, runter!«, rief jemand plötzlich und als wäre ein Schalter umgelegt worden, waren wir alle in Alarmbereitschaft und duckten uns. Mein Puls begann zu rasen und ich überlegte fieberhaft, wo wir waren. Am Park jedenfalls noch nicht, was also passierte hier gerade?

Ich spürte es, bevor ich ihn sehen konnte …

Spürte diese heftige Anziehung tief in mir, spürte, wie ich aufstehen und zu ihm gehen wollte. Ich ballte die Hände zu Fäusten, jagte mir selbst die Fingernägel ins Fleisch und hoffte, dieser Schmerz würde meinen Verstand vom Nebel befreien.

»Romy!«, flüsterte jemand eindringlich, ich glaubte, es war Finja. Doch ich war wie erstarrt, mitten auf der Straße. Einige Meter vor mir stand *er*. Dadurch, dass ich hinter einem verbeulten Kombi Schutz gefunden hatte, konnte er mich nicht sofort sehen. Doch ich sah ihn durch die Seitenscheibe, spürte wie mein Herz begann zu rasen. Und dann schien er es auch zu spüren.

Er drehte sich um. Sein Gesprächspartner war anscheinend nicht mehr wichtig, seine Augen leuchteten so wunderschön türkis auf, dass ich es aus der Entfernung sehen konnte. Das blonde Haar hatte er an den Seiten wieder hinter die Ohren geklemmt, die schwarze Jacke schmeichelte seiner schlanken Figur. Ich war völlig in seinen Bann gezogen, alles in mir wollte zu ihm. Ich wollte mich ausliefern, um bei ihm zu sein.

»Scheiße! Passt auf!« Es waren Schüsse, die mich zurück ins Hier und Jetzt holten. Ich blickte zwischen die Häuser, dort, wo meine Gruppe Schutz gefunden hatte, und sah drei Wandler bei ihnen. Automatisch griff ich nach der Waffe und entsicherte sie. Vorbei war die magische Anziehung, die ich verspürt hatte, vorbei war die Sehnsucht, die mein Herz schier zerreißen wollte.

Es ging alles so furchtbar schnell. Ich war aus meinem Versteck gesprungen, hielt die Pistole vor mich und schoss – daneben. Meine Hände zitterten; ich verkrampfte die Finger um den kalten Griff und schoss noch einmal. Dieses Mal traf ich den Wandler, der sich Julia gegriffen hatte, in die Schulter. Er knurrte auf und die leuchtenden Drachenaugen zeigten sich.

»Greyer, nein!« Mein Blick schnellte in die Richtung, aus der das Geschrei zu hören war. Der blonde Wandler kam auf mich zu und ich richtete die Pistole auf ihn.

»Komm nicht näher!«, schrie ich ihn panisch an, weil die Gefühle in mir schon wieder begannen Achterbahn zu fahren. Auf einmal zerriss ein markerschütterndes Brüllen die Luft und ich konnte sehen, wie Berkan zwischen den zerstörten Gebäuden auftauchten und gegen die Wandler kämpften. Eine Hand schloss sich um meinen Unterarm und riss mich mit sich, fort von dem blonden Wandler.

Das Letzte, was ich sah, war ein Berkan, der sich auf ihn stürzte. Dann rannte ich.

Kapitel 18

Romy

Ich fühlte mich wie in einer Blase. Das Chaos, das um mich herum herrschte, wirkte nicht real, klang so unendlich weit weg und doch so nah, als würde ich selbst gleich von einem Berkan angegriffen werden.

Es war ein heilloses Durcheinander.

Jakob, der mich von dem blonden Wandler weggezerrt hatte, hatte seine Finger noch immer schmerzhaft fest um mein Handgelenk geschlossen. Wir rannten, aber ich bekam keine Luft mehr. Hinter uns wütete ein schrecklicher Kampf und ich konnte nicht anders, als mich immer wieder umzuschauen. Von dem blonden Wandler war keine Spur, seit sich der Berkan auf ihn gestürzt hatte.

Mein Herz schlug mir bis in die Kehle und ich spürte das Adrenalin im Blut, jedoch erbrachte es nicht den gewünschten Effekt, denn ich stolperte bloß hinter Jakob her, bis ich schließlich an einem Geröllstück hängen blieb und fiel. Ich konnte mich mit den Händen abfangen, fühlte sogleich den heißen Schmerz, weil ich mir die Haut abgeschürft hatte.

»Romy! Wir können nicht stehen bleiben, komm schon!« Ich sah zu Jakob hoch. Die Situation erinnerte mich an damals – als er mich auf der Straße gerettet hatte. Ich hatte dieses alberne Sommerkleid getragen, hatte die Flipflops verloren und war ein verängstigtes Mädchen gewesen, das nicht wusste, was vor sich ging.

Wer war ich jetzt? Und wer war dieser blonde Wandler? Lebte er überhaupt noch?

»Romy!« Erneut mein Name. Erneut diese Stimme. Ich spürte zwei Hände an meinen Wangen, im nächsten Moment wurde mein Kopf hochgerissen, sodass ich in ein Paar dunkelbraune Augen blicken musste. »Wir dürfen nicht hierbleiben, hörst du mich? Wir müssen weiter, wir müssen weg von hier. Die Wandler kriegen uns sonst.«

Ich blinzelte mehrfach, ehe sich meine Sicht klärte und ich tatsächlich wieder da war. Die Blase war verschwunden, das Brüllen eines Berkan war ohrenbetäubend, hallte in meinem Körper wider und ließ meine Knochen vibrieren. Ganz langsam verstand ich, in welcher Situation wir waren, verstand Jakobs Worte und dass wir hier wegmussten.

»Scheiße«, murmelte ich und umfasste Jakobs Hand, die noch immer auf meiner Wange lag.

Ein schwaches Grinsen machte sich auf seinem Gesicht breit. »Du sagst es. Schön, dass du wieder da bist. Komm schon.«

Ich ließ mir von ihm aufhelfen und beeilte mich ihm zu folgen. Wir mussten hier weg, ganz dringend. Die Schreie der Wandler und das Gebrüll der Bestien wurden immer leiser, je weiter wir rannten. Ich hatte jegliche Orientierung verloren, wusste nicht, wo wir waren oder wie wir zurück zum Bahnsteig kommen würden. Und ich hatte auch keine Ahnung, wie lange wir rannten, bis Jakob endlich stehen blieb. Meine Lungen brannten, ich hatte übles Seitenstechen und keinerlei Luft mehr, um weiterzulaufen. Außerdem pochte die langsam verheilende Wunde an meinem Oberschenkel überdeutlich.

»Wo sind wir?« fragte ich atemlos und presste eine Hand in meine Seite, damit die Schmerzen nachließen. Irgendwer hatte mir mal in der Schule gezeigt, dass man dagegen anatmen konnte, aber ich schaffte es nicht einmal, vernünftig durchzuatmen, weswegen das hinfällig war.

»Ich bin mir nicht sicher«, gab Jakob zu und sah sich um. Er schien genauso ratlos zu sein wie ich. Noch einmal versuchte ich tief Luft zu holen und richtete mich auf, um meine Umgebung zu begutachten. Wir waren in einem Park, so viel war sicher. Ich ging ein paar Schritte weiter, um mehr sehen zu können.

»Lass uns ein Stück weitergehen«, sagte ich an Jakob gewandt und lief voran. Er folgte mir.

Nach kurzer Zeit kam das Volksparkstadion in Sicht und ich atmete erleichtert aus. In dem Park war nirgendwo eine gute Möglichkeit gewesen, sich zu verstecken. Jetzt ein Gebäude zu sehen versetzte mich fast in Hochstimmung.

Doch das Gefühl der Erleichterung verflog ziemlich schnell, als ich Schritte hörte. Dumpfe, schnelle Schritte als würde jemand laufen. Jakob hielt sofort seine Waffe vor sich, ich wollte nach meiner greifen – doch sie war nicht da. Hatte ich sie verloren? Vermutlich, als ich mich in diesem seltsamen Zustand befunden hatte. Verdammt!

Die Schritte kamen immer näher und wir hatten keine Chance, uns zu verstecken. Ich riss das Messer aus dem Gürtel und festigte meinen Stand. Plötzlich schoss eine Kraft durch mich hindurch, mein Herzschlag normalisierte sich und ich spürte die Ruhe in mir, die mich aufmerksamer machte. Und ich hörte die schweren Schritte deutlicher, konnte spüren, dass es sich nicht um Wandler handelte, die dort auf uns zugelaufen kamen. Es waren Menschen.

Als sie in Sicht kamen, steckte ich das Messer weg. Es waren die anderen aus unserer Gruppe: Finja und Markus, die Aleksandar stützen mussten, da seine Hose am rechten Oberschenkel blutgetränkt war. Eine Frage jedoch blieb: Wo waren Julia, Kai und Dawid?

»Ihr seid es.« Erleichtert steckte Jakob seine Waffe weg und ging zu den anderen hinüber. Er schlug Aleksandar freundschaftlich auf die Schulter. »Du wurdest verletzt«, sagte er, aber Aleksandar wischte seine Feststellung nur beiseite. Dann verdunkelte sich dessen Miene schlagartig.

»Die anderen hat es viel schlimmer getroffen«, brachte er hervor.

Finja fuhr sich über das Gesicht und übernahm die Erklärung für Aleksandar. »Dawid und Julia wurden von den Wandlern mitgenommen, Kai … ein Berkan hat ihn erwischt. Wir konnten nichts tun, wir haben uns selbst kaum in Sicherheit bringen können«, versuchte sie sich zu erklären, aber Jakob unterbrach ihre Erklärungen.

»Ich bin froh, dass ihr überlebt habt.«

»Jakob? Wir sollten einen Unterschlupf finden, die Sonne geht bald unter.«

»Romy hat recht. Nachts will ich hier nicht draußen sein«, bestätigte Aleksandar und wir machten uns auf den Weg zur Barclaycard Arena, wo wir die Nacht verbringen würden.

Da wir alle davon ausgegangen waren, dass wir am Abend wieder am Bahnsteig sein würden, hatte keiner von uns viel Proviant eingepackt. Wir hielten uns im unteren Teil der Arena auf, aßen schweigend etwas und wechselten uns mit der Wache ab. Stunden vergingen und ich lehnte an einer Theke, hinter der noch vor ein paar Wochen Getränke verkauft worden waren. Ich war erschöpft und sehnte mich nach Schlaf, meine Gedanken jedoch waren hellwach und gönnten mir die Ruhe nicht. Schließlich stand ich auf und ging zu Markus hinüber, der die zweite Wache in dieser Nacht hielt.

»Hey, leg dich hin. Ich kann eh nicht schlafen«, flüsterte ich, als ich bei ihm angekommen war. Er betrachtete mich einen Moment, ehe er nickte und mir sein Gewehr in die Hand drückte.

»Finja ist die Nächste in zwei Stunden. Weck sie einfach, wenn es so weit ist.«

Ich positionierte mich in der Nähe der Glasfront und spähte in die bereits hereingebrochene Nacht. Dieser Ort war nicht so sicher wie die U-Bahntunnel, dennoch besser, als irgendwo da draußen zu sein.

Wie von selbst wirbelten meine Gedanken auch jetzt umher und trugen mich zurück zur Stadtgrenze. Ich war nicht mehr hier und hielt Wache, ich war zurück bei dem Wandler. Bei *ihm*.

Ich fürchtete noch immer, dass er tot war. Aber auf der anderen Seite, glaubte ich es nicht. Denn wenn ich so eine starke Anziehung zu ihm empfand, würde ich es doch spüren, wenn er aus dem Leben gerissen wurde, oder? Ich rief mir seine türkisblauen Drachenaugen ins Gedächtnis. Die Sterne vor meinen Augen verschwammen und es war, als würde ich direkt vor ihm stehen. Ich sah sein hellblondes, kinnlanges Haar, seine markanten Gesichtszüge, die wohlgeformten Wangenknochen. Ich hatte das Gefühl, als wäre er wirklich hier – und würde ich nur die Hand ausstrecken, könnte ich ihn vielleicht berühren.

Ich schloss die Augen und zwang mich, die Gedanken fortzutreiben. Ich durfte nicht an diesen verdammten Wandler denken ... nicht *so*. Er war einer von den Bösen – er war mein Feind. Und trotzdem spürte ich diese Wärme in meiner Brust, wenn ich in seiner Nähe war. Als würden wir zusammengehören und nichts auf dieser Welt könnte uns trennen.

***

Der Morgen brach an und ich hatte in der Nacht kein Auge zugetan. Selbst nach den zwei Stunden, nach denen ich Finja hätte wecken sollen, war nicht an Schlaf zu denken. Die Ereignisse wühlten mich zu sehr auf, als dass ich mich hätte hinlegen können. Während die Sonne ganz langsam begann, den Himmel heller zu färben, verließ ich meinen Posten und kehrte zu den Schlafenden zurück, um sie zu wecken.

»Hey, Leute. Wir müssen los«, rief ich. Finja rieb sich den Schlaf aus den Augen und richtete sich auf. Verwirrt blinzelte sie.

»Hast du die ganze Nacht Wache geschoben?«, fragte sie irritiert und ich nickte.

»Ja. Kommt schon, die Sonne geht auf. Lasst uns nach Hause gehen.«

Nachdem sich alle abmarschbereit gemacht hatten, verließen wir die Arena und begaben uns endlich auf den Rückweg. Wir hatten viel verloren und vielleicht hätte uns klar sein müssen, dass die Wandler an den Stadtgrenzen waren und die Menschen dort gefangen nahmen, die versuchten zu fliehen. Vermutlich waren wir nicht die ersten gewesen, die es versucht hatten.

»Ist alles in Ordnung?« Jakob hatte zu mir aufgeschlossen und blickte mich nun aus besorgten Augen an. Es tat gut zu wissen, dass er wieder mit mir sprach, dass dieses Misstrauen langsam, aber sicher schwand. Jakob war mir wichtig und ich wollte nicht, dass er dachte, ich würde zu einer Wandlerin werden.

»Ja, na klar. Ich bin froh, wenn wir am Bahnsteig sind«, gab ich zu.

Dadurch, dass Aleksandar am Bein verletzt war, brauchten wir für den Weg viel länger als gewöhnlich. Markus und Jakob stützten ihn, während Finja und ich die Vorhut bildeten und nach Wandlern und Berkan Ausschau hielten.

***

Es musste bereits Mittag sein, als wir am Stephansplatz ankamen und die Treppen hinabstiegen. Mein Herzschlag beschleunigte sich, weil wir es endlich geschafft hatten. Ich war so erleichtert, in die Dunkelheit abzutauchen, dass ich glatt vergaß, die Taschenlampe anzuschalten.

Als wir an unserem Bahnsteig ankamen, war Luca der Erste, der auf die Gleise sprang und mich in eine halsbrecherische Umarmung zog.

»Verdammt, ich hab gedacht, ihr wärt alle tot«, flüsterte er und ich erwiderte seine Umarmung.

»Wir wurden angegriffen, ja, aber wir haben es geschafft.«

Jakob brachte Aleksandar mit Markus' Hilfe auf den Bahnsteig, wo er von Marie versorgt werden konnte. Dann fuhr er sich müde über das schweißnasse Gesicht und ging zu Wolf hinüber, der wohl schon auf einen Bericht wartete. Ich wurde von Luca in eine sitzende Position gedrückt und er betrachtete meine Stirn eingehend. Ich legte sie in Falten und spürte jetzt erst, wie etwas spannte.

»Au«, gab ich von mir und tastete nach einer kleinen Platzwunde, direkt oberhalb der linken Augenbraue. Wann hatte ich mir die denn zugezogen?

»Komm, ich mach das«, sagte Luca und kippte etwas Alkohol auf ein Wattepad. Ich zog die Luft zischend ein, als er vorsichtig die Wunde desinfizierte und säuberte, dann klebte er mir Wundnahtstreifen auf und betrachtete zufrieden sein Werk.

»Ich schätze, Sie werden keine Narbe behalten, Frau Dornfeld.«

Ein Lachen kristallisierte sich heraus und ich boxte Luca sanft gegen die Schulter. »Vielen Dank, Dr. Luca. Ich weiß gar nicht, was ich ohne Sie tun würde.«

»Geschenkt«, sagte er schmunzelnd, ehe seine Miene wieder ernst wurde. »Was ist passiert?«

»Wir schafften es nicht bis zur Stadtgrenze, da waren schon überall Wandler. Sie griffen uns an, dann kamen Berkan und es war das reinste Chaos. Jakob hat mich gerettet, wir rannten bis zum Stadion, wo Aleksandar, Markus und Finja uns fanden. Es war … krass. Wir hätten wissen müssen, dass die Wandler nichts unbewacht lassen«, beendete ich meinen Bericht.

Luca hatte die buschigen Augenbrauen zusammengezogen. »Was ist mit den anderen?«

»Julia und Dawid wurden von den Wandlern mitgenommen, Kai … ein

Berkan hat ihn getötet. Entschuldigst du mich? Ich bin völlig erledigt und wollte noch mal bei meiner Ma vorbeischauen.«

Ehe Luca antworten konnte, war ich aufgestanden und ging hinüber zu meinem und Mamas Schlafplatz. Sie hatte die Augen geschlossen, weswegen ich nichts zu ihr sagte, sondern mich nur auf einer Decke zusammenrollte und ebenfalls die Augen schloss. Dieses Mal ließ der Schlaf nicht auf sich warten.

***

Ein paar Tage später machte ich mich mit Jakob erneut auf. Uns gingen langsam die Vorräte aus und wenn wir noch ein Weilchen überleben wollten, mussten wir dringend etwas finden.

Jakob und ich redeten nicht viel, als wir durch die Straßen liefen. Er hatte noch immer damit zu kämpfen, dass wir wieder Leute verloren hatten. Ich verstand ihn und zwang ihm kein Gespräch auf.

Wir schlugen uns bis zum ehemaligen Fischmarkt durch, der allerlei Erinnerungen in mir weckte. Ich versuchte, mich zu konzentrieren, denn der Fischmarkt lag in unmittelbarer Nähe der Mauer. Als Jakob, der ein paar Meter vor mir lief, stehen blieb und in Deckung ging, duckte ich mich ebenfalls. Es passierte schon ganz automatisch, dass ich in Deckung ging, sobald ein anderer es tat.

Fragend blickte ich zu Jakob. Er warf mir einen Blick über die Schulter hinweg zu und winkte mich zu sich. In kauernder Stellung arbeitete ich mich durch das Geröll zu ihm vor, bis ich neben ihm zum Stehen kam. Er legte einen Zeigefinger an seine Lippen, ehe er nach vorn zeigte.

Ich folgte seinem Blick und entdeckte eine Gruppe Wandler, die drei Menschen bei sich hatten. Mittlerweile waren die Wandler gut von den Menschen zu unterscheiden: Sie trugen stets saubere und ordentliche Kleidung, hatten keinerlei Wunden oder sonst irgendetwas, was darauf hinweisen könnte, dass sie draußen um ihr Überleben kämpften.

Die zwei Männer und eine Frau hingegen sahen fürchterlich aus. Die Hose am rechten Bein der Frau war vom Oberschenkel bis zum Knie aufgerissen, eine mit Blut verkrustete Wunde ließ sie humpeln. Die beiden Männer sahen ebenfalls ziemlich angeschlagen aus, die Kleidung dreckig und an vielen Stellen zerrissen. Sie hatten offensichtlich keine Kraft mehr, sich gegen die Wandler zu wehren.

Ein Ächzen – und ein riesiges metallenes Tor öffnete sich und ließ die kleine Gruppe hinein. Ich biss mir auf die Zunge. Es war unglaublich, wie schnell die Wandler eine solch gigantische Mauer bauen konnten. Doch vermutlich war es auch kein Wunder, wenn man bedachte, welch enorme Kraft und Schnelligkeit sie an den Tag legten. Sie waren eben nicht von dieser Welt und das zeigten sie den Menschen mit diesem Ungetüm.

»Sie werden dort nie wieder rauskommen«, flüsterte Jakob und ich nickte. Wir hatten schon einmal gesehen, wie die Wandler Menschen hinter die Mauer brachten. Wer einmal dort war, würde nicht mehr zurückkehren. Keine Ahnung, was sie mit den Menschen anstellten; vielleicht versklavten sie sie, vielleicht töteten sie einfach aus Spaß, aber man sah nie jemanden wieder herauskommen. Ein kalter Schauder erfasste mich und ich musste mich unwillkürlich schütteln.

»Lass uns lieber hier verschwinden.« Ich zog an seinem Ärmel und trat, weiterhin in gebückter Haltung, den Rückzug an.

Nachdem wir drei Supermärkte und eine Apotheke ohne Erfolg aufgesucht hatten, wollten wir uns wieder auf den Weg zum Tunnel machen. Schon seit ein paar Tagen kamen unsere Gruppen immer öfter ohne Proviant oder Medikamente von ihren Streifzügen zurück. Wolf vermutete, dass die Wandler damit begonnen hatten, alles leer zu räumen, damit auch die letzten Menschen, die außerhalb der Mauer lebten, gezwungen waren, aus ihren Verstecken zu kriechen und den Wandlern in die Arme zu laufen. Wahrscheinlich war dieser Gedanke gar nicht so absurd.

Etwas weiter von uns entfernt sah ich eine Gruppe aus vier Leuten. Ich wollte erst in Deckung gehen und Jakob mit mir hinter ein Gebäude ziehen, da erkannte ich Marie.

»Was macht Marie denn hier draußen?«, fragte ich Jakob, der nur mit den Schultern zuckte. Als wir näher kamen, erkannte ich Björn, Markus und Finja. Vermutlich waren sie ebenfalls auf der Suche nach Essen und Medikamenten.

»Was macht ihr denn hier?«, fragte Marie, als wir zu ihnen stießen.

»Vermutlich das Gleiche wie ihr. Habt ihr was gefunden?«

Markus' Miene verdunkelte sich. »Nichts. Ich fürchte, Wolf hat mit seiner Vermutung recht. Die Wandler wollen uns rauslocken.« Schweigen legte sich über unsere Gruppe, denn wenn die Wandler tatsächlich alles an Essen horteten und hinter die Mauer brachten, dann würden wir nicht mehr lange überleben können.

Eine Weile herrschte bedrückte Stille zwischen uns, bis Björn durch die Zähne pfiff und vorschlug, »Ich sehe was, was du nicht siehst« zu spielen. Mit einem Schnauben, das halb aus einem Lachen bestand, fing Marie an und Björn hatte seine Schwierigkeiten herauszufinden, was Marie sah. Es tat gut, etwas herumzualbern und Quatsch zu machen, unbekümmert durch die Straßen zu laufen. Dieser Moment war der früheren Normalität so nah, dass ich ihn für immer in mein Herz schließen wollte.

Die Leichtigkeit verflog jedoch viel zu schnell, als wir um eine Ecke bogen und ich mit dem vorderen Fuß ausrutschte. Automatisch blickte ich auf den Boden, um zu sehen, worin ich getreten war. Ein erstickter Laut kam mir über die Lippen, ehe ich mich zügeln konnte. Als ich die Blutlache sah, in die ich gelaufen war, drehte sich mir der Magen um. Ich wich keuchend einen Schritt zurück, einen dunkelroten Schuhabdruck hinter mir herziehend.

»Guter Gott«, flüsterte der noch eben so unbekümmerte Björn und zog die Schiebermütze vom Kopf. Es war nicht nur das dicke dunkelrote Blut, das an unseren Schuhen leckte, es waren wenige Schritte weiter auch die abgerissenen und zerfetzten Körperteile, die uns einen grausamen Anblick boten. Doch das hier war kein Horrorfilm und wir waren keine Schauspieler. Und der Berkan, der sich just in dem Moment, in dem ich mir die Hand vor den Mund schlug, zu uns umdrehte, war echt!

»Romy, bring dich und Marie in Sicherheit!«, schrie Jakob mich an und schubste mich in Maries Richtung. Ich fühlte mich wie in Zement gegossen, stolperte gegen Maries dünnen Körper und ließ mich von ihr mitziehen. Wir kauerten uns wenige Schritte entfernt hinter eine Mauer. Ich spürte die Tränen, die sich in meinen Augen ansammelten, und sah das ganze Blut vor mir, wenn ich sie zusammenkniff. Schüsse dröhnten von allen Seiten, das laute Brüllen des Berkan ließ die kleinen Steinchen um uns herum erzittern.

»Björn, pass auf!«, rief jemand, dann war ein Schrei zu hören. Ein reißendes Geräusch ertönte, dann der dumpfe Aufprall direkt neben mir. Ich zuckte zusammen und starrte in Björns leere glanzlose Augen. Ich war wie gelähmt. Blut rauschte in meinen Ohren; alles, was ich tun konnte, war in Björns entsetztes Gesicht zu gucken, das mit Blut besprenkelt war. Geräusche waren ausgeblendet, nur mein Herz schlug viel zu schnell.

Und dann spürte ich die heiße Macht in mir brodeln.

Urplötzlich kam ich wieder in die Realität, meine Sinne waren da, besser als je zuvor.

»Sie schaffen das nicht allein«, sagte Marie verzweifelt neben mir. Ich nickte und griff nach dem Gewehr, welches neben Björns totem Körper lag.

»Bleib hier«, sagte ich zu Marie, trat keinen Atemzug später aus dem Versteck und zielte mit dem Gewehr auf den tobenden Berkan. Er brüllte tief, als eine Schusssalve die weiche Haut am Hals durchbohrte und ihn bluten ließ. Finja schrie und ging zu Boden, als der Berkan mit scharfen Krallen ihr Bein aufriss, Markus stürzte sich auf ihn, wurde jedoch ebenfalls zu Boden gerissen. Der Berkan hätte ihn verspeist, hätte Jakob nicht seine Aufmerksamkeit auf sich gezogen.

Panik gesellte sich zum Adrenalinschub und ließ mich eine weitere Schusssalve auf die Kreatur vor mir abschießen. Der bullige Schädel des Berkan zuckte zu mir, die abgefressenen Ohrstummel legten sich dicht an den Kopf, als er das breite Maul aufriss und brüllte. Ich konzentrierte mich nur auf den Kopf, auf die scharfen Zähne, die mir entgegenblitzten.

Ein folgenschwerer Fehler.

Der Schweif des Monsters zuckte und warf mich von den Füßen. Die milchigen Augen wieder auf Jakob gerichtet, riss es den mit Stacheln besetzten Schweif noch einmal hoch und erwischte mich an den Rippen. Ich schrie, als der Schmerz aufflammte. Das Blut, das durch meine Adern rauschte, zog das Gift des Berkan mit sich und flutete meinen Körper. Binnen Sekunden schwand meine Sicht, Fieber ergriff mich, rang mich nieder und saugte alle Kraft aus mir heraus.

Jakob warf eine Handgranate in das offene Maul des Biests, doch es hätte ebenso ein Fiebertraum sein können. Ich spürte das Pochen der Wunde an meinen Rippen, spürte etwas Feuchtes unter mir. Vielleicht war es die Blutlache der zerstückelten Leiche, in der ich lag, vielleicht war es aber auch bereits mein eigenes Blut, welches den Boden tränkte. Ich wusste es nicht. Und es kümmerte mich auch nicht mehr. Verschwommen nahm ich wahr, wie die Granate im Schlund des Berkan explodierte und er zu Boden ging. Dann rannte Jakob auf mich zu.

Und jetzt war da nichts als Schwärze.

Kapitel 19

Greyer

Ich sah sie vor mir. Ihr panisches Gesicht, das dunkle verfilzte Haar zu einem unordentlichen Dutt zusammengebunden und aufgetürmt. Und ich sah die Pistole, die sie mir mit zitternden Fingern entgegenstreckte. Sie hatte Angst gehabt – natürlich. Ich konnte es ihr nicht einmal verübeln.

Dennoch war ich mir sicher, dass sie es auch gespürt hatte ... Das Band zwischen uns war nicht zu leugnen, nie zuvor hatte ich etwas so präsent und heftig gefühlt wie in dem Moment, als ich sie gesehen hatte. Diese tiefe Sehnsucht in mir, die Anziehung, als würde meine Welt sich nur noch um sie drehen.

Mein Vater hatte mir, als ich klein war, erklärt, wie es sein würde. Wie es bei ihm und meiner Mutter gewesen war. Und auch wenn ich ihm gebannt zugehört hatte, hatten seine Worte mich im Endeffekt nicht darauf vorbereiten können. Ich musste sie finden – jetzt mehr denn je.

Als der Berkan sich auf mich gestürzt hatte, hatte ich sie aus den Augen verloren, unsere Verbindung war abgebrochen und sie blieb mir verborgen. Wie viel wusste sie über sich? Hatte sie bereits irgendwelche Kräfte eines Drachenwandlers entwickelt und wusste damit nicht umzugehen? Hunderte Fragen wirbelten in meinem Kopf umher und ich hätte alles getan, *sie* zu finden und es ihr zu erklären.

»Es geht mir gut«, beharrte ich, als Abraham, unser Heiler, den Verband von meiner Schulter nahm und sich die darunterliegenden Schnitte ansah.

Der alte Mann zog die Augenbrauen zusammen, ehe er mich mit gerunzelter Stirn ansah.

»Es ist ein Wunder, dass du überhaupt noch meckern kannst, Greyer. Die Wunden sind tief, das Berkangift hindert deinen Körper daran, sich selbst zu heilen.« Der Heiler blickte nicht auf, sondern fuhr fort, die Verletzungen mit einer gelben Paste einzureiben.

Ich stöhnte und legte den Kopf zurück in die Kissen. Für einen Moment schloss ich die Augen. Ich konnte hier nicht weiter faul herumliegen, während das Mädchen irgendwo dort draußen war.

»*Urgh.* Das sieht mies aus. Bist du dir sicher, dass du so entstellt am Leben bleiben willst?«, fragte eine Stimme und ich richtete mich wieder auf. Lean stand in der Tür und trug ein provozierendes Grinsen auf den Lippen. Ich wandte den Blick von ihm ab und besah mir das erste Mal selbst meine Wunden.

Es waren drei Kratzer. Wobei »Kratzer« vermutlich nicht ganz beschreiben würde, was auf meiner Schulter prangte. Es waren tiefe Fleischwunden, zwei davon zogen sich bis hinunter auf meine Brust, die andere endete auf dem Oberarm. Dunkelblaues getrocknetes Blut klebte an den Rändern, die sich wegen des Gifts schwarz verfärbt hatten. Es war wirklich ein Wunder, dass ich nicht tot war.

»Wenn das Gift aus meinem Kreislauf raus ist, wird es heilen, das weißt du genauso gut wie ich.«

Lean gab Abraham ein Zeichen, dass er mit mir allein sein wollte, woraufhin der Heiler einen frischen Verband anlegte und sich erhob. Als er rausgegangen war und die Tür hinter sich geschlossen hatte, setzte ich mich vorsichtig auf und sah Lean erwartungsvoll an.

»Habt ihr sie gefunden?«

Er schüttelte den Kopf. »Nein. Die Kleine ist zu gut im Verstecken. Immer wenn wir das Gefühl haben, wir würden einen von uns spüren, ist es nicht mehr greifbar und sie ist … wie vom Erdboden verschluckt. Einfach weg.«

Ein Schnauben verließ meine Lippen und ich schlug die Decke beiseite, um aufzustehen.

»Sie kann nicht einfach weg sein, Lean! Ich muss sie finden.« Mit einer Hand riss ich mir ein Hemd aus dem Schrank und zog es umständlich über die verletzte Schulter. Die Tinktur, die Abraham mir aufgetragen hatte, betäubte den Schmerz etwas, dennoch spürte ich das Ziehen und Brennen in meiner Schulter, als ich mich anzog.

»Was soll das werden, Greyer?«

»Na, was wohl?! Ich werde sie selbst suchen gehen!«, erwiderte ich aufgebracht und knöpfte das schwarze Hemd zu. Lean war in wenigen Schritten bei mir und hielt mich an der gesunden Schulter fest, sodass ich innehalten musste.

»In deinem Zustand ist das glatter Selbstmord.«

Natürlich wusste ich das, denn selbst ein Blinder hätte sehen können, in was für einer Verfassung ich mich befand. Würde ich angegriffen werden, könnte ich mich nicht verteidigen. Ich wäre allen Berkan da draußen hilflos ausgeliefert. Und das ärgerte mich.

Noch wütender machte mich allerdings, dass Lean es wusste und recht hatte. Ich musste meine Kräfte schonen, meinem Körper die Zeit geben, die er brauchte, um zu heilen.

»Ich weiß, dass du sie finden musst, Greyer, glaub mir. Aber so bringt es niemanden etwas. Wir brauchen dich als unseren Anführer, überlass mir und Tanya die Suche nach dem Mädchen.«

Alles in mir wehrte sich dagegen, nicht selbst loszuziehen und sie zu suchen. Doch mein Verstand wusste, dass es die richtige Entscheidung war, es Lean zu überlassen. Ich stieß die Luft zwischen den Zähnen aus und nickte schließlich.

»Tu alles, um sie zu finden. Sobald es mir besser geht, werde ich selbst nach ihr suchen.«

Lean neigte den Kopf in einer respektvollen Geste, ehe er kehrtmachte und mich in meinem Zimmer allein ließ. Einen Moment blickte ich noch auf die geschlossene Tür, dann ging ich zu den großen Fenstern und schaute auf die Stadt hinab. Ich konnte Lean vertrauen, er würde sie sicherlich finden. Doch auch wenn ich nicht selbst hinausgehen würde, hatte ich einiges zu tun. Wir hatten noch immer nur einen einzigen Splitter des Dracarian gefunden. Der Bau der Mauer musste bald abgeschlossen sein und es gab sicherlich immer noch Menschen dort draußen, die vor den Berkan gerettet werden mussten.

Anstatt mich also wieder ins Bett zu legen, ging ich aus dem Zimmer und verließ das Hotel.

***

Blicke folgten mir, als ich durch die Straßen streifte und mein Weg mich zu Teran führte.

»Greyer«, sprach er ungläubig meinen Namen aus und neigte den Kopf. Es war so verdammt ungewohnt, dass sie mir alle mit Respekt gegenübertraten. Als wäre ich wirklich ihr Anführer – dabei hatte ich noch nicht allzu viele Erfolge zu verzeichnen.

Nachdem Kasimir den Rat umgebracht hatte, musste jemand die Wandler führen, ihnen irgendwie einen Ausweg zeigen. Ihnen Hoffnung schenken. Ich sah meine Taten nicht als etwas Großes an, sondern eher als etwas Selbstverständliches. Mein Volk hatte Hilfe gebraucht und ich hatte zufällig die richtigen Worte und die richtige Entscheidung gewählt.

»Wie geht der Bau voran?«

»Gut«, sagte mein Gegenüber und befeuchtete die Lippen. Sein Blick aus dunklen Augen huschte kurz zu meiner Schulter; unter dem Hemd konnte man den großzügigen Verband erkennen, den Abraham mir angelegt hatte. »Es wird nicht mehr lange dauern, bis wir die Mauer fertiggestellt haben.«

Ich nickte zufrieden. »Das wollte ich hören.« Gerade als ich mich zum Gehen wandte, hielt Teran mich noch einmal auf.

»Greyer? Geht ... geht es dir gut? Wir haben uns alle Sorgen gemacht, als die anderen dich so schwer verletzt hergebracht haben.«

Ich drehte mich zu ihm um und bemühte mich um ein Lächeln – es war mehr Schein als Sein. »Die Wunden werden heilen«, versicherte ich ihm und kehrte ihm den Rücken zu. In Wahrheit aber fraß sich der Schmerz durch meine Schulter und ließ meine ganze rechte Seite brennen.

Ich hoffte inständig, dass ich schnell genesen und endlich wieder vorankommen würde.

Kapitel 20

Romy

Ich halluzinierte. Befand mich in einem Zustand zwischen Leben und Tod. Manchmal sah ich meinen Vater vor mir, der lächelnd die Hand nach mir ausstreckte und sagte, dass ich nicht mehr kämpfen brauchte.

Dann riss ein heftiger Schmerz mich aus der Illusion und ich schrie. Schrie, als würde mein Leben davon abhängen. Wolfs Gesicht tauchte vor mir auf, hoch konzentriert blickte er mit seinem verbliebenen Auge auf etwas herab. Mit einer Hand zog er einen blutigen Faden in die Höhe, die gebogene Nadel zwischen den Fingern. Schweiß glänzte auf seiner Stirn.

»Halt sie fest!«, schrie er jemanden an, kurz darauf spürte ich zwei Hände, die meine Schultern auf den Boden drückten. Wolf senkte die Nadel. Wieder schoss Schmerz durch meine Seite und ich schrie. Doch die Welt meinte es gut mit mir und zog mich wieder in die Bewusstlosigkeit.

Ich hieß sie willkommen und wünschte, der Tod würde seine Hand nach mir ausstrecken.

II

Die Wandler rufen Deinen Namen.
Zeigen Dir, dass Du Feuer beherrschst,
dass Du nicht von dieser Welt bist.
Sie nehmen Dich auf, versorgen Dich.
Und Du lernst von ihnen und über sie. Weißt nun, dass alles,
was Du geglaubt hast zu wissen, eine Lüge ist.
Doch wenn die Erde erneut erzittert, wenn sie blutet und trauert
und ein weiterer Krieg entflammt,
auf welcher Seite wirst Du dann stehen?

Kapitel 21

Romy

Sechs Wochen später

Wider alle Erwartungen hatte ich überlebt. Als wir so unbekümmert durch die Straßen gelaufen und auf den Berkan getroffen waren, hätte keiner damit gerechnet, dass wir alle lebend aus dieser Sache rauskamen. Alle – bis auf Björn.

Noch heute erinnerte ich mich genau an die glanzlosen leeren Augen, die mich anstarrten, den Mund zu einem letzten Schrei geöffnet, die fahle Haut mit Blut besprenkelt. Jeder einzelne Tote war in mein Gedächtnis gebrannt worden wie Male, die mich an all die Leute erinnerten, die wir verloren hatten.

Ich war mir nicht einmal sicher, wie und weshalb ausgerechnet ich das Fieber und die Vergiftung des Berkan überlebt hatte. Ein leiser Verdacht schlich in meinem Kopf umher, der nichts damit zu tun hatte, dass Luca etwas mehr von dem Antibiotikum für mich bei Marie abgezweigt hatte. Es hatte auch nichts mit den kühlen Tüchern zu tun gehabt, die er mir stets gewechselt hatte, sobald sie sich erwärmt hatten.

Es lag an der Kraft, die in mir schlummerte. Ich wäre tot gewesen, so tot wie Sina, die von dem Fieber dahingerafft worden war. Seit das Berkangift in meinem Körper geflossen war, fühlte ich mich anders. Ich spürte deutlicher, dass ich nicht von dieser Welt war, fühlte die schlummernde Kraft in mir, die nur darauf wartete, geweckt und eingesetzt zu werden. Vorher hatte ich sie nur zwei, drei Mal gespürt und dann hatte ich ein Feuer mit bloßen Händen heraufbeschworen. Einfach so. Jetzt hatte ich das Gefühl, als würden meine Finger sich sofort entzünden, wenn ich es nur wollte.

Und noch immer hatte ich keine Antworten. Wie auch? Wieder dachte ich darüber nach, zu den Wandlern zu gehen. Immerhin schien ich mehr wie sie zu sein, als ich je für möglich gehalten hätte. Vielleicht würden sie mich gar nicht töten, vielleicht würden sie mich in ihrer Mitte willkommen heißen und froh sein, dass das verlorene Kind zurückgekehrt war.

Gerne hätte ich meine Mutter zur Rede gestellt, allerdings sprach sie noch immer nicht viel. Als ich im Sterben gelegen hatte, war sie jedoch ein wenig aus ihrer Starre erwacht. Seitdem beteiligte sie sich wenigstens an den Arbeiten, die im Tunnel fällig waren. Ihre Bewegungen waren nur mechanisch, als hätte sie auf Autopilot geschaltet und würde einfach so von Tag zu Tag leben, ohne richtig zu merken, was um sie herum geschah.

Ich hatte mich damit abgefunden. Es würde vermutlich nie okay für mich sein, denn beide Elternteile auf verschiedene Weise zu verlieren war hart, aber ich wusste jetzt damit umzugehen. Wusste, dass sich nichts mehr daran ändern würde. Ich hatte es akzeptiert, Verzweiflung und Trauer über den Zustand meiner Mutter fest in einer imaginären Schublade in meinem Inneren verschlossen, sodass sie mich nicht wieder übermannen konnten.

Meine Gedanken zogen dahin wie die Wolken am Himmel und ich blieb für einen Moment stehen, um das helle Blau des Morgenhimmels zu betrachten. In den frühen Stunden des Tages war es hier oben immer am friedlichsten. Wenn man die Augen schloss, hätte man sich einbilden können, dass alles in Ordnung wäre. Doch wenn ich mich dann wieder umsah, die zerstörte Stadt erblickte, in der ich zu leben versuchte, brach die Realität erneut über mir zusammen. Noch immer waren die Geschehnisse von vor ein paar Monaten völlig surreal.

Vielleicht waren wir aber auch einfach dumm gewesen. Dass der Mensch größenwahnsinnig war, war kein Geheimnis, und vielleicht hatten wir das ganze Leben einfach unterschätzt. Doch wie hätte uns klar sein sollen, dass wir nicht allein waren? Dass es Dinge gab, die unerklärlich waren und wir niemals für möglich gehalten hätten?

Ich zwang mich, diese Gedanken beiseitezuschieben und mich auf das Hier und Jetzt zu konzentrieren. Ein falscher Schritt oder eine kleine Bewegung, die ein Geräusch auslöste, konnten schließlich den Tod bedeuten. Die Zeiten waren längst vorbei, in denen man gedankenverloren durch den Park schlendern konnte, ohne sich darum sorgen zu müssen, ob man diesen Spaziergang überlebte. Für wie selbstverständlich wir unsere Sicherheit gehalten hatten, wurde mir erst jetzt klar, wo schon so lange nichts mehr wirklich gewiss war.

Vorsichtig duckte ich mich unter einem eingestürzten Laternenmast und setzte meine Suche nach Vorräten fort. Mein Herz klopfte heftig, als ich an eine Hausecke kam und mich dagegen lehnte. Ein, zwei Sekunden lang hielt ich den Atem an und lauschte konzentriert, ehe ich vorsichtig um die Reste der Wand blickte. Es war nichts zu sehen. Nichts außer Geröll, zerstörte Gebäude und aufgerissene Straßen. Ich presste die Lippen aufeinander und zwang mich weiterzugehen.

Ich war am Fischmarkt, viel zu nah am Zentrum der Drachenstadt. Luca und ich hatten uns in den vergangenen Wochen manchmal hierhergeschlichen und die Wandler beobachtet, die ihr Hauptquartier bei der Elbphilharmonie aufgeschlagen hatten. Es konnte erst ein paar Tage her sein, seit die Wandler die Mauer fertiggestellt hatten. Die Tage kamen und gingen und würde ich nicht immer wieder ein Kästchen auf dem Kalender wegstreichen, der unten am Bahnsteig hing, hätte ich überhaupt kein Zeitgefühl mehr.

Eigentlich war der Fischmarkt das absolute Gegenteil von einer Sicherheitszone, doch die Verlockung der Erinnerungen, die mich nun ereilten, war einfach zu stark. Allerdings zeugte nichts mehr von dem Leben, das hier einmal stattgefunden hatte.

Ich war früher immer gern sonntags in aller Frühe auf den Markt gefahren, hatte mit meiner Mutter Pflanzen gekauft und den Marktschreiern zugesehen, wie sie brüllend ihre Waren anpriesen. Fast war es so, als würde ich die Händler auf dem Platz jetzt wiedersehen, als hörte ich das Geschrei des Holländers, der einen Wimpernschlag später seine Pflanzen einfach in die Menge warf, um sie loszuwerden.

Mir wäre ein Lächeln über die Lippen gehuscht, hätte ich mich nicht in diesem Moment umgedreht und die Leiche gesehen. Mein Herz geriet ins Stolpern. Der blutige Körper musste mal ein Mann gewesen sein. Ich erinnerte mich nicht daran, ihn vorher schon einmal gesehen zu haben. Mein letzter Besuch des Fischmarkts musste bereits an die zwei Wochen her sein.

Zitternd setzte ich einen Fuß vor den anderen, kam dem Mann immer näher. Fliegen erhoben sich in die Lüfte, als ich neben dem Leichnam auf die Knie ging. Seine Kehle war aufgerissen, getrocknetes Blut klebte an seinem Hals, Oberkörper und Gesicht. Tränen sammelten sich in meinen Augen, auch wenn ich ihn nicht gekannt hatte. Wieder hatte es einer meiner Mitmenschen nicht geschafft, hier draußen zu überleben.

Seine toten Augen, die einst von einem strahlenden Blau gewesen sein mussten, blickten mich an und flehten um Erlösung. Ich streckte die Hand aus und schloss seine Lider, sendete ein stummes Gebet gen Himmel, dass er in Frieden ruhen möge. Zwar glaubte ich nicht an Gott, doch falls es einen geben sollte, hatte dieser Mann seine letzte Ruhe verdient.

Einen Moment verharrte ich kniend vor dem Leichnam, ehe mein Verstand zurückkehrte. Ich konnte hier nicht bleiben. Es war eine offene Fläche – würden die Wandler kommen, hätte ich keine Chance zu fliehen.

Mit Gliedern, die sich anfühlten wie Wackelpudding, ließ ich den Fischmarkt hinter mir. Aus Angst, entdeckt zu werden, schlug ich den Weg Richtung Reeperbahn ein, anstatt die eigentlich schnellere Route an der Elbe entlangzugehen. Dieser Weg führte zu nah an der Philharmonie vorbei und ich konnte es mir nicht leisten, geschnappt zu werden. Der Hamburger Kiez glich ebenfalls einem Schlachtfeld. Ich kletterte über massive Wandteile, die einfach aus den einzelnen Gebäuden herausgesprengt worden waren. Der Krieg hatte definitiv seine Spuren hinterlassen.

Als ich an der *Olivia Jones Bar* vorbeikam, verharrte ich einen Augenblick und betrachtete das Gebäude. Ein kleiner Teil des Schriftzugs hing noch an der halb zerfallenen Fassade. Ich erinnerte mich, wie Luca und ich geplant hatten, meinen achtzehnten Geburtstag hier zu feiern. Er hatte eine eigene Lounge mieten wollen und hätte die besten Cocktails mit mir getrunken.

Mittlerweile war ich achtzehn, doch gänzlich ohne Party. Es war seltsam, dass so einfache Dinge wie Geburtstag feiern nicht mehr von Bedeutung waren. Allerdings konnte ich wohl froh sein diesen Geburtstag überhaupt erlebt zu haben. Schweren Herzens riss ich mich von dem Anblick los und lief weiter.

Ich stopfte die Hände in die Taschen meiner zerschlissenen Jacke. Ein ungewöhnlich kalter Wind zerrte an mir und ließ mich frösteln. Rotbraune Haarsträhnen tanzten vor meinen Augen und wiesen immer mehr kleine Knötchen auf. Die Bürste, die ich vor Wochen mitgenommen hatte, versagte an den dicken Verfilzungen in meinem Haar. Einzelne Borsten hatten sich gelöst und waren irgendwo zwischen all den Vogelnestern hängen geblieben.

Ich hatte ziemlich schnell aufgegeben das hüftlange Chaos beseitigen zu wollen und trug seitdem meist einen Dutt. Die Haare gänzlich abzuschneiden hatte ich bisher nicht übers Herz bringen können, doch vermutlich würde ich nicht darum herumkommen. Es beruhigte mich, an solch unwichtige Dinge zu denken, zu überlegen, wie ich das riesige Vogelnest auf meinem Kopf in den Griff kriegen konnte. Der Umstand, dass ich mich nach kurzen Momenten der Normalität sehnte, hatte sich auch nach sechs weiteren Wochen nicht geändert.

Unentdeckt lief ich weiter, bis die U-Bahnstation von St. Pauli vor mir auftauchte. Kurz nach meiner Genesung hatten wir entdeckt, dass auch diese Station noch unversehrt war und zu unserem Versteck am Gänsemarkt führte. Normalerweise ging ich inzwischen immer dort die Treppen hinunter.

Heute allerdings war irgendetwas anders. Ich spürte etwas tief in mir, spürte, wie mich etwas rief. Seit ich die Flammen auf den Berkan gehetzt hatte, hatte ich diese Kraft nicht mehr so intensiv gefühlt. Alarmiert blieb ich an der obersten Treppenstufe stehen und blickte mich um. Ich erwartete, Schritte zu hören oder den tiefen Atem eines Berkan, doch nichts dergleichen geschah. Es konnte keine dieser raubkatzenähnlichen Kreaturen sein, denn ein wärmendes Gefühl breitete sich in meiner Brust aus und irgendetwas Entferntes rief mich zu sich.

Wie ferngesteuert setzte ich einen Fuß vor den anderen und ließ die Treppe, die mich in die unterirdische Sicherheit bringen würde, hinter mir, um dem mysteriösen Ruf zu folgen. Er führte mich ein kleines Stück durch eine Grünanlage, nicht mal eine Handvoll Bäume standen noch. Dieses Mal war mir das Ausmaß der Zerstörung fast vollkommen egal, denn alle meine Sinne fokussierten sich auf das seltsame *unmenschliche* Gefühl, welches mich ergriffen hatte.

Als ich am Museum ankam, blieb ich stehen und blickte das Gebäude an.

Dort drinnen …, dachte ich und setzte meinen Weg fort. Das Gefühl, hier etwas finden zu müssen, erschlug mich schier. Ich hatte keine Ahnung, wonach ich überhaupt suchte, doch ich machte mich daran, mich mit bloßen Händen durch den Schutt zu wühlen. Als ich mich wieder aufrichtete, kickte ich eine Metallfassung zur Seite und sah gen Himmel.

Das Museum für Hamburgische Geschichte war einst Teil atemberaubender Architektur gewesen. Erst im letzten Jahr waren wir mit der elften Klasse hier gewesen, da hatte ich jedoch kaum etwas übriggehabt für den Teil des Gebäudes, der ein wunderschönes Glasdach sein Eigen nennen konnte. Ich war zu oberflächlich gewesen, hatte andere Interessen und den ganzen Ausflug als überaus langweilig betrachtet. Erst jetzt, wo alles zerstört war, sah man die Dinge viel bewusster.

Doch mittlerweile waren die Fenster zersprungen und Abertausende kleine Glassplitter verteilten sich auf dem Boden. Mein Blick fiel auf die Ruine vor mir: Umgestoßene Tische und Stühle lagen im Innenhof und erinnerten nur dunkel daran, dass hier mal ein Café Platz gefunden hatte. Die Statue, die einst an der Stirnseite gestanden hatte, war gänzlich weggesprengt. Nur der Sockel wies noch darauf hin, dass dort einmal etwas platziert gewesen war.

Mein Herz verkrampfte sich schmerzhaft. Vor ein paar Monaten hatte ich das alles nicht wertschätzen können. Jetzt, wo es zerstört war, spürte ich den Drang, es wieder in Ordnung bringen zu wollen.

Die Glasscherben knirschten unter meinen Stiefeln, als ich zu einem umgefallenen Stuhl ging und diesen wieder aufrichtete. Staub bedeckte die einst schwarzen Möbelstücke und ich musste husten, als ich einen der kleinen Tische hinstellte und sich dadurch eine Wolke von Staub und Dreck löste.

Das Flüstern, welches mich hierhergeführt hatte, drang plötzlich wieder zu mir und ich blickte mich um. Magisch zog es mich in den Bann und forderte mich auf zu ihm zu kommen. Vollkommen machtlos wandte ich mich von dem Tisch ab und folgte dem Flüstern weiter ins Innere des Museums, wo ich ein sattes Leuchten wahrnahm.

Instinktiv wusste ich, dass es die Quelle der Macht war, die ich seit St. Pauli verspürte. Zwischen Trümmern und Staub lag es bedeckt: ein rubinroter Stein. Seine Enden waren scharfkantig, fast so, als wäre er mehr ein Splitter eines noch größeren, mächtigeren Objekts. Ich hob ihn auf.

In meiner Hand fühlte er sich ganz warm an, sein Inneres schien zu tanzen, beim genaueren Hinsehen erkannte ich die kleinen Flammen, die ineinander verschlungen tanzten und umherzüngelten. Das Gefühl, diesen Stein schon einmal gesehen zu haben, nistete sich in mir ein, bis mir einfiel, woher ich ihn kannte. Ich hatte von ihm geträumt. Genau wie von dem blonden Wandler.

Plötzlich hörte ich einen Flügelschlag hinter mir und wirbelte herum. Eine Krähe krächzte ihr unstimmiges Lied und war wenige Meter vor mir auf dem eingestürzten Teil des Dachs gelandet. Hastig steckte ich den Splitter in die Umhängetasche und sah zu, dass ich hinauskam. Der Himmel oberhalb der zerborstenen Fenster kleidete sich langsam in ein Orangerot, das den Sonnenuntergang einleitete.

Verdammt! Wo war die Zeit geblieben? Es konnte unmöglich schon früher Abend sein. Ich würde nicht allein in der Nacht hier draußen bleiben, denn ich hatte wenig Lust, einem Berkan zu begegnen. Bei dem Gedanken an die ölig schimmernde weiße Haut dieser Tiere und das kräftige Gebiss lief mir ein eiskalter Schauer über den Rücken.

Ich ließ das Museum hinter mir und hastete den Holstenwall hinunter. Das dumpfe Gefühl, verfolgt zu werden, schlich sich herbei und ich verfiel in Panik, begann zu rennen, vorbei am Sievekingplatz und immer weiter, bis endlich die U-Bahnstation vom Stephansplatz in Sicht kam. Ich hielt mich weiterhin zwischen den Häusern, verlangsamte das Tempo und versuchte krampfhaft zu Atem zu kommen. Einen kurzen Moment lehnte ich mich an eine Hauswand und atmete dreimal tief durch, sog die bereits abgekühlte Sommerluft tief in meine Lungenflügel und zwang mich ruhig zu atmen.

Das Flüstern des Steins setzte wieder ein und ich schüttelte hilflos den Kopf. Wieso zur Hölle sprach ein verdammter Stein mit mir? Wurde ich jetzt endgültig verrückt? Mein Herz klopfte wie wild, als ich die Tasche öffnete. Das rubinrote Leuchten funkelte mir freudig entgegen. Behutsam nahm ich den Splitter in die Hand und genoss die Wärme, die davon ausging.

Trotzdem fröstelte ich, als eine Böe mich erfasste, so viel kühler als der wärmende Stein in meiner Hand, und mir erneut das Haar ins Gesicht blies. Als der Wind die Strähnen wieder auf meine Schultern fallen ließ, nahm ich eine Bewegung aus den Augenwinkeln wahr und fuhr herum.

Vor mir stand ein hochgewachsener Mann, er konnte kaum älter sein als ich. Seine Haut war dunkel wie flüssige Vollmilchschokolade, der Kopf kahl rasiert. Doch das, was mich zurückweichen ließ, waren seine Augen. Ein kräftiges wunderschönes Violett leuchtete mir entgegen und wurde von einer vertikalen Pupille fast entzweigerissen.

»Woher hast du das, Mädchen?«, fragte er mit einer so tiefen Stimme, die mir Schauder des Grauens über den Rücken jagte. Ich schloss die Tasche und wich zwei Schritte nach hinten.

»Gefunden.«

RENN! Wieso redest du mit ihm? Sieh zu, dass du Land gewinnst, und renn!

Ich dachte nicht länger nach, nahm die Beine in die Hand und rannte los. Der Wandler jedoch war schneller, er schien nicht einmal annähernd Anstrengung zu verspüren, als er mich aus vollem Lauf am Arm packte und ich heftig zu Boden stürzte. Ich knallte auf den Hintern und keuchte, als der Schmerz durch den Körper schoss. Doch mir blieb keine Zeit, um mich damit auseinanderzusetzen. Augenblicklich versuchte ich meine Hand von ihm loszureißen, doch sein Griff war wie der eines Schraubstocks; ich kam nicht los. Angst nahm überhand, als er mich auf die Füße zerrte und mit sich zog.

»Nein, nein, bitte! Lass mich los!«

»Wenn du nicht aufhörst zu zappeln wie ein Drachenbaby, dann werde ich dir wehtun, Kleine«, knurrte er und ich hörte für den Bruchteil einer Sekunde auf mich zu wehren.

Er hätte mich sofort töten können, wenn es ihm darum ginge, wieso also tat er es nicht? Wenn ich ehrlich war, tat er mir aktuell nicht einmal weh und würde es vermutlich auch nicht tun, wenn ich machte, was er wollte. Sein Griff war nach wie vor fest und ich würde meine Schwierigkeiten haben, von ihm loszukommen, aber vielleicht wäre es möglich.

Meine Gedanken begannen zu rasen und pures Adrenalin schoss durch meine Venen, derweil ich hinter ihm herstolperte. Er war gut zwei Köpfe, wenn nicht sogar drei, größer als ich und hatte viele ausgesprochen kräftige Muskeln. Allerdings war ich schnell, nicht so schnell wie er, aber ich kannte mich hier in der Umgebung aus. Mein Blick glitt über die Schulter und zwischen den zerstörten Häusern erkannte ich eine bayerische Gaststätte. Ich erinnerte mich an zahlreiche Familienfeiern, die wir dort gefeiert hatten.

Mein Kopf zuckte wieder nach vorn und ich schaute den breiten Rücken meines Entführers an, ehe ich die Entscheidung traf und mich fallen ließ. Schmerz raste erneut durch mein Steißbein, welcher allerdings durch das Adrenalin in den Adern gelindert wurde. Sein Griff lockerte sich und geistesgegenwärtig trat ich ihm die Beine unter dem Körper weg, als ich auf dem Boden aufkam. Das Training, welches wir in den letzten Wochen intensiviert hatten, machte sich endlich bezahlt; Jakob wäre mit Sicherheit stolz auf mich.

Augenblicklich riss ich mich von ihm los, sprang auf und hetzte in die entgegengesetzte Richtung. Ich hörte, dass der Wandler fluchte, rannte jedoch wie vom Teufel gejagt davon. Zwischen den vielen baufälligen Gebäuden schlug ich Haken wie ein Kaninchen, ehe ich nach links hechtete und durch das zerstörte Schaufenster eines Brautmodeladens sprang, da dieser viel näher war als das Hofbräuhaus.

Die Glasscherben ignorierend, die sich bei der Aktion in mein Fleisch bohrten, kroch ich von dem Podest in der Auslage, auf dem ich gelandet war, und hastete ins Innere des Ladens, versteckte mich zwischen unzähligen Brautkleidern. Mein Atem ging stoßweise, weswegen ich die Lippen zusammenpresste und versuchte, so leise wie möglich zu atmen. Eine gefühlte Ewigkeit verging, bis ich mich traute, zwischen den Kleidern hervorzulugen.

Am Rande des Schaufensters machte ich eine Silhouette aus, konnte in der mittlerweile vollständigen Schwärze der Nacht allerdings nicht sagen, ob es sich um den Wandler handelte oder es einfach nur eine der Schaufensterpuppen war. Jetzt, wo das Adrenalin langsam, aber sicher sank, machte sich ein anderes Gefühl in meiner Brust breit: Angst. Mein Versteck war nicht schlecht, er würde seine Zeit brauchen, um mich zu finden – wenn er es denn überhaupt tat.

Doch allein der Gedanke, entdeckt und verschleppt zu werden, umfasste meine Eingeweide wie eine eiskalte Hand und drückte zu. Mir war ganz flau im Bauch und ich spürte den leichten Druck hinter meinen Augen, der Tränen ankündigte. Fort war das Gedankenspiel, zu den Wandlern zu gehen, um zu erfahren, was mit mir geschah. Wie naiv und dumm ich gewesen war, zu denken, sie würden mir helfen können.

Glas knirschte unter schweren Stiefeln und ließ mich den Atem anhalten. Durch die Massen an Tüll und beschmutzter weißer Seide konnte ich sehen, wie er durch das Schaufenster stieg und sich genau umsah. Ich biss mir fest auf die Unterlippe und wagte nicht mich irgendwie zu bewegen. Himmel, ich fürchtete sogar, er könnte meinen Herzschlag hören, denn wer wusste schon, wozu die Drachenwandler tatsächlich fähig waren? Wir kannten diese Wesen schließlich noch immer nicht.

Ihre Kräfte waren enorm, das hatten wir bereits herausgefunden, doch was wussten wir noch? Manchmal zeigten sich beeindruckende, Angst einflößende Drachenaugen; deswegen und wegen des königsblauen Blutes, welches allerdings nur selten floss, konnten wir erkennen, was wirklich vor uns stand. Außerdem sahen die Drachenwandler viel gepflegter aus als die Menschen, die hier draußen um ihr Überleben kämpften.

Ansonsten tappten wir völlig im Dunkeln, hatten keine Chance, ein normales Leben zu führen. Wir konnten ja nicht einmal aus der Stadt hinaus – Dutzende, wenn nicht sogar Hunderte Wandler bewachten jede Stadtgrenze und stellten sicher, dass keiner hinaus oder hinein kam. Ich hatte keine Ahnung, warum sie so vorgingen, was ihre Gründe waren, hier auf der Erde ein Chaos zu veranstalten. Aber wer brauchte schon Gründe, um einfach wahrhaftig boshaft zu sein?

»Ich weiß, dass du hier bist, Kleine. Der Stein, er ruft nach mir, so wie er es bei dir getan hat, nicht wahr?«

Zitternd schloss ich die Augen und biss mir heftiger auf die Unterlippe, um das aufkommende Schluchzen zu unterdrücken. Mit einer Hand presste ich mir die Umhängetasche an den Körper und hoffte einfach nur, dass er mich nicht finden würde. Plötzlich ertönte von draußen ein leises Poltern und einen Herzschlag später hörte ich wieder, wie Glas knirschte und der Wandler aus dem Schaufenster sprang. Erst als seine schnellen, polternden Schritte verklungen waren, traute ich mich die Augen zu öffnen und zu atmen.

Eine ganze Weile blieb ich noch reglos liegen, bis ich mir wirklich sicher sein konnte, dass er fort war. Dann bahnte ich mir vorsichtig einen Weg durch das Brautmodegeschäft. Ich blickte mich nach allen Seiten um, ehe ich aus dem Schaufenster stieg und in Richtung der Gaststätte lief. Keine zehn Pferde würden mich wieder auf den Weg schicken können, den ich gekommen war.

Meine Tasche noch immer fest an mich gepresst, lief ich im Schutz der zerstörten Gebäude einen Umweg zur U-Bahnstation des Stephansplatzes und hastete sogleich die Treppen hinunter in die Tiefe des Tunnels. Erst als ich schon eine Zeit lang in der Dunkelheit verbracht hatte, entspannten sich meine Muskeln und ich ging etwas langsamer. Nach ungefähr zehn Minuten Laufen durch die Finsternis, sah ich endlich die Lichter. Ich war angekommen.

Kapitel 22

Romy

»Willkommen zurück, Romy«, begrüßte mich Markus, der am Ende des Bahntunnels mit Jakob Wache hielt. Ich lächelte ihn an und nickte zur Erwiderung. Mein Blick fiel kurz auf Jakob, doch seine ganze Konzentration schien auf dem Tunnel hinter mir zu liegen.

Nachdem er das unnatürliche Glühen in meinen Augen gesehen hatte, war unser eigentlich fast schon inniges Verhältnis völlig zerbrochen. Seit wir an der Stadtgrenze so herbe Verluste einstecken mussten und ich ein paar Tage später verletzt worden war, waren wir nicht noch einmal gemeinsam an die Oberfläche gegangen. Er verhielt sich mir gegenüber recht normal, redete auch, doch er war mir kein weiteres Mal nahegekommen. Von den Gefühlen, die er angeblich für mich gehegt hatte, spürte ich absolut nichts mehr.

Aber vielleicht war das gar nicht so schlecht, denn mir war schon von Anfang an klar gewesen, dass ich nichts für Jakob empfand. Trotzdem fehlte er mir auf eine Art und Weise, denn ich hatte die Zeit mit ihm stets genossen. Jakob war ein toller Mensch, seine positive Einstellung und die Hoffnung manchmal nervenzehrend, aber alles in allem war er mir, seit die Wandler auf die Erde gekommen waren, wirklich wichtig geworden.

»Danke. Wie sieht's aus?«

»Wie immer ruhig. Ich glaube, diese Dreckskerle halten einfach nichts von unterirdischen Tunneln«, brachte Markus schmunzelnd hervor, er hielt sein Sturmgewehr jedoch weiterhin demonstrativ vor der breiten Brust im Anschlag. Sein Schädel war mittlerweile kahl rasiert, einzig und allein ein dunkelblonder Bartflaum befand sich noch in seinem Gesicht.

Ich nickte den beiden Männern zu und passierte die Bahnschienen, stieg die provisorische Treppe, die wir gebaut hatten, hinauf und betrat das Areal, wo wir wohnten. Ich spürte Jakobs Blick in meinem Rücken, obwohl die Intensität seit jener Nacht an der Elbpromenade nachgelassen hatte.

Ich schenkte Luca ein Lächeln, der gerade aus einem unserer Waschräume kam. Dass vor wenigen Monaten in den Kiosken noch allerlei Süßigkeiten und andere Leckereien verkauft worden waren, sah man überhaupt nicht mehr. Mit dem fließenden Wasser hatte es sich einige Wochen, nachdem wir hier heruntergekommen waren, auch erledigt.

Nicht dass es im Allgemeinen noch fließendes Wasser in Hülle und Fülle gab, allerdings taten wir unser Bestes, um wenigstens Wasser herunter zu schaffen und ein bisschen zivil und menschlich zu bleiben. Die mangelnde Körperhygiene störte mich mit am meisten. Wie selbstverständlich man eine heiße Dusche und eine funktionierende Toilette gesehen hatte, verstand man erst, wenn man sie nicht mehr benutzen konnte. Es war immer so, dass man erst begriff, wie wichtig etwas war, wenn man es nicht mehr hatte.

Ich zog die Umhängetasche über den Kopf und lief zu Luca hinüber, der sich wieder etwas abseits der Gruppe niedergelassen hatte und Speere schnitzte. Die Munition, die wir für die Automatikwaffen hatten, würde nicht mehr ewig halten und irgendwann mussten wir wohl oder übel auf herkömmliche Waffen umsteigen, die wir relativ simpel selbst herstellen konnten.

Vielleicht würden wir auch bald wissen, wie man die Wandler umbrachte. Doch in diesem Punkt waren wir immer noch keinen Schritt weiter. Ich erinnerte mich an Dennis, der sich bei der Universität als einer von ihnen entpuppt hatte. Damals hatte ich gedacht, die Dutzenden von Kugeln, die auf ihn abgeschossen worden waren, hätten ihm so was von den Garaus gemacht. Aber das stimmte nicht, der Wandler hatte überlebt. Er war resistent gegen die Munition, die seinen ganzen Bauch durchlöchert hatte.

Lucas Lippen verzogen sich zu einem breiten Grinsen, als er kurz aufsah und mich entdeckte. »Da bist du ja wieder. Hatte ich dir nicht erst gestern gesagt, dass ich auf deinen nächsten Streifzug mitkomme?«

Ich schenkte ihm ein schwaches Nicken, ehe ich die Tasche neben ihm fallen ließ und mich ebenfalls setzte. »Hast du. Und ich habe es wieder einmal ignoriert. Du bist nicht für draußen gemacht, Luca.«

Zweifelnd hob er eine Augenbraue. In den letzten Wochen war er immer weniger an die Oberfläche gegangen. Ich würde nie wollen, dass er gezwungen war eine Waffe zu benutzen und diese Welt schrie geradezu danach, genau das zu tun. Ich wollte nicht diejenige sein, die Luca in einer Situation, die nicht anders zu bewältigen war, dazu zwang, den Abzug zu drücken und irgendjemanden oder irgendetwas zu verletzen. Selbst wenn dieses Etwas nur einer der Wandler wäre. Es würde ihn verändern und davor fürchtete ich mich vermutlich mehr als er sich selbst. Bevor er etwas erwidern konnte, kam ich ihm zuvor und öffnete meine Umhängetasche.

»Sieh mal, was ich gefunden habe«, sagte ich stolz und griff nach dem roten Stein, der sich in meiner Hand noch immer ganz warm anfühlte. Allerdings hörte ich kein Flüstern mehr und die Flammen, die im Inneren getanzt hatten, standen ebenfalls still. Vielleicht, weil ich mich unter der Erdoberfläche befand. Wenn dieser Stein tatsächlich etwas mit den Wandlern zu tun hatte, dann würde er vermutlich ebenso wie sie reagieren, wenn es unter die Erde ging.

»Oh toll, Romy. Ein Stein.« Luca konnte sich ein schwaches Lachen nicht verkneifen und ich schlug ihm gegen den Oberarm. Manchmal verfluchte ich ihn wirklich.

»Nicht irgendein Stein, ich glaube, der ist von den Wandlern. Vielleicht kann ich ihn gegen etwas zu essen eintauschen.« Ich dachte an die kleine Gruppe von Natalie und Jo, die vor Wochen an den Messehallen geblieben war. Vielleicht würden sie den Stein an sich nehmen.

»Romy, wer sollte in dieser Zeit etwas zu essen gegen einen blöden Stein eintauschen? So was ist nicht mehr von Wert, es zählt einfach nicht mehr. Wertgegenstände sind nicht länger von Bedeutung.«

Ich schluckte den Ärger und die Enttäuschung, die mich wie eine aufschäumende Welle trafen, hinunter und starrte betrübt auf den Stein. Luca hatte recht. Es interessierte niemanden mehr, ob man Geld, Schmuck oder irgendein teures Gemälde besaß oder fand. Es zählte nur noch, ob man etwas zu essen hatte oder wie man sich etwas beschaffen konnte. Es ging um das reine Überleben und der Stein würde mir absolut gar nichts einbringen.

»Ich werde trotzdem morgen zur anderen Station gehen und versuchen zu handeln«, sagte ich seufzend und fuhr mir durch das Haar. Meine Finger verfingen sich wieder in den kleinen Knötchen und wütend riss ich an ihnen, um sie irgendwie auszukämmen. Ob ich das nun versuchte oder irgendwo fiel eine Schaufel um – der Effekt war derselbe. »Herrgott, auf meinem nächsten Streifzug muss ich echt nach 'ner neuen Haarbürste suchen.«

»Hol dir lieber 'nen Rasierer und probier die Frisur von Markus aus. Das Nest auf deinem Kopf kann keine Bürste der Welt in Ordnung bringen!«

»Verdammt, wann bist du so frech geworden?«, schnaubte ich und unterdrückte den Drang, ihm noch einmal spielerisch gegen den Arm zu boxen. Er zuckte grinsend mit den Schultern und konzentrierte sich dann wieder ganz auf die Speerspitze, die er fein säuberlich formte. Es tat gut, mit Luca so unbeschwert zu reden und sich zu necken. Das gab mir ein bisschen das Gefühl von Normalität. Ich wusste, dass er sich von Sinas Tod nie gänzlich erholen würde, doch in letzter Zeit war er wieder ein Stück weit er selbst geworden.

Nach einer Weile, während der wir schweigend beieinandersaßen und ich nur dem Geräusch des Messers in Lucas Händen lauschte, legte er den fertigen Speer beiseite und sah mich an.

»Marie hat bei einem Streifzug weiter im Osten einen Bundeswehrstützpunkt gefunden, wo sich vielleicht noch Überlebende befinden. Sie sagt, das Gelände ist riesig und mit einem Stacheldrahtzaun umgeben, der intakt ist. Vielleicht haben wir Glück und finden endlich Leute, die mit uns kämpfen, um diese Wandler ein für alle Mal von unserem Planeten zu verscheuchen.« Das Funkeln in seinen blauen Augen verriet, wie sehr er daran glauben wollte und wie sehr er hoffte, dass es gute Nachrichten von der Gruppe gab, die sich auf den Weg machen würde.

Ich hatte die alles verzehrende Hoffnung schon vor langer Zeit aufgegeben und wollte nicht mehr zulassen, dass dieses Gefühl mir ein weiteres Mal einen heftigen Dämpfer verpasste. Wir hatten in den letzten Monaten kein Glück gehabt, wieso sollte es jetzt anders sein? Es war nicht die erste Polizeiwache oder Bundeswehrstation, die wir anpeilten, weil wir hofften, dort auf

Menschen zu treffen. Bisher wurden wir immer und immer wieder enttäuscht. Trotzdem zwang ich mich dazu, Luca ein zuversichtliches Lächeln zu schenken.

»Ja, vielleicht haben wir Glück«, antwortete ich mit belegter Stimme und richtete den Blick auf meine Fingernägel.

Kleine Dreckansammlungen tummelten sich unter den abgebrochenen Spitzen der Nägel und ließen meine Hände noch schäbiger aussehen, als sie ohnehin schon waren. Ein leises Seufzen stieg aus meiner Kehle hervor und ich wandte den Blick ab.

»Ich werde mich waschen und schlafen legen. Morgen früh gehe ich trotzdem zum Markt.« Ich stand auf und klopfte mir den Staub des Bahnsteigs von der schwarzen Cargohose.

Luca quittierte meinen Starrsinn mit einem Augenrollen. »Die werden dir nichts dafür geben, Romy, sei dir sicher.«

Ich zuckte mit den Schultern, stopfte den Stein zurück in die Umhängetasche und machte auf dem Absatz kehrt.

»Nein, die Station war leer. Keine Waffen, keine Munition. So langsam gehen mir die Ideen aus, Wolf«, hörte ich eine gedämpfte Stimme und blieb stehen. Etwas weiter entfernt sah ich Wolf, die muskulösen Arme vor der breiten Brust verschränkt, der Blick düster und unzufrieden. Ich lugte hinter einer Säule hervor und erkannte Aleksandar, der ihm gegenüberstand. »Das war das letzte Polizeirevier im Umkreis«, fuhr er fort. »Wir waren Tage unterwegs, um dorthin zu kommen, und es war für die Katz!«

»Wir müssen uns etwas anderes einfallen lassen«, brummte Wolf zustimmend.

Ich biss die Lippen aufeinander. Langsam, aber sicher gingen uns die Ideen aus. Die Polizeireviere waren jedes verdammte Mal wie leer gefegt, nichts Brauchbares befand sich dort. Wir hatten mit dem Kommissariat 14 angefangen, welches nicht weit entfernt von der U-Bahnstation des Gänsemarkts war. Das Gebäude war vollkommen zerstört worden und somit hatten wir es uns zur Aufgabe gemacht, die Reviere abzugrasen, um zu sehen, was sie uns einbrachten.

Nach dem, was ich in dem Kommissariat auf dem Weg zur Stadtgrenze gesehen hatte, war ich nur ein einziges Mal noch mit dabei gewesen. Wir hatten das Revier 33 aufgesucht, dort aber ebenfalls nur gähnende Leere vorgefunden. Ich erinnerte mich noch genau an die Leichen, die in dem Gebäude gelegen hatten. Und ich erinnerte mich, dass wir ihnen die Waffen abgenommen hatten, wie Plünderer die keine Skrupel mehr kannten. Es war einfach nur abstoßend gewesen, weswegen ich nicht mehr mitgegangen war, wenn sie erneut aufgebrochen waren.

»Marie hat was gefunden. Ich schicke morgen eine Truppe los, damit wir uns das ansehen können«, riss Wolfs Stimme mich aus den Gedanken und ich blinzelte perplex, um die Bilder des Reviers hinter mir zu lassen. Als das Gespräch zu den Vorbereitungen für den nächsten Tag ging, tat ich das, was ich eigentlich vorgehabt hatte: Ich suchte einen der Kioske auf.

Im Inneren erwartete mich ein halb voller Eimer kaltes Wasser und drei Bürsten, die eigentlich mal zu einem Feudel gehört hatten. Ich drehte den Schlüssel im Schloss um, entledigte mich meiner Jacke, spritzte mir Wasser ins Gesicht und begann meine Hände zu schrubben. Bald schon war meine Haut ganz rot gescheuert, allerdings endlich wieder sauber.

Für mein dickes verknotetes Haar reichte das Wasser nicht mehr, weswegen ich es an diesem Abend nicht wusch. Mein Blick fiel kurzzeitig auf die Schere, die neben den harten Bürsten lag, und für den Bruchteil einer Sekunde überlegte ich mir das Haar einfach abzuschneiden. Vermutlich hätte ich es gemacht, hätte ich einen Spiegel gehabt und das Ausmaß der fehlenden Haarpflege sehen können. So blieb es nur ein weiterer Blick auf die Schere, der keine Veränderung brachte.

***

Noch bevor die Sonne aufging, stand ich leise auf und zog Socken und Stiefel an. Mein unbändiges Haar band ich zu einem Dutt, damit die vielen dicken Knoten nicht sofort in jemandes Auge sprangen. Trotz allem wollte ich noch immer einen vernünftigen Eindruck abgeben, jedenfalls soweit es irgend möglich war. Nachdem ich meine Jacke übergezogen und die Umhängetasche an mich genommen hatte, steckte ich mir noch ein Messer an den Gürtel.

Mein Herz raste – wie jedes Mal, wenn ich an die Oberfläche ging. Bevor ich mich allerdings auf den Weg machte, suchte ich meine schlafende Mutter noch einmal auf. Die rötlich braunen Locken hingen ihr in die Stirn, ihre Züge waren ganz entspannt. Wenigstens in der Nacht konnte sie sich ein paar Stunden ausruhen. Ein schwaches Lächeln stieg in mir auf und ich strich ihr eine Strähne aus dem Gesicht.

»Ich komme wieder, Mama«, flüsterte ich. Ich wusste, dass ich es ihr nicht antun konnte zu verschwinden, denn das würde sie in ein noch größeres Loch reißen, als der Tod meines Vaters es bereits getan hatte. Fast war mir, als hörte ich seine Schreie wieder und feine Tränen sammelten sich in meinen Augen. Vorsichtig, um sie nicht zu wecken, pflanzte ich einen sachten Kuss auf ihre Stirn, ehe ich mich aufrichtete und zu den Schienen ging, die mich zurück zum Stephansplatz brachten.

Die Nachtwachen nickten mir kurz respektvoll zu und ich erwiderte den Gruß, dann verschwand ich in der Finsternis des Tunnels, die irgendwie etwas Tröstliches hatte. Man sah nicht, was tatsächlich mit der Welt da draußen geschehen war, man konnte sich fast einbilden, dass alles in Ordnung sei. Ich wusste es besser, denn es war absolut nichts in Ordnung, gar nichts.

Wieder einmal zwang ich mich dazu, meine Gedanken beiseitezuschieben. Ich durfte nicht abgelenkt sein – nicht, wenn mich gestern schon fast einer der Wandler geschnappt hatte. Erst jetzt fiel mir auf, dass ich diese Begegnung mit keinem Wort erwähnt hatte. Ob ich es bewusst oder unbewusst ausgelassen hatte, war mir selbst schleierhaft.

Als ich das aufkommende Tageslicht am Ende der Station sah, blieb ich hinter der Biegung stehen und schloss für einen kurzen Moment die Augen.

Konzentriere dich, Romy. Du darfst nicht entdeckt werden, sie dürfen dich nicht kriegen. Das kannst du Mama nicht antun und Luca auch nicht. Reiß dich zusammen. Ich sagte mir diese Worte immer und immer wieder, bis ich der Meinung war, dass alle anderen Gedanken aus meinem Kopf verbannt worden waren. Erst dann ging ich zu den Treppen.

***

Ich verweilte einen Moment auf der obersten Stufe der Treppe und schaute zum Himmel. Der Sonnenaufgang faszinierte mich, doch die bittere Ironie, die er in sich hegte, zerstörte den aufkommenden Hoffnungsschimmer. Denn obwohl die Sonne täglich ihre Strahlen ausstreckte und die Erde erleuchtete, war ich mir nicht sicher, ob die Menschheit irgendwann wieder stark genug sein würde ihren Planeten zurückzuerobern und ihre Heimat wieder aufzubauen.

Vielleicht war der Bundeswehrstützpunkt eine Möglichkeit, den ersten Schritt in die richtige Richtung zu tun, doch vielleicht war er auch das genaue Gegenteil. Und konnte unsere Gruppe einen weiteren Rückschlag einfach hinnehmen? Ich zweifelte daran.

Mein Weg führte mich weiter nördlich zum Dammtor, wo die verschiedenen Gruppen sich immer mal wieder trafen und ihre Fundstücke untereinander tauschten. Nachdem wir zwei weitere Gemeinschaften gefunden hatten, hatten wir diesen Treffpunkt ins Leben gerufen.

Letzte Woche hatten Jo und Natalie dadurch einen ganzen Rucksack voller Babynahrung für ihre kleine Tochter, die vor drei Wochen das Licht der Welt erblickt hatte, bekommen. Dass Natalie die Geburt überlebt hatte, grenzte an ein Wunder. Es musste schwer sein, ein Baby in unserer derzeitigen Situation großzuziehen, weswegen ich ihnen half, wo ich konnte. Gerade in diesen schweren Zeiten war es das Wichtigste, dass wir einander halfen.

Eine der Gruppen, die wir vor wenigen Tagen gefunden hatten, war stets auf direktem Wege zu ihrem Ziel gegangen, was sie drei gute Leute und fast die Preisgabe ihres Versteckes gekostet hatte. Da ich schon zu Anfang gelernt hatte, so etwas nicht zu tun, lief ich vom Stephansplatz aus hinüber zu der kleinen Grünanlage am Wallgraben, passierte die Brücke und hielt mich immer versteckt bei den Pflanzen.

Es war gar nicht so leicht, zwischen all den umgestürzten Bäumen Schutz zu finden, doch ich schaffte es unentdeckt bis zum Antiquariat, welches quasi nur noch einen Katzensprung vom Dammtor entfernt war.

Als ich einen Augenblick zwischen dicken Rhododendronbüschen stehen blieb und die Umgebung betrachtete, hörte ich dieses leise Flüstern wieder, was meine ganze Aufmerksamkeit verlangte. Wie ferngesteuert öffnete ich die Tasche und ich wurde von dem warmen rubinroten Leuchten begrüßt.

Vorsichtig nahm ich den Stein in die Hand und war gefesselt von den kleinen Flammen, die im Inneren miteinander tanzten. Es war ein wunderschönes Schauspiel und noch überwältigender als gestern, als ich ihn gefunden hatte. Es zog mich aus dem Schatten der Büsche hinein in die warme Morgensonne und als ich den Splitter ins Sonnenlicht hielt, schien das sanfte Rubinrot mein ganzes Umfeld einnehmen zu wollen.

Oh, was war ich leichtsinnig! Doch die Anziehung zu diesem Stein war enorm und mit jedem neuen Züngeln der Flammen schien ich eine Kraft in mir zu spüren, die zu verlockend war, als dass ich den Stein unbeachtet in der Tasche hätte lassen konnte. Das Knirschen hinter mir holte mich zurück in die Gegenwart und ich wirbelte herum. Vor mir stand der dunkelhäutige Wandler.

»Hallo, Kleines«, begrüßte er mich mit einem gefährlichen Lächeln und ich trat einen Schritt zurück.

»Du scheinst etwas zu haben, was uns gehört«, hörte ich jemanden hinter mir sagen und drehte mich in die Richtung, aus der die zweite Stimme kam.

Eine hochgewachsene blonde Frau blickte mir entgegen. Irgendetwas sagte mir, dass ich sie schon einmal gesehen hatte. Als sie ihre schmale Hand in die Hüfte stemmte – und dabei jedem Model auf unserer Welt Konkurrenz machte –, fiel es mir wie Schuppen von den Augen: Sie war die Wandlerin, die mich an der Universität geschnappt hatte. Die, der ich die Nase gebrochen hatte. Panik sickerte durch meine Adern und vermischte sich mit Adrenalin, mein Herzschlag stolperte kurz, ehe er doppelt so schnell wieder einsetzte.

»Mein Name ist Tanya. Wie du sicher vermutest, sind wir Drachenwandler. Wenn du dich nicht wehrst, wird dir nichts geschehen.«

»Trotzdem musst du mit uns kommen«, mischte sich eine dritte Stimme ein und ich blickte zwischen den drei Wandlern hin und her.

Das war mein Todesurteil. Ich würde hier niemals lebend herauskommen. Gegen einen einzigen Wandler anzutreten war schon Wahnsinn, drei waren schierer Selbstmord, einfach nicht zu schaffen. Sie würden mich zerquetschen, einfach so als wäre ich ein Nichts. Denn das war ich auch im Gegensatz zu ihnen.

Anstatt zu kapitulieren, wie es jeder mit gesundem Menschenverstand getan hätte, griff ich nach meinem Messer und zog es langsam aus dem Gürtel.

»Ich werde bestimmt nicht kampflos sterben.«

»Wir wollen dir nichts tun, leg das Messer hin«, versuchte die Frau mich zu beschwichtigen.

Ein kurzes Schnauben entwich mir. Waren diese Wesen wirklich so dumm und glaubten, ich würde denken, sie sprächen die Wahrheit? Nichts tun – als ob! Hunderte, wenn nicht sogar Tausende hatten sie einfach so getötet, ohne mit der Wimper zu zucken. Sie würden auch mich umbringen, ganz gleich, was ich anstellte. Wieso es ihnen also leicht machen? Wenn ich auch nur einen Wandler erwischte, wäre ich zufrieden, denn dann hätte ich etwas für dieses Land getan, ich hätte nicht kampflos aufgegeben.

»Es tut mir leid, Mama«, flüsterte ich leise, hielt die Tränen zurück und fasste all meinen Mut zusammen, um nach vorn zu stürzen und nach Tanya zu schlagen. Sie riss ihren Arm in die Höhe und das Messer schlitzte ihre alabasterfarbene Haut auf.

Ein kleines Rinnsal königsblauen Blutes tropfte an ihrem Unterarm entlang und sie schien ebenso schockiert zu sein wie ich selbst. Ihre gelben Drachenaugen flammten auf und ich wusste, dass ich so was von geliefert war. Noch bevor Tanya den Arm sinken ließ, konnte ich erkennen, wie die Haut sich wieder zusammenfügte und nicht einmal eine kleine Narbe zurückblieb. Verdammte Scheiße!

»Nehmt ihr das Messer ab!«, schrie Tanya; der Dunkelhäutige packte mich von hinten an den Oberarmen, derweil der andere mir das Messer aus der Hand riss. Ich warf den Kopf zurück, schlug heftig gegen die Nase meines Angreifers und hörte es verdächtig knacken. Er stieß einen Schrei aus und ließ mich los, ich verlor keine Sekunde und rannte davon.

Ich müsste es nur zurück zwischen die Bäume schaffen, da könnten sie mich nicht so einfach finden, dann wäre ich vielleicht gerettet. Das Glück war allerdings nicht auf meiner Seite. Plötzlich tauchte der Blonde, der mir das Messer entrissen hatte, vor mir auf und ich kam aus vollem Lauf schlitternd zum Stehen, fiel fast hin. Links von mir baute sich Tanya auf und hinter mir der, dem ich die Kopfnuss verpasst hatte.

Ich wich zur rechten Seite, die mein einziger Fluchtweg zu sein schien, während die drei Wandler immer näher kamen.

»Wir wollen dir nichts tun«, versuchten sie mich immer wieder zu beschwichtigen, doch ich wollte nichts hören.

Als ich mich umdrehte und erneut losrannte, stolperte ich über ein Trümmerteil der Außenfassade des Antiquariats und stürzte der Länge nach hin. Ich schlug mir den Kopf an der Kante eines weiteren Geröllstücks auf ... und war sofort bewusstlos.

Kapitel 23

Greyer

Wochen war es her, dass wir das Mädchen das letzte Mal gesehen hatten. Mein Genesungsprozess hatte sich in die Länge gezogen, weil ich ruhelos gewesen war. Lean hatte sie nicht finden können und sie geisterte immer wieder in meinem Kopf umher.

Irgendetwas tief in mir sagte mir ohne Unterlass, dass sie das Kind aus der Prophezeiung war, dass sie es war, die die Splitter finden konnte. Ich wusste es einfach.

Doch wir tappten seit Wochen im Dunkeln, denn wir hatten sie nicht wieder aufspüren können, um sie herzubringen. Ich erinnerte mich noch zu gut daran, wie sie vor uns geflohen war, wie ich plötzlich die Spur verloren hatte, die Verbindung zu ihr. Und ebendiese Verbindung war so tief in mir verankert, dass ich sie vermutlich nie einfach so würde vergessen können.

Diese Art Anziehung verspürte ein Wandler nur ein einziges Mal in seinem ganzen Leben. Es war fast komisch, dass ich sie ausgerechnet bei diesem Mädchen fühlte. Doch es zeigte nur einmal mehr, dass ich sie finden musste.

»Greyer, das führt doch zu nichts«, schaltete sich Kartha plötzlich ein und ich sah zu der Schwarzhaarigen. Ihre stechend grünen Augen blickten mir entgegen – sorgenvoll, ein bisschen Skepsis konnte ich in ihnen auch lesen. Schon seit einer halben Stunde verharrten wir in dem Gebäude, wo wir sie vor Wochen gesehen hatten. Ich starrte Löcher in die Luft und versuchte, irgendwie einen Anhaltspunkt zu finden.

Aber Kartha hatte recht, das hier führte zu nichts. Immerhin würde das Mädchen bestimmt nicht so dumm sein und hierher zurückkehren, wo wir sie fast geschnappt hatten. Offenbar hatten die Menschen immer noch nicht verstanden, dass wir nicht unbedingt die Bösen in diesem Spiel waren.

»Du hast recht«, erwiderte ich und fuhr mir über das Gesicht. Hundert Gefühle tanzten in meinem Inneren und wirbelten umher wie ein aufkommender Sturm. Das stechende Gefühl vom Versagen bohrte sich in meine Brust und ich hasste es. Hasste es, dass ich noch immer nichts geschafft, dass ich keinen wirklichen Fortschritt zu verzeichnen hatte. Der eine Splitter, den ich in der Elbe gefunden hatte, war bisher der einzige geblieben. Die Wandler setzten viel auf mich und ich enttäuschte sie auf ganzer Linie.

Ich warf einen letzten Blick in die Richtung, in der ich meinte, sie verloren zu haben, ehe ich kehrtmachte, um das Gebäude zu verlassen. »Dieses Areal können wir offenbar auch streichen. Ich spüre keinerlei Splitteraktivitäten.«

Kartha und Kain schauten mich beide an, ehe Kain ein Seufzen verlauten ließ.

»Ich auch nicht. Hoffentlich finden wir das Mädchen bald.« Kains fast schwarze Augen waren voller Skepsis und ich ließ seine Worte kommentarlos zwischen uns in der Luft hängen. Wir sollten uns auf den Rückweg machen, vielleicht waren Tanya und die anderen weiter gekommen als wir.

»Da vorn«, merkte Kartha an, die ein paar Schritte vor mir ging. Ich blieb neben ihr stehen und schirmte die Augen vor der Sonne ab, um die Silhouette zu erkennen, die sich uns näherte. Es musste definitiv ein Wandler sein, denn kein Mensch würde so auf uns zugerannt kommen. Eher würde er in die entgegengesetzte Richtung davonhetzen.

»Das ist Darian«, erkannte ich und ging ein paar Schritte auf ihn zu. Darian kam vor uns zum Stehen und konnte sich ein fast schon siegreiches Grinsen nicht verkneifen.

»Es gibt Neuigkeiten. Das Mädchen ... wir haben sie.«

Kapitel 24

Romy

Ich träumte. Es war einer dieser Träume, die sich furchtbar real anfühlten, bei denen man aber ganz sicher wusste, dass es nur ein Traum sein konnte. Ich wusste es, weil ich mit meinem Vater auf dem Hamburger Dom, einem riesig großen Jahrmarkt, war. Wir hatten uns Poffertjes gekauft und die geschmolzene Butter lief in seinen Bart, was mich dazu brachte, aus vollem Herzen zu lachen.

Dieses Gefühl ließ eine sanfte Wärme in meiner Brust zurück und als ich langsam aus diesem Dämmerzustand erwachte, spürte ich deutlich die Tränen hinter meinen geschlossenen Lidern. Es war nicht fair, dass er tot war. Und noch ätzender war es, dass diese Erinnerungen an längst vergangene Zeiten immer wieder hochkamen. Ich wollte nicht daran denken, wie es einmal gewesen war, ich wollte nur das Hier und Jetzt sehen.

Ich riss die Augen auf. Kopfschmerzen dröhnten hinter meiner Stirn und breiteten sich durch die plötzliche Helligkeit aus. Verwirrt blinzelte ich. Um ehrlich zu sein, hatte ich eine Art Zelle erwartet, irgendetwas, was mir zeigte, dass ich eine Gefangene der Wandler war. Doch ich befand mich offenbar in einem Schlafzimmer. Die hohe cremefarbene Decke war geschmückt mit kleinen Deckenstrahlern und als ich mich etwas aufrichtete, konnte ich mein dunkles Spiegelbild in einem Flachbildfernseher sehen. *Was zur Hölle ...?*

Das Bett, in dem ich lag, war phänomenal weich und ich versank in der riesigen Matratze. Erinnerungen, wie die drei Wandler mich verfolgt hatten, sickerten in mein Gedächtnis und ich sprang auf, was den Schmerz in meinem Kopf weiter verstärkte.

Ich war nicht zu Hause, natürlich nicht. Sie mussten mich mit in die verdammte Drachenstadt genommen haben. Hastig sah ich mich um. Rechts von mir befand sich eine Fensterfront; ich achtete gar nicht auf die Umgebung dahinter. Hätte ich es getan, wäre mir die bittere Enttäuschung, als ich eines der Fenster aufriss und mich hinauslehnte, bereit zu springen, erspart geblieben.

Denn als ich mich hinauslehnte, um zu fliehen, musste ich einsehen, dass ich diesen Sturz niemals überleben würde. Ich war in ihrem elenden Hauptquartier gefangen, befand mich sicherlich in einer der obersten Etagen des anscheinend unversehrten *Westin*-Hotels. Mein Blick glitt über die in der Sonne glänzende Elbe und ich presste die Lippen aufeinander. Von hier oben hätte man, zugegeben, einen fantastischen Blick auf Hamburg haben können.

Doch die Zerstörung ließ mir das Blut in den Adern gefrieren; Überall, wohin ich auch blickte, waren eingestürzte Gebäude, Trümmer lagen auf den Straßen, ausgebrannte, zerstörte Fahrzeuge reihten sich eng aneinander. Leichen, die vielleicht niemals ein Grab bekommen würden, lagen irgendwo dort unten, verborgen von der Zerstörung oder brutal zur Schau gestellt und massakriert.

Erst als die Elbe vor mir verschwamm, merkte ich, dass sich Tränen in meinen Augen gebildet hatten. Ich schloss die Lider, kniff sie zu und versuchte nicht weiter an die zahlreichen Menschen zu denken, die in diesem Krieg gefallen waren. Es war eines der dunkelsten Kapitel in unserer Geschichte und vielleicht würde man niemals die Chance haben, dies alles aufzuschreiben und an folgende Generationen weiterzugeben.

Als ich Schritte auf dem Flur hörte, fuhr ich mir mit dem Handrücken über das Gesicht und wischte die Tränen fort. Meine Trauer vermischte sich mit Wut und ich ergriff das Erstbeste, was mir als Waffe dienen könnte: eine Stehlampe. Hastig riss ich den cremefarbenen Schirm vom Kopf der Lampe herunter und hielt den metallenen Stab vor mich – bereit anzugreifen. Ein kurzes Klopfen ertönte an der Tür, dann wurde die Klinke hinuntergedrückt. Fast wäre ich brüllend auf den Eindringling losgegangen, doch ich konnte mich gerade noch zügeln.

Vor mir stand eine junge Frau, sie konnte nicht viel älter sein als ich selbst. Vielleicht neunzehn, maximal zwanzig. Auf den ersten Blick wirkte sie menschlich. Ihre Haut war nicht so makellos wie die der Wandler, die ich bisher gesehen hatte. Ihr dunkelblondes Haar fiel in langen Wellen über die Schultern. An ihrem rechten Oberarm befand sich ein frischer Verband, der mich überraschte und meinen Verdacht, dass sie wirklich eine von uns war, bestätigte.

Denn wenn man ihnen nicht unbedingt einen Kopfschuss verpasste, heilten Wandler augenblicklich. Was mich allerdings am meisten aus der Bahn warf, war, dass sie ein wunderschönes bodenlanges Kleid trug. Der zartrosa Stoff schmiegte sich an ihre schlanke Figur und sie sah keineswegs so aus, als wäre sie versklavt worden.

»Mein Name ist Lara. Ich tue dir nichts, versprochen. Bitte leg die Lampe weg«, verlangte sie mit einem sanften Lächeln von mir, doch ich umklammerte die improvisierte Waffe nur noch fester. Meine Handflächen schwitzten, je enger ich die Finger um den Stab schlang.

»Du bist eine von denen …?«, knurrte ich mit einem leichten Zweifeln, doch sie schüttelte den Kopf und schloss die Tür.

»Nein. Ich bin ein Mensch genau wie du.« Sie faltete die Hände vor ihrem Bauch und schaute mich aus aufrichtigen blauen Augen an. Ich konnte ihr nicht glauben. Wieso sollten die Wandler Menschen verschonen? Ich hatte gesehen, was sie da draußen mit meinesgleichen anstellten. Ich schnaubte kurz, umklammerte den Stab so fest, als würde mein Leben davon abhängen.

»Wieso soll ich dir das glauben? Du weißt, dass sie aussehen wie wir.«

Sie deutete auf den Verband am Oberarm. »Ich wurde verletzt, ist das nicht Beweis genug?«

»Das kann Tarnung sein, ich wette, unter dem Verband ist deine Haut glatt wie ein Babypo.«

Ihre vollen Lippen verzogen sich zu einem Lächeln und sie begann an dem Verband zu nesteln. Als der weiße Stoff hinabrutschte, konnte ich die grobe Kruste erkennen, die sich auf der Wunde gebildet hatte. Aus der Entfernung konnte ich es nicht sicher sagen, aber es sah aus, als wäre die Wunde genäht worden.

»Wie ist das passiert?«, fragte ich und dachte an Tanya, deren Haut nach dem Schnitt wieder makellos geworden war. Ganz langsam sickerte der Gedanke, dass Lara die Wahrheit sagte, durch meinen Verstand. Das erklärte jedoch noch lange nicht, wieso sie hier lebte.

»Ein Soldat hat mich angeschossen, als die Wandler mich geschnappt haben. Er wollte mich töten, dachte wahrscheinlich, es wäre besser, tot zu sein als hier.«

»Und ist es das nicht?«

»Nein. Die Wandler wollen uns nichts Böses, sie wollen nur zurück auf ihren Planeten und dafür brauchen sie die Splitter eines ihnen heiligen Sterns. Du hast einen von diesen Splittern gefunden. Deswegen bist du sehr wichtig für sie.«

Bevor ich mich selbst aufhalten konnte, lachte ich laut. Es war ein irres, hysterisches Lachen, was keinerlei Freude ausstrahlte. Es brach aus mir heraus, nahm mir die Luft zum Atmen. Als ich mich endlich wieder fasste, wischte ich mir eine Träne aus den Augenwinkeln.

»Ich habe lange, wirklich lange, nicht mehr so gelacht. Sieh aus diesem Fenster. Sieh dir an, was die Wandler uns angetan haben. Ich habe Monate dort draußen gelebt, ich weiß, was sie tun!« Ich löste eine Hand von der Stange und deutete auf die Fensterfront hinter mir. Es genügte ein Blick und jeder konnte sehen, was die Wandler angerichtet hatten.

»Ich verstehe dein Misstrauen, ich verstehe es wirklich. Mir ging es nicht anders, als ich hier ankam, aber Greyer hat mir gezeigt, dass ich im Unrecht war. Er wird auch dir die Augen öffnen.« Lara sah mich an und deutete kurz auf die Kommode. »In der Kommode findest du saubere Kleidung. Dusch dich, ruh dich etwas aus. Ich hole dich zum Abendessen ab.« Mit diesen Worten schenkte sie mir noch einmal ein Lächeln, ehe sie kehrtmachte und aus dem Zimmer verschwand. Ich blinzelte ihr perplex hinterher und starrte einen Moment lang auf die geschlossene Tür.

War das gerade wirklich geschehen? Ein Mensch, der den Wandlern aus freien Stücken diente? Ich musste definitiv im falschen Film sein. Wir konnten uns doch nicht für eine so lange Zeit versteckt haben – für nichts und wieder nichts. Ich glaubte ihr kein Wort. Das, was die Wandler getan hatten, sprach Bände und das alles konnte man nicht einfach so falsch verstehen. Sie hatten getötet und Monster auf die Erde gebracht, die noch mehr töteten.

Mein Blick fiel auf die Stehlampe, die ich weiter fest umklammert hielt. Ich stellte sie wieder auf ihren Sockel und fuhr mir durch das Haar. Fast hätte ich vor lauter Frustration gestöhnt, als meine Finger erneut in den Knoten hängen blieben.

Lara hatte etwas von einer Dusche gesagt ...

Ich konnte dem heftigen Drang, der plötzlich in mir erwachte, nicht widerstehen. Ehe ich es mich versah, hatte ich die angrenzende Tür geöffnet und stand in einem sagenhaften Badezimmer. Mir klappte die Kinnlade herunter, ich starrte fassungslos auf jedes kleine Detail, das sich mir darbot. Es war atemberaubend.

Direkt in der Mitte des Raumes stand eine ovale Badewanne mit vergoldeten Füßen. Links war eine kleine Biegung, als ich ein paar Schritte ins Innere des luxuriösen Badezimmers trat, entdeckte ich dort eine riesige ebenerdige Dusche. Allein der Duschkopf war vermutlich mehr wert als alles, was ich jemals angefasst hatte. Mein Herz machte einen entzückten Satz, als ich eines der weichen Handtücher berührte.

Ich musste im Himmel sein oder träumen. Das konnte nicht real sein, irgendwo musste ein Haken sein, der dieses Trugbild zu Staub zerfallen lassen würde. Ich griff nach dem Wasserhahn an der Dusche und drehte ihn auf – glasklares Wasser sprudelte hervor und ich lachte vor Euphorie. Ich dachte nicht länger nach, riss mir die Kleidung vom Leib, ließ sie achtlos auf dem Boden liegen und trat unter den herrlich warmen Wasserstrahl.

Keine Ahnung, wie lange ich einfach nur dastand und dabei zusah, wie der Dreck von meinem Körper floss. In meinem ganzen Leben hatte ich eine Dusche noch nie so genossen, wie ich es in diesem Moment tat. Fast drei lange, verdammt lange, Monate hatte ich keine Chance gehabt, mich zu duschen. Ich fühlte mich wie in einem Traum, ganz gleich, ob ich nun bei den Wandlern war oder nicht. Es war mir schlichtweg, zumindest für die nächste halbe Stunde, egal, denn es gab nur mich und das warme Nass.

Nach der Dusche – ich war fast traurig, als ich das Wasser abstellte –

wickelte ich mich in eines dieser flauschigen Frotteetücher und wischte mit der Hand über den beschlagenen Spiegel.

Ich hatte die ganze Zeit über gewusst, dass meine Haare vermutlich nicht mehr zu retten waren. Auch in der Dusche hatte ich gemerkt, dass, egal wie viel ich von der Haarkur im Bad benutzte, die Knötchen einfach nicht weniger wurden. Die verfilzten Stellen begannen auf Schulterlänge und ließen mein Haar kürzer wirken, als es eigentlich war. Einige Strähnen hatten sich zwar teilweise entwirrt und fielen mir bis zum Bauchnabel, doch die Mitte der Längen war eine einzige Katastrophe.

Ich atmete tief durch und betastete mein Gesicht – ein dicker blauer Fleck prangte auf dem Jochbein. Die schlechte Ernährung der letzten Monate machte sich ebenfalls bemerkbar, ich war regelrecht abgemagert, man konnte die Knochen unter meiner blassen Haut deutlich sehen. Ich schüttelte leicht den Kopf und riss den Blick von meinem Spiegelbild los.

Wie im Wahn begann ich, die Schranktüren und Schubladen aufzureißen, bis ich endlich das fand, was ich gesucht hatte – eine Schere. Wieder sah ich in den Spiegel und betrachtete das Mädchen, welches mir entgegenblickte. Ehe ich es mir anders überlegte, nahm ich die Spitzen der linken Seite in die freie Hand und schnitt sie mir bis zum Kinn ab. Mein Herz klopfte wie wild und ich spürte es bis in die Kehle hinauf, während ich Strähne für Strähne einfach abschnitt. Als ich fertig war, betrachtete ich die dicken verfilzten Knoten im Waschbecken. Ich sammelte sie ein und warf sie in den kleinen Mülleimer.

Das kinnlange Haar ließ sich bei Weitem besser durchkämmen, danach kehrte ich ins Schlafzimmer zurück.

Erneut fiel mein Blick auf die zerstörte Stadt außerhalb der Fenster, doch ich zwang mich zur Kommode hinüberzugehen und die Schubladen aufzuziehen. Unterwäsche in diversen Größen blickte mir entgegen und ich schüttelte ungläubig den Kopf. Die Wandler mussten zahlreiche Läden ausgeräumt haben. Ich suchte nach etwas in meiner Größe, ließ das Handtuch fallen und zog mich an. Nachdem ich auch ein passendes T-Shirt und eine Hose gefunden hatte, sah ich mich in dem Zimmer um.

Von draußen waren keinerlei Geräusche zu hören, das einzige was hin und wieder erklang, war das Knurren meines Magens. Aber würde ich tatsächlich mit den Wandlern zu Abend essen? Und wer war überhaupt dieser mysteriöse Greyer? Mir kam der Name bekannt vor, allerdings wusste ich nicht, wo ich ihn schon einmal gehört haben sollte.

Ich fühlte mich in diesem nahezu perfekten Zimmer wie eingesperrt und tigerte vor der Fensterfront auf und ab. Was, wenn das alles hier nur eine Farce war? Ich konnte mir beim besten Willen nicht vorstellen, dass einfach alles, was wir über die Wandler zu wissen glaubten, falsch sein sollte.

Wir konnten doch nicht wirklich monatelang außerhalb der Mauern um unser Überleben gekämpft haben, wenn hier gar keine Bedrohung herrschte. Dass die Wandler plötzlich die Guten sein sollten, ging mir nicht in den Kopf. Sie hatten Lara sicherlich manipuliert, ihr vielleicht gedroht irgendjemanden zu töten, sollte sie mir nicht solchen Humbug erzählen.

Draußen ging die Sonne langsam, aber sicher unter und ich betrachtete das Schauspiel, welches den Himmel färbte. Ich blieb am offenen Fenster stehen und lehnte mich gegen den Rahmen.

Irgendwo da draußen waren jetzt Jakob, Luca und die anderen. Sie fragten sich bestimmt schon, wo ich war, wieso ich nicht zurückkehrte. Meine Mutter würde vielleicht vom Schlimmsten ausgehen.

Ich schloss die Augen und atmete tief die frische Luft ein, die durch eine Böe zu mir geweht war. Ich musste hier raus. Und zwar so schnell wie möglich. Meine Gedanken kreisten um Lara, die mir gesagt hatte, sie würde mich zum Abendessen abholen. Vielleicht war das meine einzige Chance, hier rauszukommen. Ich löste mich aus der Starre und begann, das Zimmer nach irgendetwas abzusuchen, was ich als Waffe benutzen konnte. Als ich schon kurz davor war aufzugeben, fiel mir die Schere ein.

Genau in diesem Moment erklangen Schritte auf dem Flur und ich hetzte mit wild klopfendem Herzen ins Bad, riss die Schere von der Keramikarmatur und eilte zurück ins Schlafzimmer. Rasch schob ich die Schere hinten in den Bund meiner Jeans und verdeckte sie mit dem T-Shirt.

Die Tür wurde geöffnet und Lara erschien ein Lächeln auf den Lippen tragend. »Das Abendessen ist so weit. Allerdings werden wir bis morgen auf

Greyer warten müssen. Er ist noch draußen, um nach dir zu suchen. Wir benachrichtigen ihn, dass du bereits bei uns eingetroffen bist.«

Mein Magen drehte sich um, als sie von »wir« redete. Hatten die Wandler sie wirklich so sehr manipuliert, dass sie glaubte, sie seien die Guten? Bittere Galle stieg in mir hoch, das kalte Metall der Schere hinten in meinem Hosenbund jagte kleine Schauer über meine Haut. Ich brachte nur ein Nicken zustande und folgte ihr nach draußen.

***

Rechts und links neben der Tür waren zwei Wachen, die sich ebenfalls in Bewegung setzten, als Lara und ich auf den Flur traten.

Lara würde ich ausschalten können, aber bei den beiden Wandlern, die uns wenige Schritte entfernt folgten, sah es schon ganz anders aus. Der Plan, Lara außer Gefecht zu setzen und zu fliehen, wurde zunichte gemacht, als wir den Flur hinunter gegangen waren und am Fahrstuhl zwei weitere Wachen vorfanden. Ich begann zu schwitzen. Wie, verdammt noch mal, sollte ich hier herauskommen? Gegen vier Wandler hatte ich keine Chance, da musste ich mir nichts vormachen.

Mein Blick fiel auf Lara, die einen Schritt vor mir stand. Ich spürte die Blicke der Wandler in meinem Nacken, wusste, dass eine falsche Bewegung meinen Tod bedeuten könnte. Doch dann kam mir eine Idee. Eine, die nur funktionieren würde, wenn Lara tatsächlich die Wahrheit über die Drachenwandler gesagt hatte, was ich noch immer bezweifelte.

Aber mir blieb keine andere Möglichkeit, um hier verschwinden zu können. Entweder ich ging das Risiko ein und opferte nicht nur mein, sondern auch Laras Leben, oder ich spielte ihr Spiel mit und würde über kurz oder lang sowieso sterben. Was machte es da also aus, wenn ich Lara mit mir nahm und wir beide nicht mehr kämpfen mussten?

Vielleicht hatte der Soldat, der sie angeschossen hatte, recht gehabt. Tot zu sein war besser, als in den Fängen der Wandler den Rest des Lebens zu verbringen.

Als die Türen des Fahrstuhls mit einem leisen *Ping* aufgingen, verlor ich keine Zeit mehr. Ich riss die Schere aus dem Hosenbund, schnappte mir Lara und drückte ihr die Spitze an den Hals. Ich presste meinen Arm fest um ihren Oberkörper, sodass sie sich nicht wehren konnte. Die Wandler kamen einen Schritt auf mich zu, warnend drückte ich die Schere noch fester in Laras Halsbeuge. Ein erstickter Laut löste sich aus ihrer Kehle.

»Einen Schritt weiter und sie ist tot«, hörte ich mich sagen. Adrenalin pumpte durch meine Adern, setzte meinen gesamten Körper unter Strom und ließ mein Herz wie wild schlagen. Egal, wozu ich in den letzten Monaten gezwungen worden war, das hier übertraf alles. Ich war am bitteren Ende angekommen.

Einer der Wandler hob beschwichtigend die Arme.

»Das ist ein Fehler«, wisperte Lara mir zu und ich schüttelte kaum merklich den Kopf.

»Der einzige Fehler war, dass ihr mich hierher gebracht habt. Außerdem musst du dir doch keine Sorgen machen, oder? Wenn die Wandler so toll sind, wie du mir erzählt hast, dann werden sie dein Leben schützen wollen«, flüsterte ich ihr drohend ins Ohr.

»Bitte, leg die Schere weg. Du bist im Unrecht, hörst du?« Der dunkelblonde Wandler, der auch dabei gewesen war, als sie mich am Antiquariat überrascht hatten, kam mir näher und ich wich einen Schritt zurück, riss Lara aber mit mir.

»Ihr lasst mich mit ihr gehen, dann bleibt sie am Leben.« Meine Stimme war lauter geworden. Tatsächlich schien dieses vage Versprechen zu wirken. Die vier Männer blieben dort, wo sie waren, und ließen mich mit Lara in den Fahrstuhl stolpern.

»In die Ebene, wo wir am meisten Chancen haben, hier zu verschwinden«, wies ich Lara eisern an. Als sie die zitternde Hand nach der Knopfleiste ausstreckte, griff ich in ihr Haar und bog ihren Kopf nach hinten, sodass sie mich ansehen musste. »Und keine Spielchen, hörst du? Ich schrecke nicht davor zurück, dir diese verdammte Schere in den Hals zu bohren.«

Sie nickte und drückte den Knopf für das erste Untergeschoss. Ich hoffte inständig, dass sie mich nicht verraten würde, denn immerhin saßen wir beide hier fest. Als sich die Türen schlossen, stieß ich sie von mir, ließ die Schere jedoch nicht sinken.

»Wenn du mitspielst, dann sind wir hier beide bald raus, okay?«

Lara schüttelte den Kopf und rieb sich mit den Händen über die Oberarme, als würde sie frösteln. Ihre Haare waren leicht zerzaust und in ihrem Gesicht stand der pure Unglauben. »Du verstehst es nicht, oder? Wir sind hier sicher! Die Wandler wollen uns nichts Böses. Bitte, es wird sonst noch jemand durch deine Aktion verletzt!«

Ich schnaubte, antwortete aber nicht auf diesen Unfug. Was hätte ich auch sagen sollen? *Okay, du hast recht, die Wandler sind ja so liebe Geschöpfe?* Dass ich nicht lachte!

»Wieso glaubst du ihnen?«, sprach ich dann doch die Frage aus, die mir auf der Zunge brannte.

»Weil ich es gesehen habe. Die Wandler tun uns Menschen nichts an, sie suchen uns, nehmen uns mit in die Drachenstadt und sorgen für uns. Die Mauern halten die Berkan draußen. Sie schenken uns Sicherheit, solange sie hier sind, um die Splitter zu finden.« Ihre Wangen waren nass von Tränen. Hoffnung und der Wille, mich zu überzeugen, traten in ihr Gesicht. Ich konnte ihr Vertrauen in die Wandler kaum aushalten.

»Welche Splitter?«, fragte ich sie daher und dachte an den roten Kristall. Er war der Grund gewesen, warum die Wandler mich unbedingt mitnehmen wollten. Erst jetzt fiel mir auf, dass ich ihn nicht länger bei mir trug. Meine Tasche war nicht mehr da, vielleicht hatten sie sie mir weggenommen. Vielleicht lag sie aber auch in dem Schlafzimmer.

Lara schüttelte verzweifelt den Kopf. »Das erklärt dir lieber Greyer, wenn du tatsächlich die bist, nach der sie gesucht haben.«

Ich schnaubte. *Greyer.* Schon wieder … Wer, zur Hölle, sollte dieser Greyer bitte schön sein? Anscheinend war er eine ziemlich wichtige Person für die Wandler, wenn ich unbedingt zu ihm sollte.

Der Fahrstuhl zeigte endlich das Erdgeschoss an und brachte uns dann ins Untergeschoss. Als die Türen aufgingen, hielt ich Lara die Schere in den Rücken und trieb sie voran. Wir waren in der Tiefgarage.

»Zeig mir den Ausweg«, forderte ich. Sie nickte und ging vorwärts, ich folgte ihr. Die Wandler waren nicht blöd, sie mussten wissen, wo wir uns befanden. Nervosität kroch durch jede Zelle meines Körpers.

»Sie werden nicht kommen«, sagte Lara, die mittlerweile neben mir ging und mich offenbar beobachtet hatte.

Ich deutete mit dem Kinn nach vorn. »Sieh nach vorn und bring mich hier raus.«

»Die Wandler werden nicht riskieren, dass mir etwas passiert. Sie sind nicht die Bösen«, hielt sie weiterhin an ihrem Irrsinn fest.

»Sei still!«, fuhr ich sie, heftiger als notwendig, an und blieb stehen. Ich konnte mir dieses Gerede nicht mehr anhören. »Die Wandler sind böse! Sie kamen auf unseren Planeten und haben alles zerstört. Mein Vater ist tot, genauso wie meine beste Freundin und Abertausende andere Menschen, von denen nichts mehr übrig ist. Sag du mir nicht, dass die Wandler nicht die Bösen sind, wenn ich weiß, was sie tun!« Ich hatte gar nicht gemerkt, wie mir Tränen der Wut gekommen waren. Lara schaute mich voller Bedauern an.

»Dein Verlust tut mir leid. Aber waren es die Wandler oder doch die Berkan, die sie getötet haben?«

Ich blinzelte sie perplex an. War das nicht egal? Die Berkan waren wegen der Wandler hier, also war es ihre Schuld so oder so.

»Mein Vater wurde von einem Berkan zerfleischt. Sina wurde von den Wandlern getötet.«

»Sina? Das ist deine beste Freundin, schätze ich?« Plötzlich machte sich ein Lächeln auf ihren Lippen breit, doch ich konnte kein Gespräch mit jemandem führen, der mir nur Lügen erzählte.

»Geh weiter.« Ich griff nach ihrem Arm und schubste sie unsanft voran.

Lara hob abwehrend die Hände, drehte sich um und wir liefen, bis wir zu einem Seitenausgang kamen. Ich blickte durch das kleine Fenster in der Tür, konnte dahinter allerdings keinerlei Bewegungen ausmachen. Ich atmete tief durch, öffnete die Tür und schob Lara die Treppen nach oben.

Mittlerweile war die Nacht hereingebrochen. Zu meinem Glück, musste ich sagen, denn so war es für die Wandler vielleicht noch eine Spur schwerer mich zu finden. Doch was hatte ich eigentlich geglaubt? Aus dem Gebäude fliehen zu können und direkt an den Bahngleisen zu sein? Wie naiv und dumm ich nur gewesen war! Denn in diesem ganzen Chaos, welches ich selbst veranstaltet hatte, hatte ich die Mauer völlig vergessen.

Als wir also wieder an der Oberfläche waren, zeigte sich mir nicht der Ausgang aus diesem Gefängnis. Die Mauer war mindestens einen Kilometer, wenn nicht mehr, von mir entfernt. In den umliegenden Häusern brannte Licht, ich meinte sogar, von irgendwoher Musik und Gelächter zu hören. Mein Puls beschleunigte sich, als ich verstand, dass ich hier nicht so einfach herauskommen würde.

***

»Lass sie gehen.« Die Stimme kam wie aus dem Nichts. Ich wirbelte herum. Unter dem leichten Schimmern einer Straßenlaterne kam ein Wandler zum Vorschein. Ich wich ein paar Schritte zurück und hielt die Schere wieder vor mich. Ein weiterer Wandler, die dunkelblonde Wache aus dem Hotel, trat aus den Schatten hervor und griff nach Laras Arm, um sie zu sich zu ziehen. Ich saß in der Falle.

»Ihr müsst mich gehen lassen!«, rief ich verzweifelter, als ich den Anschein geben wollte. Zu der Nervosität gesellte sich Panik, mit der ich nicht umgehen konnte. Ich spürte, wie diese fremde heiße Kraft mich ergriff.

»Beruhige dich. Es ist alles in Ordnung, hier wird dir niemand etwas tun.« Ich blickte den Wandler an, der gesprochen hatte, und spürte eine heftige Anziehung, die ich schon einmal gefühlt hatte. Einen Herzschlag lang musterte ich ihn. Ich erinnerte mich an sein hellblondes Haar und die markanten Züge. Das war der Wandler, auf den ich auch schon an der Stadtgrenze so heftig reagiert hatte. Mir fiel es wie Schuppen von den Augen. *Greyer.* Natürlich. Das musste Greyer sein.

Ich konnte fast eine Art Erleichterung in mir spüren, als ich ihn hier vor mir stehen sah. Er war am Leben, der Berkan hatte ihn nicht zerfleischt. Doch trotz dieser Anziehung wollte ich nicht hierbleiben. Alle meine Instinkte schrien mich an, dass ich so schnell wie möglich wegmusste.

»Nein … ich muss hier weg.« Mein Brustkorb zog sich zusammen und das Atmen fiel mir schwer. Weitere Wandler scharrten sich um uns herum, als wären wir Zirkustiere, die begafft werden mussten. Ich sah mich um, wusste, dass ich hier nicht lebendig herauskommen würde. Alles in mir schrie danach wegzurennen, den Wandlern zu entkommen, doch ich konnte mich nicht rühren.

Dann spürte ich es.

Hitze ergriff meine Finger, eine sanfte Berührung liebkoste meine Haut und ich ahnte bereits, dass die seltsamen Flammen meine Hände hinaufkrochen, bevor ich hinsehen musste.

»Ihr werdet mich gehen lassen.« Meine Stimme war kraftvoller und ich richtete den Blick auf den Blonden. Seine Augen waren nicht länger blau, sondern leuchteten in einem intensiven Türkis.

»Du bist es«, sagte er und schaute auf meine Finger. Ein schwaches Lächeln umspielte seine Lippen. »Ich habe dich endlich gefunden.«

Plötzlich veränderte sich sein Gesichtsausdruck und er streckte eine Hand nach mir aus.

»Nein!«, rief er, doch es war zu spät. Ich wollte mich gerade umdrehen, da spürte ich einen kurzen Schmerz im Hals. Spürte, wie irgendetwas in mich hineinfloss, dann wurde alles schwarz.

Kapitel 25

Romy

»Du hättest sie nicht direkt außer Gefecht setzen sollen, Tanya. Sie hätte mich nicht angegriffen.«

»Es gilt, dich zu schützen, Greyer. Wir können dich nicht auch noch verlieren. In dem Moment war sie eine Bedrohung. Ich habe nur das getan, wofür ich hier bin.«

Ein Seufzen. Dann kurze Stille.

»Wir werden warten, bis sie aufwacht. Lass Lean und Jendrik die Tür bewachen. Und schicke nach dem blonden Mädchen, sie wird sie sehen wollen.«

»Natürlich, wie du wünschst.«

Schritte. Dann wurde eine Tür geöffnet und wieder geschlossen. Ich spürte, wie mir Finger eine Strähne aus der Stirn strichen. Meine Augen waren so schwer, so unendlich schwer. Ich wollte sie aufreißen, sehen, was sich hier abspielte, konnte aber nicht. Die Schwärze übermannte mich erneut und zog mich hinab.

Ich nahm nicht mehr wahr, wie Greyer ging.

***

Als ich wieder zu mir kam, war das lähmende Gefühl fort. Meine Lider waren nicht mehr schwer, die Gedanken flossen nicht länger wie zäher Honig durch meinen Kopf, sondern waren hellwach. Bilder von meiner versuchten Flucht geisterten vor meinem inneren Auge herum, Bilder, die zeigten, wie ich versagt hatte. Doch wieso war ich noch am Leben?

Ich riss die Augen auf. Erneut fand ich mich in dem geräumigen Schlafzimmer wieder.

»Du bist wach«, ertönte eine Stimme neben mir und ich setzte mich auf.

Lara saß auf einem der Sessel an der Fensterfront, ein Buch in den schmalen Händen. Ich sah sie verwirrt an.

»Wieso bist du hier?«

Sie klappte das Buch zu, stand auf und kam herüber. Dann zuckte sie mit den Schultern. »Warum nicht? Deine Reaktion war zwar etwas heftiger als erwartet, aber im Endeffekt ist ja nichts passiert. Auch wenn ich es dir übel nehme, dass du mich als Geisel genommen hast«, erzählte sie mir knapp und verschränkte die Arme vor der Brust. Dann fuhr sie fort: »Dass Tanya dich außer Gefecht gesetzt hat, tut mir leid. Sie hat in dir eine Bedrohung für Greyer gesehen und dachte, es wäre besser, wenn du erst mal schläfst.« Sie ließ mich nicht zu Wort kommen und deutete direkt auf meine Hände. »Deine Finger standen in Flammen. Erinnerst du dich noch daran?«

Wie hätte ich nicht? Wie hätte ich die heiße Macht je vergessen können? Zumal es nicht das erste Mal gewesen war, dass ich das Feuer zu mir gerufen hatte. Also nickte ich.

»Die Wandler sind sich jetzt sicher, dass du diejenige bist, nach der sie gesucht haben.«

Langsam setzte ich mich auf, stopfte das Kopfkissen in die richtige Position und lehnte mich gegen die Wand in meinem Rücken. Hunderte Gedanken rasten in einem einzigen Achterbahnchaos durch meinen Kopf, doch ich konnte nicht klarsehen. Wut brodelte immer noch in mir, genau wie der lodernde Hass auf die Wandler. Ich wollte nicht hier sein, wollte nicht irgendjemand sein, der von den Wandlern gesucht wurde. Doch neben alldem stellte sich mir wieder die große Frage: Wer war ich? Ich konnte mir nichts vormachen, ich hatte schon so oft darüber nachgedacht, die Wandler aufzusuchen und mehr über mich selbst herauszufinden. Jetzt schien mir die beste Gelegenheit, auch wenn ich ihnen noch immer nicht traute.

»Was passiert mit mir?«, fragte ich daher und sah Lara an. Ratlos schüttelte sie den Kopf.

»Ich weiß es nicht. Aber ich denke, dass Greyer die Antwort auf deine Fragen hat. Bevor du allerdings zu ihm gehst, ist noch jemand hier für dich.« Sie ging zur Tür und öffnete diese. Ich überlegte, wer schon für mich hier sein könnte, denn ich konnte mir schlecht vorstellen, dass Jakob, Luca oder sonst wer gerne einen Ausflug in die Drachenstadt gemacht hätte, um mich zu besuchen. Sie wussten ja nicht einmal, dass ich hier und am Leben war.

Als ich jedoch eine zierliche Gestalt mit blondem Haarschopf erkannte, traute ich meinen Augen kaum. Ich sprang vom Bett auf, wankte, weil das Schlafmittel, welches Tanya mir verabreicht hatte, offenbar noch nicht ganz aus meinem Blutkreislauf gewichen war.

»Sina?«, fragte ich ungläubig und auch die Augen meiner besten Freundin weiteten sich, als sie mich erkannte.

Keine Sekunde später befanden wir uns in einer halsbrecherischen Umarmung. Es war nicht möglich, dass sie am Leben war. Ich hatte gesehen, was das Fieber mit ihr gemacht hatte, Luca hatte sie nicht retten können. O Gott, Luca! Wenn er nur wüsste, dass sie noch am Leben war!

»Wie ist das möglich?«, flüsterte ich und konnte die Tränen nicht mehr aufhalten, die sich gebildet hatten. Ich nahm ihr Gesicht in die Hände und betrachtete sie von allen Seiten. Sie sah gut aus. Und so ... lebendig.

»Das waren die Wandler ... sie haben mich gesund gepflegt.«

Ich schüttelte aufgewühlt den Kopf.

Sina, die das alles überhaupt nicht aus der Bahn zu werfen schien, klatschte begeistert in die Hände. Ihre Augen strahlten, als wäre es toll, dass wir beide hier gefangen waren.

»Als ich gehört habe, dass die Wandler endlich gefunden haben, wonach sie gesucht haben, hab ich nie damit gerechnet, dass du es bist, Romy! Was ist mit den anderen?«

»Ich wurde nicht gesucht, die Wandler haben mich verschleppt. Den anderen geht es gut, denke ich. Luca er ... er wird ganz aus dem Häuschen sein, wenn er dich sieht! Wieso bist du nie zurückgekommen?«

Sinas Miene verdunkelte sich eine Spur und sie zuckte mit den Schultern. »Ist das nicht klar? Hier ist es sicher, Romy, die Wandler sorgen für uns. Für nichts auf der Welt würde ich wieder da hinausgehen.«

Mir stockte der Atem. Abrupt ließ ich ihre Hände los und wich einen Schritt zurück. »Wie kannst du mit dem Wissen, dass Luca und ich ... dass wir alle glaubten, du seist tot, leben und trotzdem nicht zurückkehren? Luca war am Boden zerstört, als er dich nicht retten konnte, Sina!«

Sie schüttelte leicht den Kopf. »Die Wandler haben mich gerettet, Romy. Mit der menschlichen Medizin wäre ich nie stark genug gewesen das Berkangift zu überstehen. Sie haben mir das Leben gerettet.«

»Aber Luca ...«

»Er wird sich freuen, dass ich am Leben bin, falls wir uns wiedersehen.«

»Falls? Natürlich werdet ihr euch wiedersehen! Wir ... wir müssen doch hier raus, wir müssen zurück zu ihnen ...« Meine Stimme versagte und ich schaute Sina fassungslos an. Dass sie plötzlich eine so hohe Meinung von den Wandlern hatte, traf mich wie ein Schlag. Vermutlich war das hier genau das Gegenteil von dem, was Sinas Überleben eigentlich mit mir hätte machen sollen.

»Als Erstes musst du Greyer kennenlernen. Du bist sehr wichtig für die Wandler, Romy. Zieh dir etwas Schönes an und komm ins Restaurant. Es ist wichtig, dass ihr euch kennenlernt. Wir sehen uns später und reden dann ausgiebig, okay?« Sie schenkte mir ein Lächeln, drückte meine Hand und ging aus dem Zimmer. Die Tür fiel ins Schloss und ich war allein. Erst jetzt merkte ich, dass Lara auch bereits gegangen war.

Wie war es möglich, dass Sina so dachte? Sie war doch mit uns auf der Flucht gewesen, hatte gesehen, wie erst die Universität und dann auch das *Mövenpick Hotel* überrannt worden waren. Die Wandler hatten sie mitgenommen, hinter die Mauer verschleppt. Okay, ja, sie hatten sie gesund gepflegt und ihr das Leben geschenkt, aber bestimmt nur, weil sie sich irgendetwas davon versprachen.

Sinas Veränderung hinterließ einen bitteren Nachgeschmack. Sie stand voll und ganz hinter den Wandlern, während ich nur weiterhin fieberhaft überlegte, wie ich hier herauskam. Allerdings nahm langsam, aber sicher ein Plan in meinem Kopf Gestalt an.

War ich nicht vielleicht die beste Chance für die Menschen herauszufinden, wie es hier aussah? Was die Wandler hier tatsächlich machten und wie sie zu töten waren? Vielleicht sollte ich das Spiel mitspielen, ihnen Vertrauen vorgaukeln und herausfinden, wie wir sie wieder fortschicken konnten. Ich war in ihrem verdammten Hauptquartier, dass sie mich noch nicht umgebracht hatten, musste ich ausnutzen! Vielleicht würde ich dann sogar irgendwie hier herauskommen und einen Weg zurück zu meiner Gruppe finden. Dann könnte ich ihnen von allem berichten und wir hätten womöglich eine Chance, die Wandler zu besiegen.

Anstatt mir etwas Hübsches anzuziehen, um Greyer zu gefallen, wie Sina es gerne wollte, zog ich mir ein sauberes schwarzes Top an und schlüpfte in meine ausgelatschten Stiefel. Das kinnlange Haar ließ ich offen. Als ich so weit war, trat ich zur Tür und legte die Hand auf die Klinke. Ich würde mir anhören, was dieser Greyer zu sagen hatte, und dann entscheiden, was am cleversten war.

Vielleicht konnte ich sogar einen Deal rausschlagen. Wenn ich wichtig für die Wandler war – denn wieso sollten sonst alle davon reden, dass ich diejenige war, nach der sie so lange gesucht hatten? –, dann würde ich mit Sicherheit einige Bedingungen stellen können. Und die wären definitiv zugunsten der Menschen.

Ich atmete noch einmal tief durch und öffnete die Tür. Links und rechts waren Wachposten stationiert worden …

***

Ich vermutete, dass es sich bei den Wachen um Lean und Jendrik handelte, die mir direkt auf dem Fuße folgten, als ich den Flur entlanglief. Ich schnaubte kurz und warf einen Blick über die Schulter. Die beiden Männer sahen aus wie Schränke. Dicke Muskelstränge waren an ihren Armen und Schultern zu sehen. Sie trugen keine Waffen, nicht einmal Kampfkleidung. Lediglich Cargohosen und enge schwarze Shirts. Aber vermutlich hätten sie auch nackt kämpfen können, sie waren den Menschen eh überlegen.

»Fürchtet ihr, dass ich ausraste und euch alle umbringe oder warum folgt ihr mir?«, fragte ich sarkastisch. Es war vollkommen lächerlich, dass man mich so bewachte, ich würde so oder so nichts ausrichten können. Das hatte ich erst gestern zu spüren bekommen.

»Wir sind zu deinem Schutz eingeteilt.«

Ein verächtliches Schnauben verließ meine Kehle. Darauf hatte ich einfach keine passende Antwort parat. Glaubten die diesen Scheiß wirklich? Ich richtete meine Aufmerksamkeit wieder nach vorn, bevor ich irgendwo gegen lief, und stieg nach einer kurzen Anweisung von einem der beiden Wandler in den Fahrstuhl, der uns ins Erdgeschoss brachte.

»Das Restaurant befindet sich zu deiner Linken. Greyer erwartet dich«, sagte der Dunkelblonde, von dem ich meinte, er wäre Lean.

»Ja, das habe ich mittlerweile schon verstanden.« Ich lief das letzte Stück bis zur Tür allein. Auch dort waren zwei Wachposten, dieses Mal weibliche, die allerdings nicht weniger gefährlich aussahen als Jendrik und Lean. Ich war mir sicher, dass sie mich binnen Sekunden töten konnten, wenn sie das wollten. Meine Handflächen fingen an zu schwitzen, als die Türen geöffnet wurden und ich ins Innere des Restaurants trat.

***

Die einzige Lichtquelle war die Fensterfront zu meiner Rechten, die einen atemberaubenden Blick auf die Elbe bot. Normalerweise würde ich dieses noble Luxusrestaurant niemals betreten, nicht einmal in seine Nähe kommen, weil es ein klein wenig über meiner Preisklasse lag. Dass ich jetzt hier stand, weil die Welt mehr oder minder untergegangen war und ich mich in den Fängen des Feindes befand, war furchtbar ironisch. Fast hätte ich bei diesem Gedanken gelacht, doch ich konnte es mir gerade noch verkneifen.

Ich hatte gedacht, von mindestens einem Dutzend Wachen flankiert und bewacht zu werden, aber das Restaurant war leer. Einzig und allein eine schlanke Gestalt an der Fensterfront erwartete mich. Die Türen hinter mir wurden geschlossen, sodass jetzt vollkommene Stille herrschte. Nur meine Schritte waren zu hören, als ich in die Mitte des Raumes trat.

»Ich bin froh, dass du meiner Einladung gefolgt bist.« Es war diese seidenweiche, aber auch tiefe Stimme, die nach meiner Aufmerksamkeit verlangte.

Hilflos von meinen Gefühlen übermannt, blickte ich zu Greyer, der sich von den Fenstern löste und zu mir herüberkam. Die heftige Anziehung, die ich bereits an der Stadtgrenze und sogar gestern in dieser verqueren Situation gespürt hatte, entflammte von Neuem und schien mich mit sich reißen zu wollen. Ich konnte nicht anders, als ihn ungeniert zu mustern, während er sich bewegte.

Sein hellgraues Hemd war weit aufgeknöpft und zeigte einen Teil seiner durchtrainierten Brust, aber auch feine rosa Narben, die sich bis unter den Stoff zogen, waren zu sehen. Schwarze Linien zeichneten ein Muster auf seine Haut, welches ich jetzt noch nicht zu erkennen vermochte. Alles in mir schrie danach, ihn berühren zu wollen, ihn für immer anzusehen und jedes noch so kleine perfekte Detail aufzusaugen. Er blieb vor mir stehen und deutete auf den Tisch, an dem zwei Stühle standen.

»Bitte, setz dich doch.«

Mechanisch tat ich wie geheißen und ließ mich auf einen der zwei Stühle fallen. Greyer hingegen glitt elegant auf den Platz mir gegenüber. Ich lehnte mich zurück und betrachtete sein markantes Gesicht. Im rechten Nasenflügel blitzte mir ein Silberring entgegen, der perfekt zu seinem ganzen Auftreten passte. Greyer war definitiv schön. Nicht von der Schönheit eines gewöhnlichen Mannes, sondern eher in einem eigenen Sinne schön.

Vielleicht war es das Unbekannte, was ihn attraktiv machte, vielleicht fühlte ich aber auch nur so, weil diese außergewöhnliche Verbindung zwischen uns zu existieren schien. Ich hatte keine Ahnung warum, aber all das, was er ausstrahlte, wie er aussah, zog mich geradezu magisch in seinen Bann. Er war makellos – wenn man die feinen rosa Narben außen vor ließ –, seine helle Haut wies keinerlei Schmutz oder Unebenheiten auf.

Doch als würde man einen Schalter umlegen, schlugen meine Emotionen mit einem Mal um. Zorn machte sich in mir breit. Mit welchem Recht hatten diese Geschöpfe die Erde besetzt und lebten hier in allem Reichtum, den unser Planet zu bieten hatte? Warum hatte ich wochenlang außerhalb leben, um mein verdammtes Leben bangen müssen, wenn es hier doch offenbar sicher war? Mit welchem Recht hatten sich die Wandler das alles genommen, sich einen sicheren Hafen erbaut und uns draußen uns selbst überlassen?

Wenn sie uns nicht töten wollten, dann taten es die Monster, die meinen Vater umgebracht hatten.

Ich dachte an meine Freunde und meine Mutter, die unten in den Tunneln waren und sicher hofften, ich würde zurückkommen. Wenn sie nicht alle schon längst dachten, ich sei tot ... Noch mehr Wut blitzte in mir auf und ich presste die Zähne heftig aufeinander, um Greyer nicht an die Kehle zu springen. Dann würden die blonden Strähnen nicht mehr so akkurat seine Ohrläppchen bedecken.

»Möchtest du etwas essen? Du musst hungrig sein«, füllte der Wandler die Stille und unterbrach für einen kurzen Moment jene Mordgedanken, als würde er nicht merken, dass meine Emotionen überzukochen drohten.

»Das tut jetzt nichts zur Sache. Warum bin ich hier?« Ich verschränkte die Arme vor der Brust und betrachtete ihn. Ein schwaches Lächeln umspielte seine Lippen, als würde er es amüsant finden, dass ich ihm nicht augenblicklich um den Hals fiel und ihn als meinen Retter anbetete. Vielleicht hatte Sina das getan. Abneigung gegenüber meiner besten Freundin gesellte sich zum Unverständnis.

Greyer antwortete nicht, stattdessen gab er irgendjemandem ein Zeichen. Als ich einen Blick über die Schulter warf, weil meine Neugier überhandnahm, sah ich eine etwas rundliche Frau, die zwei Teller zu unserem Tisch trug. Ich hatte sie vorher gar nicht wahrgenommen.

Jetzt stellte sie einen Teller vor jeden von uns und mein Magen begrüßte diesen sofort mit einem freudigen Knurren. Und was für Essen serviert wurde! Mir lief das Wasser im Mund zusammen, als der Duft von frisch gebratenem Fleisch, Bratkartoffeln und Brokkoli in meine Nase stieg. Wann hatte ich das letzte Mal richtig gut zubereitetes Essen gehabt? Ich konnte mich kaum an den Geschmack erinnern.

»Es bringt niemandem etwas, wenn du verhungerst. Also bitte, iss.«

Greyer selbst nahm das Besteck in die Hände und begann, das Fleisch klein zu schneiden. Ich presste die Lippen aufeinander und widerstand dem Drang, mich ausgehungert, wie ich war, auf das Essen zu stürzen. Ich traute den Wandlern nicht einmal so weit, wie ich spucken konnte, weswegen ich jetzt bestimmt nicht mit einem von ihnen eine Mahlzeit einnehmen und Geschichten von früher austauschen würde. Greyer hielt in der Bewegung, die Gabel an den Mund zu führen, inne, als er merkte, dass ich das Mahl nicht anrührte.

»Lara hat erzählt, dass du dich mit einer Stehlampe bewaffnet hast. Ich bin froh, dass euch beiden nichts passiert ist.«

Ein Schnauben verließ meine Kehle und ich verschränkte trotzig wieder die Arme vor der Brust. Das hier war ein Zirkus. Glaubte er wirklich, dass er mit ein bisschen Small Talk und gutem Essen mein Vertrauen gewinnen würde? Da hätte er sich definitiv jemand anderen aussuchen müssen.

»Kommen wir doch lieber zum Punkt und zwingen uns nicht zu Freundlichkeit. Warum bin ich hier?«, wiederholte ich meine Frage und hielt Greyers prüfendem Blick stand.

»Nun gut«, gab er sich geschlagen, legte das Besteck zur Seite und stützte die Ellbogen auf den Tisch. Fast war ich gewillt mich nach vorn zu beugen und jedes kleinste Detail seines Gesichts anzustarren. Diese Anziehungskraft, die von ihm ausging, war nicht gerade sehr hilfreich. Ich wollte ihn nicht schön oder attraktiv finden. Ich wollte ihn für das, was er war und tat, hassen.

Meine Konzentration schwand einen Augenblick, als die Frau, die das Essen gebracht hatte, zurückkehrte und mein Glas mit einer dunkelroten Flüssigkeit füllte. Als ich daran schnupperte, erkannte ich Wein. Ernsthaft? Das hier war wirklich eine Farce!

»Danke, Elisa«, sagte Greyer und nippte an seinem Rotwein. Ungeduldig wartete ich, dass ich eine Antwort bekam.

»Du bist hier, weil wir deine Hilfe benötigen, Romy. Als meine Späher dich gefunden haben, hast du einen roten Kristall bei dir getragen. Dieser Kristall ist ein Splitter des Dracarian, des Lebenssterns unseres Planeten Davantos. Vor einigen Monaten zerbrach der Dracarian in fünf Splitter, wir Wandler können diese nur in unmittelbarer Nähe spüren. Bevor wir unseren Planeten verließen, um auf der Erde nach den Splittern zu suchen, prophezeite unser Seher mir, dass es ein Kind auf diesem Planeten gibt, halb menschlich, halb

Wandler. Nur diesem Kind würde es möglich sein, die Splitter des Dracarian aufzuspüren.«

Als er endete, sah er mich erwartungsvoll an. Mit auf dem Tisch angewinkelten Armen verschränkte er vor sich die schlanken Finger ineinander und stützte darauf das Kinn ab. Für den Bruchteil einer Sekunde starrte ich ihn an, betrachtete die langen geschwungenen Wimpern und versuchte das, was er gerade gesagt hatte, zu verarbeiten.

»Und du denkst, ich bin diejenige aus der Prophezeiung?«, fragte ich. Meine Gedanken überschlugen sich. Ich dachte an das Feuer in meinen Händen, an die Kraft, die ich immer und immer wieder ganz deutlich spürte. Zur Hälfte Wandler. Es würde Sinn machen, aber genauso war es völlig unmöglich. Wie konnte ich eine Wandlerin sein, wenn ich nie zuvor von diesen Wesen gehört hatte? Zweifellos müssten meine Eltern mir jahrelang etwas vorgemacht haben. Nur wer von den beiden sollte ein Wandler sein? Oder waren sie nicht meine Eltern?

»Spricht das Drachenfeuer nicht Bände?«

Ich schlug den Blick nieder und sah auf meine Hände.

»Vielleicht«, erwiderte ich und versuchte krampfhaft meine Stimme nicht zittern zu lassen. Das Letzte, was ich jetzt gebrauchen konnte, war, dass Greyer dachte, er würde mich verunsichern können. »Aber selbst wenn du recht hättest, warum denkst du, dass ich euch helfen werde? Ihr kamt auf diesen Planeten, habt Städte zerstört und Leben genommen. Warum gehst du davon aus, dass ich meinen Feinden helfen würde?«

»Wir sind nicht deine Feinde, Romy. Wir sind dein Volk.« Ein kurzes Auflachen bahnte sich einen Weg aus meiner Kehle, noch ehe ich es zügeln konnte. Hatte er mich gerade ernsthaft mit diesen Kreaturen gleichgesetzt?

»Mein Volk?«, schnaubte ich verächtlich. »Mein Volk ist die Menschheit. Beantworte mir eine Frage, Greyer, wenn ich tatsächlich zur Hälfte Wandlerin bin, wieso habe ich dann nie von euch gehört? Wieso wusste ich, bis ihr hierhergekommen seid, nichts von eurer Existenz?« Ich hatte mich nach vorn gebeugt und starrte ihm in die Augen. Kurz schimmerte das Türkis seiner Drachenaugen durch. Er ließ die Arme sinken, winkelte sie an und kam meinem Gesicht näher, sodass ich seinen warmen Atem auf meiner Haut spüren konnte. Mein Herz überschlug sich fast.

»Weil es für die Wandler verboten ist, auf die Erde zu kommen und ein Kind zu zeugen. Du dürftest gar nicht existieren, Romy. Du bist das Ergebnis einer vollkommen verbotenen Liebe, einer widernatürlichen Zusammenkunft von Mensch und Drachen. Niemand weiß, wozu du fähig bist, weil niemand je mit jemandem wie dir in Kontakt treten konnte.«

»Heißt übersetzt, dass ich ein Freak bin.«

»Heißt übersetzt, dass du einzigartig bist. Wir können viel von dir lernen. Und du von uns.«

Darauf fiel mir auf die Schnelle keine schlagfertige Antwort ein. Vermutlich würde ich später in meinem Zimmer sitzen und mir würden hundert Dinge einfallen, die ich hätte sagen können. Aber jetzt war mein Hirn wie leer gefegt. Als ich merkte, wie nah wir beieinandersaßen, riss ich mich von seinem Anblick los und lehnte mich wieder zurück. Tief atmete ich durch, um wieder klare Gedanken fassen zu können.

»Was sagst du also? Hilfst du uns, die Splitter zu finden?«

Abschätzend blickte ich Greyer an und ließ mir Zeit mit einer Antwort. Half ich ihnen nun? Würde ich mir einen Zacken aus der Krone brechen, wenn ich diese blöden Splitter sammelte, damit die Wandler zurück auf ihren Planeten konnten? Nein, wahrscheinlich nicht. Allerdings herrschte so viel Chaos in meinem Kopf, dass ich nicht fähig war, jetzt sofort eine Entscheidung zu treffen.

»Kann ich etwas Bedenkzeit haben?«, hörte ich mich selbst fragen, ehe die Synapsen meines Hirns so nett waren, mir mitzuteilen, was meine Entscheidung sein würde.

In Greyers Augen blitzte etwas auf. War es Bewunderung? Ausgeschlossen. Wieso sollte ein Drachenwandler mir gegenüber Bewunderung verspüren?

»Natürlich. Nimm dir so viel Zeit, wie du brauchst. Ich werde da sein, wenn du eine Entscheidung gefällt hast.«

Ja, natürlich würde er da sein. Ich nickte, stand auf und zwang mich ihm den Rücken zuzuwenden und zu gehen.

Kurz vor der Tür hallte seine Stimme noch einmal durch den Raum: »Ach, Romy?«

Ich drehte mich um.

»Du bist eine bemerkenswerte Person«, teilte er mir mit, worauf ich keinerlei Antwort parat hatte. Ich kniff die Lippen zusammen, drückte die Türklinke hinunter und verließ das Restaurant. Ich atmete tief durch und spürte, dass meine Haut brannte. Greyer hatte mich einmal mehr völlig durcheinandergebracht.

***

Gleichermaßen geschockt und fasziniert über meine Reaktion auf ihn, ging ich auf den Fahrstuhl zu. Natürlich flankierten mich wieder Jendrik und Lean und ich fühlte mich wie eine Gefangene, die bewacht wurde, weil jeder fürchtete, sie würde ausrasten. War ich tatsächlich so labil? Wahrscheinlich. Denn immerhin war alles so real geworden, seit Greyer ausgesprochen hatte, was ich schon lange befürchtet hatte.

Was sollte ich nun tun? Vermutlich würde ich einiges über mich selbst lernen können, wenn ich mehr Zeit mit den Wandlern verbrachte. Denn eines war mir klar: Ich musste mehr über mich herausfinden. Mein ganzes Leben war eine einzige Lüge gewesen und ich wusste nicht mehr, wer ich überhaupt war.

Wer waren meine Eltern? Hatte meine Mutter meinem Vater all die Jahre vorgegaukelt, dass ich seine Tochter war? Oder hatte er bereits von Anfang an gewusst, dass er irgendeine Missgeburt großzog? Hatten sie mein ganzes Leben lang einfach nur gehofft, dass ich nie in die Welt des Übernatürlichen stolpern würde? Oder lag ich völlig falsch und meine Mutter war gar nicht meine Mutter? Ich wusste nichts mehr, jedenfalls nichts, was mit mir, meiner Herkunft oder Familie zu tun hatte.

Ich war zum Teil eine Wandlerin.

Etwas, wovon die Erde, die ganze Menschheit vermutlich jahrhundertelang nichts gewusst hatte. Vielleicht würde ich tatsächlich bald ausrasten, hysterisch lachen und irgendjemandem die Augen auskratzen. Auch wenn ich nach außen hin ruhig wirkte, mein Inneres war das reinste Chaos.

Ich wollte schreien und weinen, irgendetwas zerstören, weil meine Eltern mir ein Leben lang vorgegaukelt hatten, dass ich normal sei. Einen Scheißdreck war ich. Einer von den beiden hatte mich verraten, hatte mir nie etwas von meiner wahren Herkunft erzählt. Vielleicht auch sie beide.

Der Fahrstuhl erreichte das obere Stockwerk. Meine Begleiter brachten mich zu meinem Zimmer.

***

Ich ließ die Tür hinter mir zufallen, um mich im nächsten Moment dagegen zu lehnen. Erschöpft und überfordert schloss ich die Augen. Wie gerne würde ich jetzt Jakob um Rat fragen. Was würde er tun? Würde er den Drachenwandlern den Tod wünschen und nicht kooperieren oder hätte er bereits einen ausgefuchsten Plan?

Ich strich mir mit etwas Druck über die Stirn – Kopfschmerzen bahnten sich an. Wie sollte ich nur wissen, was richtig war? Ich stieß mich von der Tür ab und ging hinüber zum Fenster. Irgendwo da draußen waren meine Leute und kämpften um ihr Leben. Ich musste ihnen helfen, musste irgendwie der ganzen Menschheit helfen.

Ich begann, ruhelos vor der Fensterfront auf und ab zu tigern. Meine Gedanken wollten keine Pause machen, nicht einen Moment verschnaufen. Ich war immer davon ausgegangen, dass Victoria und Hendrik meine Eltern waren. Jetzt wusste ich nicht mehr, ob ich tatsächlich die Haarfarbe meiner Mutter geerbt hatte oder ob mein Temperament dem meines Vaters entsprach.

Der Satz *»Du kommst nach deinem Vater«* war vielleicht die größte Lüge meines Lebens, denn irgendwie spürte ich tief in meiner Brust, dass mein Vater nicht mein Vater gewesen war. Wieso hätte meine Mutter … hätte Victoria das Baby einer anderen großziehen sollen? Irgendwann hörte ich auf, auf und ab zu laufen und lehnte die Stirn an die kühle Fensterscheibe. Ich schloss die Augen. Ich wollte einfach wieder nur Romy Dornfeld sein, Abiturientin aus Hamburg, ein ganz normales Mädchen.

Tränen stiegen in meine Augen. Bestimmt wischte ich sie weg. Ich würde keine einzige Träne für eine Lüge vergießen. Außerdem musste ich mich auf etwas anderes konzentrieren. Einen möglichen Deal mit Greyer.

Als es an der Tür klopfte, fuhr ich herum. »Herein.«

Die Tür öffnete sich und Lara trat mit einem Tablett in den Händen ein. Sie schenkte mir ein Lächeln und stellte ihre Last auf das riesige Bett.

»Ich dachte, du hast vielleicht Hunger, nachdem du das Abendessen so stur verweigert hast.«

Skeptisch betrachtete ich das Glas Orangensaft und das Sandwich, welches auf einem Teller daneben lag. »Schickt Greyer dich, um mich auf seine Seite zu ziehen?«

Mein Magen knurrte, natürlich hatte ich wahnsinnig Hunger. Aber würde ich damit nicht zeigen, dass ich den Wandlern vertraute und hierbleiben würde? Dass ich mich mit ihnen arrangieren könnte? Andererseits war es albern zu denken, ein blödes Sandwich wäre ein Zeichen dafür, dass ich meine eigenen Leute verriet. Das tat ich nicht und würde es nie tun.

»Nein, ich bin aus freien Stücken hier«, antwortete Lara.

»Was, wenn ich dich wieder als Geisel nehme?«, kam es mir über die Lippen, ehe ich mich zügeln konnte. Lara warf mir ein schwaches Lächeln zu, dann zuckte sie mit den Schultern.

»Ein zweites Mal werde ich da nicht mitmachen, auch wenn ich dich irgendwo verstehen kann. Aber die Wandler wollen wirklich nur zurück nach Hause und du bist ihre einzige Chance.« Einen kurzen Augenblick herrschte Stille. Dann deutete sie auf das Sandwich. »Es bringt niemandem etwas, wenn du verhungerst.«

Da war tatsächlich etwas Wahres dran. Ich gab mich mit einem Seufzen geschlagen, setzte mich auf die Bettkante und griff nach dem Sandwich. Fast hätte ich gestöhnt, als ich hineinbiss und mir der herrliche Geschmack von Tomaten, Gurken und Käse im Mund explodierte. Ich hatte unglaublich lange kein frisches Gemüse, geschweige denn herkömmlichen Aufschnitt mehr gegessen.

Aus den Augenwinkeln sah ich, dass Lara zu der großen Fensterfront hinüberging und der Sonne dabei zuschaute, wie sie den Tag verabschiedete. Ich warf einen kurzen Blick zu ihr und musste mir wieder ins Gedächtnis rufen, dass sie ein Mensch war. Sie hatte sich hier eingelebt und vielleicht würde mir das mit der Zeit ja auch gelingen.

»Es stimmt, dass die Wandler sich ziemlich ungeschickt angestellt haben, als sie auf die Erde kamen und nach dir gesucht haben«, begann sie, den Blick immer noch nach draußen geheftet. »Weißt du, ich hatte auch eine Familie, einen kleinen Bruder, den ich schützen wollte. Die Wandler wollten nicht, dass Menschen starben, doch sie mussten sich wehren, als die Soldaten auf sie losgingen. Wenn du dir die Bilder aus jener Nacht, als der Krieg ausgebrochen ist, wieder ins Gedächtnis rufst, hast du je einen Wandler töten sehen? Ich nicht. Es waren die Berkan, die töteten.«

Jetzt richtete sie den Blick auf mich, während ich weiter auf meinem Sandwich herumkaute. Plötzlich schien das Brot in meinem Mund unendlich trocken zu sein.

»Ein Berkan hat meinen Vater getötet.«

»Das tut mir leid für dich.« Ein ehrliches, bedauerndes Lächeln erschien auf Laras hübschem ovalen Gesicht. Es fiel mir schwer, sie zu verachten, wenn sie so offen ihre Anteilnahme zeigte. Ihr Blick glitt wieder nach draußen, doch ich hatte das Gefühl, dass sie etwas ganz anderes vor ihren Augen sah.

»In der Nacht, als die Berkan unser Lager überfallen haben, kamen auch einige der Wandler. Sie haben gegen diese Monster angekämpft und holten mich aus der Gefahrenzone. Ich dachte erst, sie würden mich selbst töten wollen, doch sie haben mir das Leben gerettet. Der Soldat, der auf mich geschossen hat, war mein Stiefvater gewesen. Die Berkan hatten ihm ein Bein abgerissen und er hatte mich mit letzter Kraft töten wollen, damit ich nicht in die Fänge der Wandler gerate. Wie du dir vielleicht denken kannst, hat er die Wunden nicht überlebt. Das alles ist erst drei Wochen her, aber es fühlt sich wie eine Ewigkeit an.«

Lara drehte sich zu mir um und trug trotz dieser Geschichte ein tapferes Lächeln.

»Was ich eigentlich damit sagen will, ist, dass die Wandler nur hier sind, um wieder nach Hause zu können. Ihr Planet ist gänzlich zerstört und du bist ihre einzige Chance, den Dracarian schnellstmöglich wieder zusammenzusetzen. Den ersten Splitter zu finden hat sie viel Zeit gekostet.«

»Aber ich verstehe nicht, wieso sie die Menschen alle verschleppt haben«, gab ich zu und strich mir eine Strähne hinters Ohr. Aufmerksam betrachtete ich Lara, um jede noch so kleine Reaktion zu sehen.

»Sie haben sie nicht verschleppt. Sie bauten die Drachenstadt und suchten alle Menschen, die außerhalb lebten, um zu sehen, ob das Kind aus der Prophezeiung dabei ist. Die Drachenstadt umfasst einen riesigen Teil von Hamburg. Die Menschen leben hier und sie wurden nur nicht wieder nach draußen gelassen, weil man sonst irgendwann den Überblick verloren hätte. So haben sie es auch in den anderen Ländern gemacht, dort ist die Arbeit aber natürlich getan, da du jetzt gefunden bist. Die Wandler bleiben nur dort, um die Menschen vor den Berkan zu schützen.«

Alles änderte sich. Der Hass, den ich auf die Wandler hegte, verebbte. Auch wenn ich es mir nicht wirklich eingestehen wollte, so verstand ich doch, wieso sie hier waren. Wieso sie das taten, was sie nun mal getan hatten. Und wenn ich ehrlich war, hatte Lara tatsächlich recht; ich hatte die Wandler nie töten sehen. Natürlich hatten sie die Soldaten und deren Geschütze außer Gefecht gesetzt, doch sie hatten sich lediglich verteidigt, nie wirklich angegriffen. Wenn sie die Menschheit hätten tot sehen wollen, dann hätten sie sie schon längst ausgerottet.

»Ich lasse dich jetzt allein. Du bist sicherlich erschöpft – nach so vielen Monaten außerhalb. Ich glaube, ich habe einen ganzen Tag geschlafen, als ich herkam«, fügte sie lachend hinzu und strich sich das Haar aus dem Gesicht. Ich lächelte schwach, als sie das leere Tablett wieder an sich nahm, und sah ihr nach.

»Lara?«, hielt ich sie auf, als sie die Tür geöffnet hatte. »Danke, dass du mir das erzählt hast.«

Sie lächelte, dann schloss sie die Tür hinter sich und ließ mich mit all den Informationen, die es zu verarbeiten galt, allein.

Eine ganze Weile blickte ich nach draußen, ließ meinen Gedanken freien

Lauf und folgte ihnen bis in die hinterste Ecke der Stadt. Sah die Zerstörung auf den Straßen wieder und konnte die alles umfassende Angst erneut spüren, die mich lähmen wollte, als ich den Berkan im Supermarkt getroffen hatte. Lara hatte in einigen Dingen wirklich recht, doch meine Gedanken hatten sich nicht wirklich gelichtet. Ich wusste nur, dass zwischen all dem Chaos in mir, ein Gedanke glasklar hervorstach: Ich musste handeln.

Epilog

Romy

Ich war schneller wieder unten, als mir lieb gewesen wäre. Zwar hatte ich ein paar Stunden für meine Überlegungen gebraucht, doch jetzt war ich fest entschlossen. Ich hatte eine Entscheidung getroffen.

Lean öffnete für mich die Tür zum Restaurant. Anders als noch vor ein paar Stunden war Greyer dieses Mal nicht allein, sondern unterhielt sich mit einigen Wandlern, deren Stimmen erstarben, sobald ich den Raum betrat. Das Herz klopfte mir bis zum Hals, doch ich musste die Worte jetzt aussprechen, sonst würde ich den Mut nicht noch einmal aufbringen.

»Es gibt einige Bedingungen«, hörte ich mich sagen, noch bevor die anderen Wandler sich alle zu mir umgedreht hatten. Greyer bedeutete ihnen, dass sie uns allein lassen sollten. Nachdem sie gegangen waren, kam er auf mich zu und blieb direkt vor mir stehen. Sein Blick aus türkisfarbenen Augen bohrte sich in mich hinein und das bekannte Kribbeln in meinem Bauch war sofort zurück. Alles in mir schrie nach ihm.

»Welche Bedingungen?«, fragte er.

»Erstens, wenn ich euch helfe diesen Stein zusammenzusetzen, dann will ich, dass ihr der Erde den Rücken kehrt und nie mehr herkommt. Nachdem die Städte wieder aufgebaut sind, versteht sich.«

»Einverstanden«, erwiderte er. »Der Dracarian wird eure Städte ohne große Mühe wieder herrichten.«

Ich presste die Lippen ungläubig aufeinander. Irgendwie hatte ich damit gerechnet, dass er sich querstellen würde. Dass er meine erste Forderung so schnell bewilligte, weckte mein Misstrauen von Neuem.

»Noch etwas?«, fragte er fast schon beiläufig.

»Ja. Ich will wissen, wer ich bin. Wer meine Eltern sind, welcher Elternteil ein Wandler ist und wie das ganze zustande kam. Außerdem erwarte ich, dass meine Gruppe gesucht und hierher gebracht wird. Sie leben noch immer dort draußen und sind vor den Berkan auf der Flucht.«

»Ich stelle eine Gruppe zusammen, die nach deinen Leuten sucht. Wo befinden sie sich noch gleich?«

Ich hielt den Atem an. Das Versteck zu verraten fühlte sich nicht richtig an. Der Blick aus Greyers Augen wirkte, als würde er mich hinters Licht führen wollen.

»Nein. Ich vertraue dir nicht. Wenn ich dir jetzt unser Versteck verrate, habe ich keine Garantie, dass ihr sie nicht ausräuchert.«

»Entweder du gibst mir einen kleinen Vorschuss Vertrauen, Romy, oder deine Gruppe wird dort draußen sterben. Ich kann deine Bedingung nicht erfüllen, wenn du mir keinen Anhaltspunkt gibst.«

Das Schlimmste an dieser Situation war, dass er recht hatte. Ich wollte den schönsten Apfel ganz oben im Wipfel des Baumes und doch wollte ich nichts dafür tun müssen. Greyer konnte meine Leute nicht finden, wenn er nicht wusste, wo er suchen sollte. Ich rang den Kloß in meinem Hals nieder und atmete tief durch. Der Geschmack des Verrates klebte schwer auf meiner Zunge und plötzlich wurde meine Kehle staubtrocken.

»Sie sind an der U-Bahnstation des Gänsemarkts. Ihr kommt entweder über St. Pauli oder über die Treppen am Stephansplatz dorthin. Sie werden sich wehren, also müsst ihr aufpassen, niemanden zu verletzen. Ich will keine weiteren Toten sehen.«

Seine Drachenaugen blitzten auf, dann folgte ein schiefes Lächeln. »Es wird keine Toten geben.«

Greyer hielt mir die Hand hin. Ich zögerte einen Moment, wusste nicht, was richtig und was falsch war. Doch ginge ich diesen Deal nicht ein, würden meine Leute dort draußen sterben. Dass ich absolut keine Ahnung hatte, wie ich diese seltsamen Splitter aufspüren sollte, behielt ich lieber für mich. Vielleicht hätte Greyer dann sofort alles abgeblasen.

Schließlich streckte ich die Hand aus und er reichte mir seine. Kühle Haut berührte meine verkrampften Finger, bevor er meine Hand dann mit festem Druck umschloss. Fast wäre ich zurückgezuckt, als ein Prickeln meine Haut erfasste – dort, wo er mich berührte. Es war wie ein Hauch Elektrizität, der in der Luft lag, als würde etwas Magisches unsere Welt wie Hochspannung zum Knistern bringen.

Er sah mir direkt in die Augen. »Abgemacht.«

Ich nickte. »Abgemacht«, wiederholte ich. »Ich werde euch helfen.«

ENDE von Band 1

Wahre Gegensätze finden immer zueinander

Carina Mueller
Hope & Despair 1:
Hoffnungsschatten
Softcover
288 Seiten
ISBN 978-3-551-30060-7

Zum Dank für die heimliche Rettung eines schiffbrüchigen Ufos bekam die amerikanische Regierung einst zwölf übermenschliche Babys geschenkt. Sechs Mädchen und sechs Jungen – jeweils für die guten und die schlechten Gefühle der Menschen stehend. Dies ist genau siebzehn Jahre her und die Babys sind nicht nur groß geworden, sondern wurden auch voneinander getrennt. Während Hope und die anderen fünf Mädchen sich als Probas dem Guten im Menschen verpflichten, verhelfen die männlichen Improbas dem kriminellen Untergrund zu Geld und Macht. Bis zu dem Tag, an dem die Improbas ihre Gegenspielerinnen aufspüren und nur Hope entkommen kann. Mit ihrem Gegenpart Despair dicht auf den Fersen ...

www.impress-books.de

Impress
Die Macht der Gefühle

Impress
Ein Imprint der CARLSEN Verlag GmbH
Juni 2020

Lektorat: Dietlind Koch
Umschlagbild: stock.adobe.com / © lassedesignen / shutterstock.com / © Raisa Kanareva / © New vision
Umschlaggestaltung: formlabor, Dream Design - Cover and Art
Satz und Umsetzung: readbox publishing, Dortmund
Druck und Bindung: CPI Books GmbH, Birkach
ISBN 978-3-551-30270-0
Printed in Germany
www.carlsen.de/impress

Alle Bücher im Internet: www.carlsen.de